I0641777

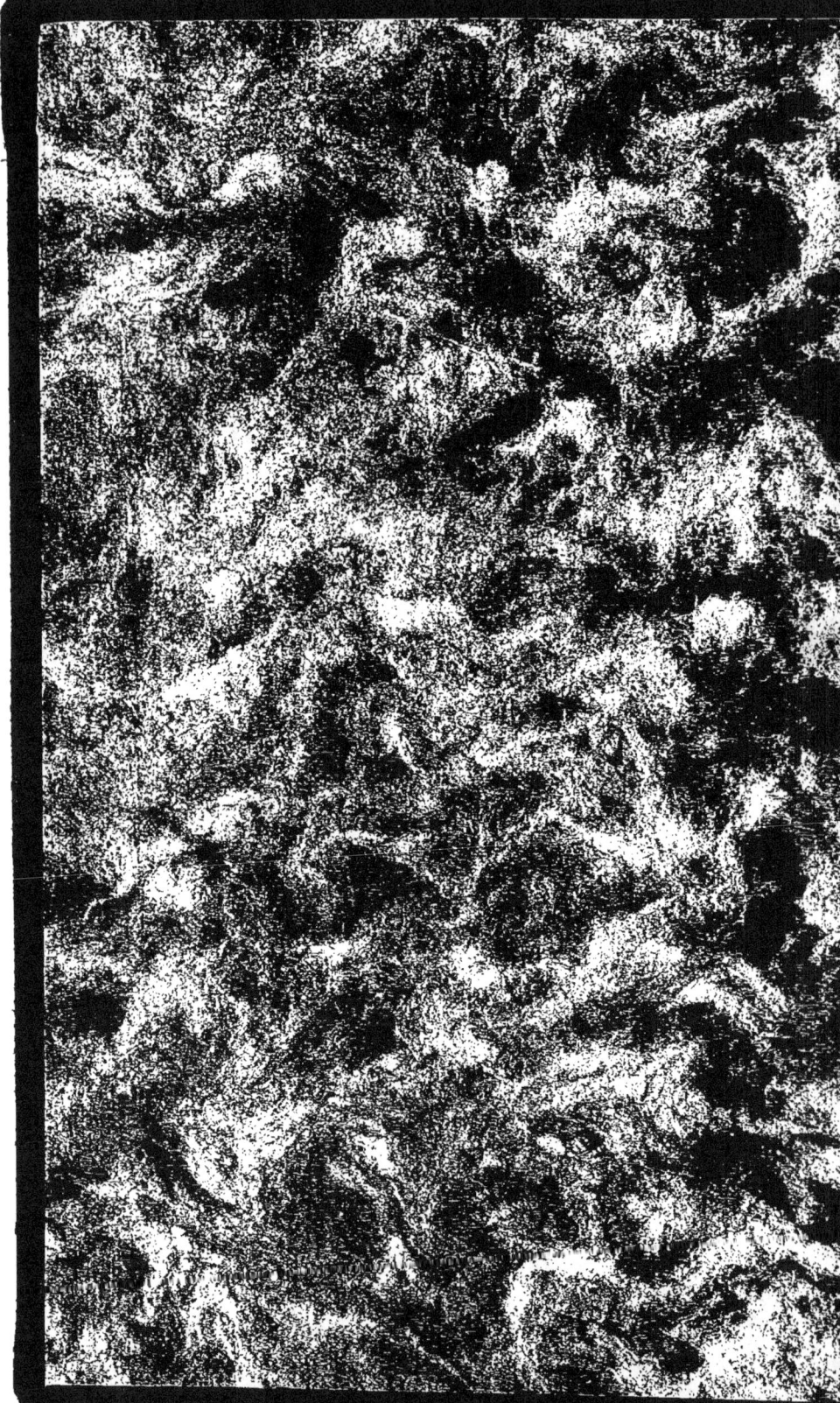

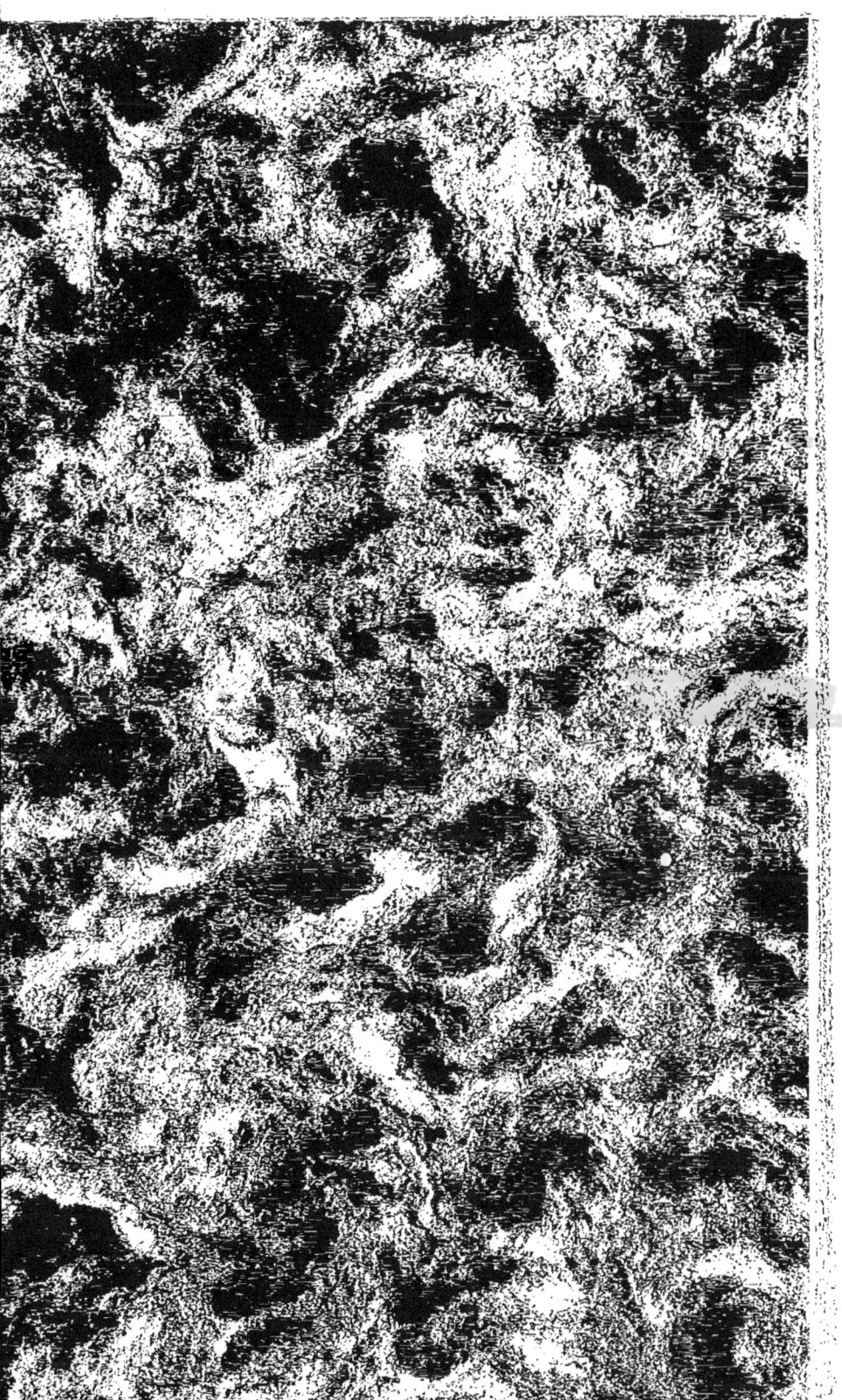

J.SCHMITT 1970

COMME UNE FLEUR

AUTOBIOGRAPHIE

Traduite de l'anglais par

AUGUSTE DE VIGUERIE

Seconde édition, revue.

PARIS

C. REINWALD, LIBRAIRE-ÉDITEUR

15, RUE DES SAINTS-PÈRES, 15

1880

3880

8°⌐ -2
3484

COMME UNE FLEUR

PARIS. — TYP. PAUL SCHMIDT.

COMME UNE FLEUR

AUTOBIOGRAPHIE

Traduite de l'anglais par

AUGUSTE DE VIGUERIE

Seconde édition, revue.

PARIS

C. REINWALD, LIBRAIRE-ÉDITEUR

15, RUE DES SAINTS-PÈRES, 15

1880

A

M. AMÉDÉE PICHOT

Directeur de la *Revue Britannique.*

Cher Maître,

Vous m'avez accueilli à mon entrée dans la carrière, et souvent aidé de vos conseils. Agréez cette dédicace comme un faible témoignage de ma gratitude.

A. *DE VIGUERIE.*

COMME UNE FLEUR

———◦∞◦———

I.

« Quand je mourrai, je veux être enterrée sous
ce grand saule qui courbe ses branches éplorées
vers la terre, celui-là même où Dolly et moi nous
avons gravé nos deux noms, avec mon vieux canif
ébréché, il y a dix ans de cela. Je renonce de bon
cœur à la place qui m'attend dans notre mausolée
de famille, ne voyant pas du tout quel agrément
il y aurait à moisir en compagnie de mes nobles
ancêtres. Chacun en général, à quelque sexe qu'il
appartienne, aime à posséder une chambre à soi
quand il est en vie ; pourquoi n'en serait-il pas de
même après la mort ? Ainsi quand mon heure sera
venue de faire une fin honnête, je veux avoir pour
moi toute seule, au pied de mon vieil ami, un
gentil petit trou où je m'arrangerai de mon mieux

en attendant l'éternité. Et Dolly, si elle me survit, comme j'en suis sûre (bien qu'il me fût plus doux d'espérer qu'elle ne me survivra pas), plantera un rosier sur ma tête, à mes pieds une giroflée, de chaque côté des narcisses et des violettes, et je dormirai là comme une marmotte, sans rêver à rien, quoi qu'en dise Hamlet. »

Ces réflexions n'eurent d'autre auditeur que moi-même, de sorte qu'elles n'excitèrent ni approbation ni dissentiment. Je ne les fis point à voix haute, car, si j'en crois ma jeune expérience, on ne se parle guère tout haut à soi-même, si ce n'est au théâtre. Je les adressai tout bonnement à mon *Philon hetor,* c'est-à-dire à mon cœur chéri, comme dit le vieil Homère.

Tout en me livrant à ce soliloque, j'étais appuyée sur le petit mur qui sépare notre prairie du cimetière. Il était neuf heures du soir, heure délicieuse entre toutes, au gracieux mois de mai. Un calme profond avait régné pendant tout le jour ; mais, vers le coucher du soleil, il s'était levé une brise si fraîche et si embaumée qu'elle semblait venir du ciel. Sous sa douce impulsion les arbres balançaient leurs têtes verdoyantes et s'inclinaient les uns vers les autres, en chuchotant des paroles mystérieuses qu'eux seuls devaient comprendre. Ils se disaient sans doute avec quelle abondance la sève circulait dans leurs veines feuillues, et combien le frôlement des fleurs printanières était doux à leurs pieds noueux. Le gazon semblait aussi avoir son langage, comme on pouvait le supposer, à voir ses longues touffes se rapprocher et se confondre dans les gracieuses ondulations que leur imprimait le souffle de la nuit.

C'était, en vérité, un charmant cimetière que le nôtre ; si charmant qu'il semblait que ce fût un plaisir de s'y faire enterrer. Il n'inspirait aucune idée sinistre, ni même tant soit peu mélancolique. On ne rêvait point de têtes de mort, ni d'ossements en croix, ni de vers rongeurs, en voyant ces monticules gazonnés que le soleil léchait de ses derniers rayons avant de disparaître derrière les collines. Quand on est réellement mort et enfermé dans la grande boîte de chêne, il est indifférent, j'imagine, de se trouver entassé avec d'autres boîtes dans la fosse commune de quelque charnier de grande ville, ou de dormir sous une couche de terre odorante, à l'ombre d'un vieux clocher rustique. Mais lorsqu'on est encore de ce monde et que les planches qui doivent nous contenir sont encore en pleine végétation dans la forêt, on préfère ce dernier mode de sépulture. Il nous semble, sans savoir pourquoi, que le parfum du serpolet et des menthes sauvages arrivera jusqu'à nous, que le chant des oiseaux bercera notre sommeil, que nous grelotterons dans la neige, et que nous frissonnerons au vent d'hiver.

A force de s'appuyer sur le mur de pierre, mes

coudes s'étaient engourdis. Cette sensation désagréable me fit revenir à moi-même. Je me redressai en passant ma main sur ces pauvres coudes, avec un sentiment de tendresse pour les manches de ma vieille robe.

« Je voudrais être dans le cimetière, dis-je en continuant de me parler intérieurement. Je m'assoirais sur la tombe de M. Barlow et peut-être, si l'inspiration me venait, composerais-je une élégie qui ferait pâlir celle de Gray[1]. Si Dolly était là, elle ne manquerait pas de dire qu'il n'est pas convenable pour une jeune personne d'enjamber les murs. Mais, puisqu'elle n'y est pas, je puis me permettre cette infraction aux règles du décorum. Allons-y. Personne ne me verra, si ce n'est les chauves-souris et peut-être quelque revenant. »

Aussitôt fait que dit. J'enjambai prestement le mur, et, tout entortillée de ronces que je rencontrai sur mon passage, je me dirigeai vers la tombe de M. Barlow où, m'étant assise, je retombai dans mes rêveries.

J'avais lu cent fois les inscriptions qui s'étalaient autour de moi. Elles parlaient toutes de vertus phénoménales ; c'était à croire qu'elles avaient été

---

1. Thomas Gray, poète anglais qui vécut au xviii⁰ siècle, n'a laissé qu'un petit nombre de poésies dont la plus estimée est l'*Élégie sur un cimetière de village*, traduite en vers français par M.-J. Chénier et imitée par M. de Fontanes, dans le *Jour des Morts*.

modestement rédigées par les défunts eux-mêmes. Tout à côté, sur une croix de pierre, quatre vers d'une poésie douteuse se détachaient en lettres noires aux pâles rayons de la lune :

Quand la trompette de l'archange
Sonnera l'heure de l'effroi,
Combien voudraient, dans ce mélange,
N'avoir pas vécu plus que moi !

J'étais en train de relire pour la cent unième fois cette sombre prophétie, mise par le poète campagnard dans la bouche d'un enfant, lorsque j'entendis la grille du cimetière grincer sur ses gonds. Je tournai la tête avec un mouvement d'effroi, oubliant du même coup l'archange et le bébé prophétique. J'aperçus dans le clair-obscur la silhouette d'un homme. Si c'était un esprit, il pouvait passer pour substantiel. Mais non, un esprit n'aurait pas sifflé la *Marche du Prophète* de Meyerbeer. Était-ce le fossoyeur ? Encore moins ; le fossoyeur était un sexagénaire qui ne songeait pas plus à venir chercher des rhumatismes dans la rosée du soir, qu'à s'enterrer lui-même dans une de ses fosses. Quant aux Edgards ou aux Arthurs de la paroisse, il n'y fallait pas songer davantage, les rustauds de notre pays ne faisant guère de pèlerinages mélancoliques aux tombeaux de leurs Betzys ou de leurs Marthas. D'ailleurs, autant qu'on pouvait le voir à la lueur vacillante de l'astre des nuits, le nouveau venu était un gentleman. Il marchait lentement dans le sentier qui mène à l'église, les mains dans ses poches et un cigare entre les lèvres, regardant le paysage, mais sans paraître m'apercevoir.

Je ne puis souffrir d'être à proximité d'une personne qui ignore ma présence. Cette situation m'a toujours causé un singulier malaise, par son faux air d'espionnage. Je toussai donc légèrement pour avertir l'étranger qu'il y avait là, près de lui, une jeune femme, perchée comme une goule sur un tombeau. Cela fait, je fus prise d'un sentiment de frayeur, si bien que je n'osai plus tourner la tête pour voir le résultat de ma manœuvre. Je suppose qu'elle réussit, car le promeneur ne manifesta aucune surprise lorsqu'il passa près de moi.

« Comment est-il? demanda dans un timide aparté ma jeune curiosité de dix-neuf ans.

— Que vous importe? dit le décorum.

— Il m'importe beaucoup, répliqua la curiosité. Je veux le savoir. »

Et je le sus. Au moment où il passait je le regardai, il me regarda, nos yeux se rencontrèrent. Il n'y eut rien de hardi dans son regard, rien de cette fervente admiration avec laquelle un héros de roman contemple une jeune femme qui doit lui tourner la tête au dernier chapitre. Ce regard exprimait tout simplement la curiosité bien naturelle dans une rencontre entre jeunes gens des deux sexes. « Êtes-vous jolie? Je ne puis guère en

juger à pareille heure. » Tel était le langage de
ces yeux dont je ne distinguais pas la nuance.
Avec ma stupidité naturelle, je rougis à l'instant
même ; mon front, mon cou et mes oreilles devin-
rent du plus bel écarlate. Était-ce une illusion de
mon esprit troublé ? Je ne sais, mais il me sembla
voir poindre un léger sourire sous une grande
moustache blonde, un sourire aussitôt réprimé
par la courtoisie et le sentiment des convenances.

Quoi qu'il en fût, le nouveau venu ne s'arrêta
point ; il continua de marcher avec nonchalance,
puis il s'assit à quelques pas, sur une tombe
pareille à la mienne, en poussant la fumée de son
cigare d'un air solennel et sans paraître s'occuper
de sa voisine. Dans ma colère contre moi-même,
je me serais écorchée les joues jusqu'au sang, tant
j'étais honteuse de leur couleur d'écrevisse. « Petite sotte, me disais-je, on dirait que c'est le premier homme que vous voyez ! » Bientôt un autre
sentiment succéda à cette humeur déraisonnable.
Mon esprit fut irrésistiblement frappé du ridicule
de la situation : deux personnes assises l'une près
de l'autre, à la portée d'un salut, toutes deux
graves, silencieuses, insociables ! Quoi de plus
singulier ! Un fou rire me gagnait. Je sentis que,
si je restais une minute de plus, j'allais éclater.
D'ailleurs il se faisait tard, je me levai de mon
siège humide et me dirigeai vers la porte. Comme

j'allais l'atteindre, une voix grave, mais d'une extrême douceur, dit derrière moi :

— Voulez-vous permettre?

Au même instant l'étranger ouvrit la grille pour me livrer passage. Puis il ôta son chapeau, ce qui me laissa voir une belle tête de cheveux blonds, et me salua gracieusement.

— Merci, murmurai-je, toute interdite.

Mais voyez l'effet de ma gaucherie. En m'inclinant pour répondre à sa politesse, je marchai sur ma robe et faillis m'étendre de toute ma longueur, ce qui eût été une révérence un peu plus profonde que je n'en avais l'intention.

II.

Bien que j'eusse couru par tout le chemin, dix heures sonnaient à l'horloge des écuries lorsque j'arrivai devant la porte de notre habitation, porte massive en vieux chêne, avec de grosses têtes de clous, toute encadrée de vieux lierre et de rosiers grimpants. Notre demeure était vaste et d'un grand air seigneurial, et pourtant nous n'étions pas une grande maison ; c'est-à-dire nous ne l'étions plus. Les gens que nous regardions du haut en bas il y a cinquante ans nous rendaient bien la pareille. Telle est la destinée.

Débarqués en Angleterre avec Guillaume le Nor-

mand, nous avions versé notre sang pour la conquête du Saint Sépulcre avec Richard Cœur de
Lion. Depuis, nous avions épousé des héritières,
reçu de beaux domaines et de riches abbayes de
la main du huitième Henry, le monarque aux six
femmes ; enfin nous étions montés tout en haut de
la roue de la fortune. Mais, hélas ! dans ces derniers temps, nous avions trop fait parler de nous
à Epsom et à Newmarket, et dans tous les pays où
l'or roule sur le tapis vert, qu'il soit de drap ou de
gazon. Enlever les femmes de nos voisins, jeter
notre fortune avec notre jeune affection aux pieds
de mainte Phryné d'opéra, mener la vie à grandes
guides sur le continent, principalement dans cette
moderne Babylone qui se nomme Paris, il n'était
point de folie ruineuse que nous n'eussions faite.
En conséquence nos milliers de livres de rentes
étaient réduits à quelques centaines, et nos belles
acres de terre passées aux mains des croquants
enrichis de Manchester ; de plus le vieux manoir
féodal tombait en ruines, et il n'y avait point
d'argent pour le réparer.

Mais voilà que tout en bavardant sur ma famille, je tiens le lecteur à la porte, ce qui n'est
point poli. Je m'arrêtai un moment pour plonger
ma tête dans une touffe de roses pâles dont la
fraîcheur du soir rendait la senteur plus péné-
trante, après quoi j'entrai dans le vestibule.

C'était une immense salle assez étrange à voir

à cette heure de la nuit : un plafond surbaissé soutenu par des poutrelles de chêne, des lambris du
même bois que le temps avait dépouillés de leur
vernis ; çà et là suspendus aux murs, de vieilles
cottes d'armes surmontées de leurs casques, des
têtes de cerf avec leurs grands yeux de verre, des
écussons écartelés où les armes des *Lestrange*,
mêlées à cent autres emblèmes héraldiques, indi-
quaient les belles alliances que nous avions faites
au temps jadis. Il aurait fallu une énorme dépense
de gaz pour mettre tout cela en lumière. Aussi
l'éclairage de cette pièce consistait-il pour le moment en une chandelle placée près d'une Bible ouverte sur la grande table du milieu. C'était là que,
matin et soir, je lisais les prières aux domestiques
sur un ton quasi clérical.

Aux premiers pas que je fis dans le vestibule,
je vis venir à moi un vieux bonhomme ridé et
voûté qui semblait faire partie de l'ameublement,
tant il s'harmoniait avec toutes ces antiquailles,
espèce de Caleb[1] cumulant les fonctions de maître
d'hôtel, de valet de chambre et de valet de pied,
que mon père gardait par compassion et parce
qu'il détestait le changement.

— Le thé est servi, mademoiselle, fit le digne
serviteur en émergeant de l'obscurité.

— Pas possible, lui dis-je, ne trouvant rien de

1. Allusion au vieux serviteur d'Edgard Ravenswood, le personnage le plus caractéristique de la *Fiancée de Lamermoor*.

plus original à répliquer, tandis que je passais la main sur mes longues boucles couleur de feu.

Sans autres frais de toilette, car je craignais de faire attendre mon père, je descendis les deux ou trois marches de pierre qui conduisaient dans la salle à manger. Cette pièce, également vaste et sombre, offrait le même contraste entre la splendeur passée et la décadence actuelle. Sur une tapisserie en cuir de Cordoue dont les lambeaux pendaient en divers endroits, des portraits de famille tout éraillés, dans leurs cadres de bois noir vermoulu, donnaient encore une haute idée de notre race; car les Lestrange, hommes et femmes, avaient toujours brillé dans le monde par leur beauté. Au centre, une petite table à deux couverts, pauvrement éclairée et encore plus pauvrement servie, semblait une oasis au milieu de ce désert d'obscurité.

Mon père, assis déjà dans son fauteuil de velours, appuyait ses coudes sur la table et tenait son front entre ses mains. Il n'était pas besoin de voir son visage pour deviner les idées noires qui hantaient son cerveau. Pauvre homme! il assistait à la ruine de sa maison et il ne s'en consolait point. Les broussailles et les parasites étouffaient le vieux cèdre du Liban qui se desséchait de jour en jour, et la vue de cette décadence le conduisait au tombeau. Néanmoins le noble vieillard luttait avec une énergie surhumaine. Semblable au jeune

Spartiate cachant sous sa tunique le renard qui lui dévorait les entrailles, il dérobait sa douleur aux yeux du monde, de ce monde scrutateur et impitoyable qui trouve un secret plaisir à fourrer ses doigts dans les trous du manteau de son voisin, qui serait, suivant l'expression du poète :

> De force à herboriser
> Sur le tombeau de sa mère.

Je m'élançai vers lui avec l'agilité d'un jeune chevreau.

— Je suppose que le thé s'est refroidi et que vous êtes d'une humeur de dogue. Allez-vous me gronder bien fort ? lui dis-je, en le baisant sur le front.

— Quoi ! Qu'est-ce ? s'écria-t-il, distrait tout à coup de ses sombres rêveries par la contemplation d'un jeune visage qu'il aimait, et cherchant à se dépêtrer des longues boucles dorées qui se mêlaient à ses cheveux blancs. En vérité, Nell, j'avais oublié jusqu'à ton existence.

— Vraiment, repris-je, qu'est-ce qui a pu chasser de votre esprit une aussi gracieuse image ?

— Eh !... ce qui chasse toujours les images les plus gracieuses, dit mon père d'un air sinistre.

— Des comptes de fournisseurs, je suppose. Des comptes, des comptes, des comptes ! C'est toujours le même refrain dans cette maison, du matin au soir. Je ne connais point de mot plus horrible dans la langue.

— Si ce n'est celui d'*enfer* qui lui est synonyme.

— Écoutez-moi, père, voulez-vous prendre mon avis? Changez de système, croyez-moi. Ne vous tourmentez plus comme vous le faites. Nous avons l'air et le soleil; jouissons de l'un et de l'autre. Si les choses tournent au pire, eh bien! nous irons en prison où nous aurons la nourriture, le couvert, les vêtements et les cheveux coupés; le tout à rien ne coûte.

L'auteur de mes jours secoua la tête.

— Tout cela est bel et bon. Autant dire à un condamné qui monte à l'échafaud : Ne vous laissez pas pendre; ou bien à un corps mort cloué dans sa bière : Ne vous laissez pas enterrer. Cela ne dépend pas uniquement de la volonté, ma chère enfant.

Pendant ce temps, je m'étais mise en devoir de servir le thé. Aux dernières paroles de mon père, je m'arrêtai, tenant la théière suspendue sur sa tasse.

— Mais, cher père, lui dis-je, n'est-il pas dit dans la Bible : « A chaque jour suffit son mal! »

— Sans doute, Nell, mais la Bible dit aussi : « Comme les étincelles volent au ciel, l'homme est né pour la douleur. »

En disant ces mots, il se mit à regarder en l'air, comme pour suivre le vol des étincelles dont il parlait.

— Si vous soupirez comme ça, dis-je d'un ton

grondeur, vous allez éteindre la lumière, et vous verrez encore moins d'étincelles.

Mon père ne répondit rien et nous continuâmes notre repas sans échanger d'autre parole. Mais, à cette époque de ma vie, je n'avais aucune vocation pour le silence. J'aurais plutôt harangué les fourchettes et les couteaux que de rester bouche close. Je repris :

— Petit père?

— Qu'y a-t-il?

— Écoutez-moi un peu. Descendez des nuages ou remontez de l'abîme. J'ai quelque chose à vous dire.

— Je suis tout oreilles.

— C'est bien. Vous saurez donc que je vous avais trouvé, ce soir, si maussade, si peu sociable, que je m'en suis allée au cimetière.

— Ah! et as-tu trouvé les morts plus sociables?

— Papa, j'aime assez la compagnie des morts. Ils sont trop polis pour vous contredire, et l'on n'est pas obligé de leur faire la conversation. Et puis, j'ai vu autre chose que des tombeaux. Devinez quoi?

— Un chien?

— Non.

— Une veuve?

— Encore moins.

— Un revenant?

— Vous n'y êtes pas.

— Je n'ai aucun penchant pour les énigmes, dit le vieillard d'un air indifférent.

— Essayez.

— Oh! la petite peste! comment veux-tu que je devine? Un de nos serviteurs, ou quelque autre objet non moins extraordinaire et intéressant?

— Ce n'était rien de chez nous. Nous n'avons personne ici qui ait si bonne mine. Cher père, c'était..... *un homme*.

— Quelle espèce d'homme? Le vieux Iken?

— Du tout; ma vision avait cinq pieds huit pouces au moins, et de magnifiques cheveux blonds tout bouclés.

— Peut-être Jean Barlow qui allait voir si la tombe de sa mère est en bon état.

— Ce n'était pas plus Jean Barlow que saint Jean-Baptiste, et j'imagine que vos conjectures ne s'arrêtent point sur celui-ci.

— Quelque courtaud de boutique de Nantford probablement; ces gaillards-là se donnent des airs de gentleman aujourd'hui.

— Fi! l'horreur! Pensez-vous que je ne distingue pas l'or du cuivre? Et me croyez-vous si petite fille que je ne puisse reconnaître un gentleman quand j'ai la chance d'en rencontrer un? Mon inconnu n'a pas du sang de boutiquier dans les veines, j'en jurerais. Il a un petit air martial qui lui sied à ravir. Il me semble que vous aimez les militaires. Pas vrai, papa?

— J'aime la paix, avant tout, ma chère ; tu me
ferais un sensible plaisir de prendre ton thé et de
me laisser en repos. Ce prodige était sans doute
quelqu'un des Burgoynes, si tu affirmes que ce
n'était ni un chien ni Iken Barlow.

— Non, ce n'était pas un des Burgoynes, je les
connais tous deux. L'un est bossu, l'autre affreu-
sement louche, avec le nez de travers. Ce sont
deux vilains petits garçons, et celui-là était un
homme.

L'enthousiasme de sa fille pour la beauté de l'inconnu fit éclore un sourire sur les lèvres de mon
auteur.

— Qu'entendez-vous par *un homme*, mademoiselle? John Burgoyne serait bien étonné s'il savait
que vous ne le rangez pas dans cette catégorie,
lui qui se croit fort peu au-dessous des anges.

— Je ne connais rien aux anges, dis-je en me
versant une seconde tasse de thé, n'en ayant jamais vu ; mais j'estime que John Burgoyne est
fort au-dessous de mon inconnu... de deux pouces
pour le moins.

— Enfin, voilà une énigme qui ne m'en paraît
pas moins insoluble. *Mon inconnu* est une dési-
gnation un peu vague. Qu'en dis-tu, Nell?

— Vous avez raison, cher père, et elle a de plus
le défaut de n'être pas exacte, puisque ce personnage n'est pas mien et qu'il ne le sera probablement jamais, ce dont je me soucie fort peu, après

tout. N'importe, je voudrais bien savoir qui il est. Vous n'imaginez pas comme il a bonne mine. Il est presque aussi bien que vous quand vous êtes rasé de frais et que vous portez votre habit des dimanches.

— Ceci implique une beauté majestueuse, dit mon père avec un nouveau sourire qui n'était pas exempt de malignité. Était-ce un homme mûr? J'en aurais meilleure idée de lui. J'avais cru d'abord que c'était quelque blanc-bec, non parvenu à l'âge de discrétion.

— Mais je ne déteste pas les blancs-becs, n'en dites pas de mal. Ils sont plus amusants que les vieux radoteurs... Oh! je ne dis pas cela pour vous, cher père.

— C'est bien, c'est bien, je n'avais pas l'intention de le déprécier. J'aimerais assez d'être encore un blanc-bec à cette heure, et je me consolerais d'avoir moins de cervelle, à la condition de revenir à cet âge bienheureux, dit le vieillard en soupirant.

— Père, croyez-vous donc qu'on soit plus heureux à mon âge qu'au vôtre?

— Un peu plus, je pense.

— Alors, j'espère que je mourrai jeune.

Là-dessus je tombai dans une étrange rêverie. Il me sembla que je ferais un joli tableau quand je serais morte, étendue sur le grand lit à colonnes dans la chambre bleue, mes mains toutes pâles croisées sur ma poitrine, et un déluge de fleurs blanches autour de moi.

— Ma chère enfant, dit mon père d'une voix émue, vous mourrez quand Dieu le voudra. Qu'il vous prenne avant l'heure du malheur, comme il a pris votre pauvre mère, ou qu'il vous laisse en ce monde pour lutter et pour souffrir, comme moi, vous devez vous soumettre à sa volonté.

Il se leva sur ces mots. Je courus à lui et, prenant son bras que j'appuyai sur le mien, nous quittâmes ainsi la salle à manger.

III.

Le lendemain, 15 mai 18.., fut un jour mémorable dans mon existence.

J'y avais songé toute la semaine avec un peu d'impatience et beaucoup d'appréhension. Nous étions invités, mon père et moi, à un grand dîner chez des voisins de campagne. Quoique j'eusse dix-neuf ans, je n'avais jamais assisté à aucune de ces fêtes gastronomiques où les Anglais mettent tant de solennité. Une seule fois, à l'occasion d'un bal, j'avais exposé mon cou et mes bras nus à l'admiration publique. Ce bal était resté dans mes souvenirs comme un événement fabuleux. Je datais de ce jour, comme les Grecs de la première olympiade, et les Romains de la fondation de leur cité.

Dolly — disons tout de suite que Dolly était ma sœur, et mon aînée de quatre ans — avait pris l'habitude de me reléguer au second plan, et de mettre en quelque sorte sous le boisseau les faibles charmes que je possédais. Quant à elle, elle aimait le monde à la fureur, et elle y apportait, bien que peut-être un peu plus voilée, cette aimable coquetterie qui est l'apanage et le triomphe des femmes françaises.

Ayant à peine goûté le stimulant des joies mondaines, je me résignai tant bien que mal à ce rôle de Cendrillon. Mon plus grand plaisir était de rester au logis avec mon vieux père et de tripoter dans notre jardin, hélas! un peu trop inculte, où les échelles de Jacob, les églantiers, les œillets et les lis de toute espèce fleurissaient, au milieu des herbes sauvages, avec un luxe dont je n'avais pas vu d'exemple dans les parterres les mieux tenus, probablement parce que ces fleurs trop modestes ne s'y trouvaient pas.

Oh! cher vieux père! nous promènerons-nous jamais ainsi, la main dans la main, comme autrefois? M'appellerez-vous encore votre petite Nell dans le paradis? Je n'ai nulle envie de vous voir transformé en bienheureux, avec un nimbe d'or autour de la tête. Non, j'ai soif de vous retrouver comme vous étiez ici, dans le jardin du vieux manoir, avec votre chère tête grise, votre vieil habit râpé, votre sourire si triste et vos yeux si doux, quand vous regardiez votre chère Nelly. Je ne vous reconnaîtrais pas brillant et rajeuni dans la gloire céleste. Je vous aime mieux courbé sous votre lourde croix.

Pour le moment, laissez-moi vous oublier un peu, cher vieillard. Laissez-moi retourner à notre antique demeure, où je me plaisais à jardiner, mes cheveux — si abondants qu'ils en étaient incommodes — retenus derrière la tête par un gros nœud, et ma frêle structure emprisonnée dans les vieilles robes de Dolly.

Car tel était mon lot : porter les vêtements dont ma sœur ne voulait plus. J'aurais fort aimé, je l'avoue, à me pavaner de temps en temps dans une toilette à la mode, comme ma sœur, au lieu d'user ces vieilleries qui m'allaient tout de travers. Une seule fois, je voulus me révolter contre la séquestration dont je semblais être l'objet, et nous eûmes, sur ce chapitre, une grande querelle avec Dolly ; mais ma sœur ayant une volonté inébranlable, et moi un caractère timide, moi étant le pot de terre, et elle le pot de fer, la discussion finit comme elles finissent toutes entre nous. Je fondis en larmes et je me soumis.

« Après tout, me dis-je en essuyant mes joues inondées de pleurs aux chèvrefeuilles de ma croisée, cela doit être ainsi. » Dolly était belle, elle possédait au plus haut point les dons merveilleux qui avaient été de tout temps l'apanage des Les-

trange; il était juste qu'elle les produisît et sou-
tînt au dehors le vieux renom de la famille. Moi
qui étais laide, j'étais fatalement condamnée à
l'obscurité.

Mais, étais-je réellement laide? Voilà la question que je m'adressais plus d'une fois, matin et
soir, en jetant un coup d'œil dans ma glace. Mon
visage était-il de ceux qui tournent la tête aux
hommes ou du moins leur arrachent un sourire
d'approbation? Était-il de ceux qui les laissent
indifférents?

Hélas! après mainte consultation tenue avec
mon miroir, consultation dans laquelle je pesais
minutieusement le pour et le contre, la réponse
était toujours affligeante pour mon amour-propre.
J'avais sans doute de grands yeux bleus, une physionomie qui ne manquait pas d'expression, un
pied et une main dont j'étais quelque peu fière,
des dents admirablement blanches et bien rangées,
un teint d'une blancheur éclatante; mais il n'y
avait aucune régularité dans mes traits. Ce qui
me désolait par dessus tout, c'était la nuance trop
ardente de mes cheveux. J'avais remarqué, il est
vrai, cette couleur de feu dans le portrait d'une de
mes aïeules qui passait pour avoir été l'une des
plus belles femmes de son temps; et je me disais
que mes longues boucles et les nattes chatoyantes
qui se tordaient sur ma nuque pouvaient bien
jouir d'une pareille immunité. J'avais même en-

tendu dire à mon père que les peintres de l'école
vénitienne affectionnaient singulièrement les cheveux semblables aux miens..... Néanmoins, je
n'étais pas satisfaite.

Un jour, je résolus de demander à Dolly quelle
était son opinion sur ma personne. Dolly n'était
certes point une créature affectueuse, ni avec
laquelle il fût très commode de vivre. Bien qu'elle
fût ma sœur, je l'aimais tout juste autant qu'il le
fallait ; mais j'avais une confiance entière dans
son jugement. Nous étions toutes deux assises dans
la grande salle par une matinée d'hiver ; Dolly
travaillant dans un grand fauteuil de chêne à
dossier sculpté, devant la cheminée où brûlait un
feu de sapins ; moi, qui déteste les sièges ordi-
naires par esprit de contradiction, perchée, dans
une attitude aussi agréable que disgracieuse, sur
une longue table, et les mains croisées devant mes
genoux.

Dolly justifiait réellement sa réputation de
beauté. Son visage était d'un ovale parfait, son nez
du plus pur type grec, ses yeux d'une limpidité
admirable, sa bouche si petite et si finement
sculptée, qu'elle ne semblait point faite pour les
usages vulgaires. Il régnait sur tout cela une
expression de douceur contenue et presque féline
qui vous tenait en respect. On l'eût prise volontiers pour une madone en prières, s'il n'eût semblé
par moments qu'elle les disait à rebours. Je la

regardais avec une admiration mélangée d'envie.

— Dolly, lui dis-je, je voudrais être aussi belle que vous.

— Vraiment? dit ma sœur, sans lever la tête de sur son ouvrage.

— Je prie Dieu, tous les soirs, de me donner une figure comme la vôtre ; je ne sais si c'est bien.

— Je ne le pense pas, à vrai dire.

— Pourquoi Dieu donne-t-il tout aux uns et rien aux autres ?

— Demandez-le à M. Bowles.

Il faut dire que M. Bowles était le ministre de notre paroisse, et que j'avais pour ce personnage une de ces antipathies sans fondement trop communes chez les jeunes filles.

— Dolly, repris-je d'un ton de reproche, c'est toujours ainsi que vous répondez à mes questions. Je ne vous demanderai plus rien.

— Comme vous voudrez, ma chère.

— Du reste, continuai-je en m'excitant, tandis que je serrais mes genoux plus fort que jamais, pensez-vous... Hum... pensez-vous vraiment que je sois laide?

— Je n'y ai jamais songé, répliqua-t-elle avec froideur.

— Eh bien ! songez-y une fois, je vous en prie.

Dolly leva lentement ses doux yeux sur moi et m'enveloppa d'un regard.

— Je ne vous admire pas précisément, dit-elle, en abaissant ses paupières, mais il n'y a pas de raison pour que d'autres ne le fassent. Il y a des gens qui aiment les cheveux rouges et les grandes bouches.

Je courbai la tête sous ma destinée. J'étais décidément laide. Je pouvais passer pour bonne, pour spirituelle ou excentrique ; mais jolie, il était clair que je ne le serais jamais. Je me mordis les lèvres d'avoir posé la question.

A l'époque où je commence mon histoire, Dolly était allée passer quelques jours en visite chez des amis, dans un comté assez éloigné. Ce fut à cette circonstance que je dus mon introduction dans le monde. L'absence de ma sœur était, pour mon père et pour moi, l'objet d'une grande et secrète satisfaction. Nous n'en disions rien entre nous ; mais, sans nous l'avouer, nous savions très bien l'un et l'autre à quoi nous en tenir à cet égard. Notre Madone nous inspirait une sorte de crainte révérencielle ; elle était comme une épine dans notre chair. Je me demandais souvent si, dans le cas où Dolly mourrait avant moi, je pourrais la pleurer dans la mesure que commande la décence. Je l'espérais, mais je n'en étais pas bien sûre.

Hélas ! j'ai bien peur aujourd'hui qu'il n'arrive le contraire et qu'elle ne s'adresse, de son côté, la même question... Eh bien! je suis sûre qu'elle pleurera, comme la Madone des Sept-Douleurs... Et chacun de se dire : Comme elle l'aimait!

Mais à quoi bon anticiper sur les événements?

IV.

Le soir de ce jour mémorable où je passai le Rubicon qui sépare, pour nous jeunes filles, la jeunesse de l'enfance, vers les six heures et demie, la voix de mon père retentit au bas de l'escalier tournant qui conduisait à ma chambre virginale.

« Nell, Nell, la voiture est attelée! »

J'étais en train de m'habiller, avec tout mon attirail de toilette entassé pêle-mêle autour de moi, faisant une moue furieuse à l'image que me renvoyait mon miroir, et me demandant s'il y avait dans toute l'Angleterre des cheveux aussi déplorables que les miens.

— Je descends, papa, m'écriai-je en jetant un regard de désolation sur ma tête couronnée de roses. — Ciel! où sont mes gants? où peuvent-ils être? grand Dieu! — Oui, papa, dans une minute... — Quelle figure de pomme de terre!... Bah! il n'y a pas de remède, partons.

Tout en gémissant ainsi, je descendis l'escalier quatre à quatre. La physionomie de mon père,

quand il m'aperçut, prit une expression plus douteuse qu'admirative.

— Je ne m'entends guère à ces choses-là, dit-il,
mais il me semble, Nell, que ta robe fait une assez
triste figure. Je la trouve un peu courte.

— Je l'ai pourtant allongée de deux doigts.

— Et de plus fort étriquée.

— Il y faudrait un lé de plus; mais la tarlatane
est si chère aujourd'hui.

— J'aurais voulu savoir cela plus tôt. Je...

— Bah! lui dis-je en l'interrompant, ne vous
tourmentez pas, cher père, pas un sur dix ne re-
marquera ce que je porte. Est-ce qu'on fera attention à moi?

Cette observation ne rendit point la sérénité au
front paternel.

— Je voudrais te voir aussi bien mise que tout
le monde, reprit mon auteur. Je ne me soucie pas
qu'on dise que je suis trop pauvre pour habiller
mes filles décemment.

— Bah! on ne dira rien du tout, et si on dit
quelque chose, nous ne l'entendrons pas, ou nous
laisserons dire ceux qui ont la sottise de se glori-
fier de leur fortune.

— Encore une fois, je n'aime pas à voir ma
petite Nell éclipsée par ces belles miss Coxe, dit
mon père qui songeait sans doute avec amertume
au temps où le père desdites miss Coxe se fût
estimé heureux de cirer ses bottes.

— Père, lui dis-je en riant, quand je serais vêtue d'un sac, j'aurais encore meilleure mine que ces grosses filles de basse-cour.

Un trajet de trois milles en voiture, sur une belle route bordée de haies d'aubépine en fleurs, nous conduisit à destination. Nous nous arrêtâmes devant un portique grec, sur le fronton duquel rayonnaient les armes des Coxe, fraîchement arrivées du Collége héraldique, tandis qu'une espèce d'oiseau, moitié coq, moitié griffon, que je supposai être le cimier de nos illustres voisins, s'étalait sur tous les angles où pouvait percher cet animal fantastique.

De grands valets de pied poudrés à blanc et galonnés sur toutes les coutures, un flot de lumière qui m'aveugla, une Babel de voix confuses, qui avaient l'air de se quereller ; ce fut tout ce que je vis et entendis au premier abord. Puis, sans savoir au juste si je marchais sur ma tête ou sur mes pieds, je me trouvai présentée par mon père à une grosse femme dont les bras rouges étaient chargés de gros bracelets tout neufs et le front orné d'un diadème qui ressemblait à une couronne murale.

Après avoir subi la présentation, je me réfugiai sur la première chaise que je trouvai libre, et je m'enhardis insensiblement jusqu'à regarder autour de moi. Quel luxe ! quel éclat ! et que ce somptueux salon était différent du nôtre ! Des girandoles chargées de bougies ; un plafond vaporeux où les nym-

phes s'ébattaient avec les amours ; le long des
murs, le pâle sourire des madones à la Carlo Dolci
et le soleil éclatant de divers paysages qui auraient
voulu passer pour des originaux de Claude Lor-
rain ; une impression générale de blanc mat et
d'or moulu. Voilà pour le matériel.

Le personnel offrait un ensemble des plus pitto-
resques : il y avait des gentlemen campagnards à
tête chauve, lords et bourgeois, tous bien nourris
et hauts en couleur, dont le gros ventre et l'épaisse
encolure rappelaient leurs bestiaux à l'engrais ;
des matrones à double menton, étalant sur leur
gorge plantureuse des diamants de la plus belle
eau ; des jeunes gens habillés à la dernière mode
par le tailleur Poole. Dans un coin, une dizaine
de miss groupées comme un vol de colombes, roucoulaient entre elles à qui mieux mieux. Oh ! ces
jeunes filles ! Elles faisaient mon désespoir. Je
supportais les douairières, je m'accommodais des
baronnets, des cornettes irréprochables et des étu-
diants imberbes ; mais les jeunes filles m'inspi-
raient une vague terreur. Ma toilette, qui semblait si mesquine, si fripée chez nous, sur un fond
sévère de vieux meubles et d'antiques boiseries,
quel aspect elle devait avoir parmi les chefs-
d'œuvre d'Élise et de Mᵐᵉ Descou ! Pauvre robe !
elle avait honte d'elle-même, j'imagine, car elle se
collait contre moi, tombante et chiffonnée comme
un costume de bain. Pour achever ma déconfiture,

je m'aperçus que j'étais coiffée à la mode de l'année dernière.

Au milieu de cette société, toute composée de gens du voisinage, je me sentais aussi étrangère qu'une habitante du Kamchatka ; je n'y connaissais pas une âme. Quelques personnes (les hommes en particulier) me regardèrent ; j'attribuai leur attention à la singularité de mon attirail.

Comme on annonçait le dîner, un jeune gentleman, que l'ornementation de sa personne avait sans doute retenu jusqu'alors, entra dans le salon. C'était un homme à cheveux blonds, de haute et forte stature, qui semblait moins fait pour porter l'habit noir que pour revêtir l'armure de quelque ancien preux comme le roi Olaf. Au premier coup d'œil, je reconnus en lui mon inconnu du cimetière. Il paraît que la description que j'en avais faite à mon père était frappante, car, lorsqu'il passa près de moi, en donnant le bras à la vieille lady Blake qu'il conduisait à la salle du festin, mon père se détourna légèrement pour m'adresser un demi-sourire. Je souris à mon tour, toutes mes idées noires s'envolèrent ; j'oubliai ma robe, ma coiffure et mes gants trop larges. Pour mettre le comble à mon agréable surprise, il se trouva que l'inconnu était chargé de m'offrir son bras, ce dont il s'acquitta de la meilleure grâce du monde. Toutefois, quand il m'eut conduite dans la salle à manger et fait asseoir près de lui sur une superbe chaise de velours, il ne parut pas fort pressé de cultiver ma connaissance, car il se mit à manger son potage sans me parler, tandis que je l'observais du coin de l'œil. Il me laissa faire avec le plus grand calme, persuadé sans doute que ses avantages physiques ne pouvaient que me prévenir en sa faveur, à supposer qu'il désirât produire sur moi cette impression.

Une belle tête de cheveux — de vrais cheveux saxons, onduleux et frisés, une figure très mâle et quelque peu hâlée, sans autre barbe qu'une grande moustache fauve; sur la joue droite, une légère balafre, — un coup de sabre probablement — qui frisait l'oreille et descendait jusque sur le cou, tel fut le résultat de mon examen.

« Je voudrais bien qu'il me parlât, me dis-je à moi-même. Peut-être n'a-t-il rien à me dire. Les beaux hommes n'ont pas le don des langues, à ce que prétend Dolly. » Je me serais coupé la mienne, plutôt que d'entamer la conversation avec un étranger. Je restai donc muette, tout en me demandant où il avait pu gagner cette balafre. A la fin, comme s'il avait lu dans mes pensées, mon voisin se tourna vers moi.

— Je crains de vous avoir un peu effrayée la nuit dernière, me dit-il en souriant.

— Mais non, répondis-je en détournant la tête à demi, comme une petite fille sans usage.

— Vous avez dû me prendre pour un fantôme

ou un vampire cherchant quelque chose à dévorer, poursuivit-il avec une familiarité croissante.

Il avait compris, je suppose, que j'étais une fraîche recrue dans les rangs du beau monde, et qu'il pouvait me traiter sans façon.

—Nullement, parce que...

Quelle imprudence ! J'allais lui dire : « Parce que vous avez trop bonne mine pour cela, » mais je me rappelai à temps qu'il n'était pas dans l'ordre qu'une jeune personne fît des compliments à un inconnu.

—Parce que ?... demanda-t-il.

—Parce que, parce que, dis-je, ne sachant comment m'en tirer, et m'accrochant à la première idée qui se présenta, parce que je n'ai jamais ouï dire que les vampires aient les cheveux blonds.

—Mes cheveux ne sont pas blonds, répliqua-t-il d'un air indifférent ; ils sont roux.

—Je maintiens mon jugement, repris-je avec obstination. Ce n'est point là l'idée que je me fais de la couleur dont vous parlez.

—Alors, qu'est-ce que vous appelez des cheveux roux ?

—Ceux de Mrs Coxe, dis-je en dirigeant mon regard vers la maîtresse de la maison, et ils ne sont pas beaux.

—Je regrette que vous ne les trouviez pas beaux, dit mon voisin d'un ton sec. Mrs Coxe est ma sœur.

La foudre, en tombant sur moi, ne m'aurait pas

causé une autre sensation. J'aurais volontiers glissé sous la table et demeuré jusqu'au dessert parmi les pieds des convives. Ne pouvant dissimuler ma confusion, je rougis jusqu'à la racine de mes cheveux, qui étaient également rouges, comme je l'ai dit. Pour me donner une contenance, je baissai la tête sur mon assiette dont j'examinai les chinoiseries. Je restai ainsi muette et confondue jusqu'au moment où j'entendis contre mon oreille un rire étouffé, suivi de ces paroles :

— Ne prenez pas au sérieux ce que je vous ai dit, Mrs Coxe n'est pas ma sœur du tout.

— Oh ! fis-je d'un ton de reproche, pourquoi m'avoir fait ce mensonge ?

— Un mensonge ! dit mon voisin en imitant avec une légère ironie la solennité de mon intonation, ce n'en est pas un. Ne sommes-nous pas tous frères en Dieu ? du moins à ce que dit le clergé.

— Ceci, monsieur, n'est point convenable. J'ai de la religion, et je n'aime point qu'on se moque des choses saintes.

Je crois qu'il fut un peu surpris de se voir faire la leçon par une petite fille de province ; mais il ne fit rien paraître de sa déconvenue et changea brusquement de conversation.

— Est-ce que c'est l'usage des jeunes filles de ce pays-ci de passer leur soirée dans les cimetières ?

— Je ne sais ce que font les autres, mais cela m'arrive quelquefois.

— Vous avez du courage, à ce que je vois. Mes
sœurs ne s'approcheraient pas d'un cimetière pour
un empire après le coucher du soleil.

— Vraiment ? Combien de sœurs avez-vous ?

> Frères et sœurs, petite fille,
> Combien êtes-vous ? dites-moi.

— Frères et sœurs, mon petit *homme* (il me
semble que c'est bien le cas, qu'en dites-vous ?)
J'en ai deux.

— Est-ce qu'elles vous ressemblent ?

— Fort peu ; elles sont beaucoup mieux que moi.

Je n'en croyais rien ; mais je dissimulai de mon
mieux mon incrédulité.

— Y a-t-il longtemps, repris-je, que vous êtes
dans la maison ?

— Depuis mardi dernier.

— Et y resterez-vous longtemps ?

— Cela dépend du plaisir que j'y trouverai. Dé-
sirez-vous savoir autre chose?

— Oh! excusez-moi de vous faire tant de questions, dis-je ; craignant d'avoir manqué aux convenances, je ne voulais pas être indiscrète.

— Rassurez-vous, on ne saurait être indiscrète
avec une aussi jolie bouche.

Le propos me sembla quelque hasardé. J'aurais
peut-être dû m'en plaindre? mais, comme il parlait,
je vis son regard fixé sur le mien avec une expression que je croyais étrangère à des yeux mortels ;

expression singulière, inconnue, qui scella mes lèvres l'une contre l'autre et fit passer sur moi quelque chose comme un frisson. Je baissai les yeux, mais je sentais toujours ce regard attaché sur moi, ce qui acheva de m'interdire.

— C'est à mon tour de vous faire des excuses, dit le jeune officier en inclinant son beau visage tout près du mien. Ne m'en veuillez pas, cela m'a échappé.

— Je ne vous en veux pas, c'est-à-dire pas beaucoup... Je crains que vous ne vous soyez dit : Voilà une petite villageoise sans conséquence à qui on peut tout dire.

— Sur mon âme, ce n'est point là l'opinion que j'ai de vous, reprit-il avec chaleur, je..... Mais mon opinion vous importe peu, sans doute.

— Comment pouvez-vous en avoir une ? Il y a un quart d'heure à peine que vous me connaissez.

— Il y a des personnes qu'on juge du premier coup d'œil.

— Sans doute, fis-je d'un air malin, parce qu'elles portent en elles le cachet de la niaiserie.

— Quelle folie ? Avez-vous jamais entendu parler d'une certaine sympathie qui vous prend quelquefois à première vue ?

— Je ne sais, dis-je en éludant la question ; pour mon compte, je n'ai guère de sympathies autour de moi, si ce n'est mon père et notre vieux serviteur.

— Vous n'allez donc nulle part ?

— Jamais. Dolly voit beaucoup le monde, mais moi je reste à la maison.

— Qu'est-ce que Dolly ?

— Dolly est ma sœur.

— Plus jeune que vous ou plus âgée ?

— Mon aînée de quatre ans. Elle aura vingt-trois ans au mois d'août, et moi dix-neuf dans quinze jours.

— Délicieuse candeur ! Est-ce que vous vivez toute seule avec Dolly ? pardon, avec miss Dolly ?

— Toute seule ! Certes non, nous vivons avec mon père qui est là-bas, de l'autre côté de la table.

Je ne sais combien d'autres révélations j'aurais pu faire sur ma famille, dans mon ingénuité, si je n'avais vu en ce moment Mrs Coxe adresser une inclination à la vieille dame assise près de son mari. Aussitôt toute la portion féminine de l'assistance se leva et, avec force frou-frou, se pressant, se coudoyant, quitta la salle à manger. Je fis naturellement comme les autres, bien que j'eusse préféré rester avec les convives masculins, sous la protection de mon père, et causer avec mon roi Olaf aux cheveux blonds.

Le retour au salon me ramena au sentiment de ma solitude et au dépit causé par mon odieuse toilette. Il n'y avait sûrement chez mes compagnes aucune intention de me désobliger, et si je me sentais gauche et mal à l'aise, ce n'était sûrement pas leur faute. L'une de ces dames, la gracieuse lady

Alice, poussée par son bon naturel, essaya même de me faire causer. Malheureusement, elle me parla bals, courses, bains de mer : toutes choses dont j'étais fort ignorante : sur quoi, voyant qu'elle ne pouvait rien retirer de mon humble personne, elle m'abandonna.

Toutes ces femmes se connaissaient entre elles. Elles étaient du même monde, avaient les mêmes habitudes, les mêmes relations, les mêmes intérêts. Moi seule, je flottais comme une âme en peine en dehors de ce cercle magique, étrangère au langage qui se tenait autour de moi. Que m'importait l'aventure de la duchesse A... et le bal de lady B... ? Je n'avais jamais vu de duchesse de ma vie, et le seul bal auquel j'eusse assisté était une insignifiante sauterie dans le bourg du voisinage, où je m'étais pourtant bien amusée. Aussi attendais-je avec impatience le retour de la société masculine pour améliorer ma situation, qui ne s'améliora, du reste, que fort peu. Si j'avais eu l'espoir que mon nouvel ami ferait quelque démonstration en ma faveur, j'aurais été désappointée. Le bel officier se colla contre le mur à côté du piano, où une sémillante brune se mit à vocaliser des romances françaises d'une voix légèrement acidulée. De temps à autre, il s'inclinait vers la belle chanteuse, pour lui dire deux ou trois mots à l'oreille, ce qui faisait briller ses yeux noirs d'un nouvel éclat. J'avais grande envie de chanter à mon tour ; car je chantais, c'était un de mes talents ; mais personne ne manifesta le désir de m'entendre. Je me résignai donc au silence et à l'ennui.

Pendant ce temps, quatre vieilles momies s'attelaient à une table de whist, mêlaient, donnaient, maugréaient contre leurs cartes et querellaient leurs partenaires ; d'autres têtes chauves se groupaient dans un coin pour causer de leurs exploitations agricoles et faire assaut de hâbleries ; les jeunes gens recherchaient les femmes qui leur plaisaient le mieux et s'asseyaient dans leurs poches, à la satisfaction de chacune des deux parties ; la pauvre délaissée elle-même trouva grâce auprès de quelques-uns.

Deux ou trois hommes me furent présentés. Assise sur un fauteuil assez bas, je me fatiguai singulièrement le cou à leur parler, tandis que leurs jambes, emprisonnées dans leurs étuis noirs, se tenaient raides devant moi. Était-ce compassion de mon isolement ? Je ne sais, mais je n'eus qu'à me louer de leur courtoisie. L'un d'eux, que j'avais entendu nommer sir Hugues, gentleman gros et court, entre deux âges, fut particulièrement gracieux envers moi. Il y eut dans son langage quelque chose de plus qu'une amabilité de circonstance. C'était à croire que je lui avais fait impression.

Quand nous prîmes congé de la maîtresse du logis, le roi Olaf quitta la musicienne brune et m'offrit galamment son bras pour me reconduire.

Un instant nous fûmes seuls dans le vestibule. Comme il m'aidait à mettre mon châle, je rencontrai ce même regard contre lequel j'étais, cette fois, un peu plus aguerrie.

« Si j'allais demain soir au cimetière, me dit-il à demi-voix, qu'en penseriez-vous?

— Vous êtes libre d'y aller, si bon vous semble, répondis-je.

— Y serez-vous?

— Ce n'est pas probable. »

Mon père m'appelait. Je me sauvai en toute hâte, regrettant presque mes dernières paroles. Au moment où la voiture s'ébranlait, je le vis debout sur le perron. Les lanternes de notre vieille calèche éclairaient sa fière beauté grecque. Je me penchai à demi pour l'apercevoir une dernière fois, puis je le perdis de vue.

V.

« Les fédéraux ont reçu une raclée, Nell, » me dit mon père le lendemain, lorsque j'arrivai pour me mettre à table, dans mon négligé ordinaire, les mains pleines de lilas et de giroflées.

— Tant mieux, fis-je, en disposant mes fleurs chéries dans des vases de verre bleu.

Nous étions de grands politiques, mon père et moi ; pour mon compte, j'aurais pu subir un examen sur la guerre d'Amérique. A mon point de vue personnel, je ne m'inquiétais guère, à vrai dire, si les confédérés conjugaient le verbe « battre » à l'actif ou au passif, et la grande querelle des Abolitionistes et des Sécessionistes me laissait fort indifférente. Mais j'étais trop heureuse qu'un intérêt quelconque, public ou privé, détournât mon excellent père de ses sombres préoccupations, pour ne pas prendre une vive part à ce qui l'intéressait.

Il n'y a pas de relations plus douces que celles d'un père et de sa fille, lorsqu'ils sont animés, l'un pour l'autre, des sentiments qui nous unissaient mon père et moi. C'était là l'objet de mes pensées, lorsque je m'assis à ma place et me mis à déguster mon potage. non sans jeter de temps à autre un regard attendri sur le cher vieillard dont la tête grise était enfouie dans les immenses feuillets du *Times*. Ces pensées m'occupaient à tel point, que je ne pus me défendre de les exprimer tout haut en ces termes :

— Père, je me surprends quelquefois à souhaiter que Dolly ne revienne pas, et qu'elle reste toujours chez ces Grafton qui semblent l'apprécier beaucoup plus que vous et moi.

— Tu ferais peut-être mieux de ne pas le dire, dit mon père qui avait encore un pied sur les bords du Potomac.

— Pourquoi ne pas le dire, si je le pense ? Nous

sommes si heureux, quand nous sommes seuls, n'est-ce pas, daddy [1] ?

— Oui, très heureux, dit mon père avec un soupir.

— J'aimerais à vivre toujours comme nous vivons actuellement, tous deux seuls avec nos poules et nos lapins ; seulement, je voudrais qu'il ne fût jamais question d'argent et que personne ne vînt nous troubler.

— Tu n'es guère plus ambitieuse que Diogène, ma chère ; mais tu as oublié de joindre le tonneau à la liste des indispensables.

— Il n'y a que vous qui me soyez indispensable, père.

— Pauvre fille ! tu penseras peut-être différemment quelque jour, quand tu auras un mari et des enfants, et que je ne serai plus de ce monde.

— Quand vous ne serez plus de ce monde, je n'en serai pas non plus, car je ne pourrai pas supporter de vivre sans vous.

— Bah ! niaiserie ! T'est-il jamais arrivé de jeter une pierre dans l'eau ? Cela fait un grand choc, quelques cercles à la surface, et c'est tout. Eh bien, il en sera de même quand je mourrai. Il y aura d'abord un grand émoi de pleurs et de sanglots, quelques cercles de tendres souvenirs qui iront en s'affaiblissant, puis tout rentrera dans l'ordre.

1. Expression dont se servent, en anglais, les petits enfants en parlant à leur père.

Je fus tellement troublée par cette métaphore, que je faillis m'étouffer en avalant de travers.

— C'est comme le souvenir d'un hôte qui n'est resté qu'un jour, poursuivit mon père comme en se parlant à lui-même. Les liens les plus forts se brisent si facilement ! On mouille une demi-douzaine de mouchoirs de poche, on est triste pendant tout un jour ; puis survient quelqu'un ou quelque chose qui remplit le vide et l'absent est oublié.

J'ai le cœur facile aux émotions et les larmes fort près des yeux. En entendant ces paroles, je me mis à pleurnicher à l'abri de la théière.

— Tu pleures, Nell ? dit mon père, arraché à ses divagations par le bruit de mes sanglots... Allons, chère enfant, je ne suis pas encore mort ; attends pour pleurer que ma bière soit prête.

— Vous êtes vraiment bien désagréable, balbutiai-je, dans mon humide indignation. Vous me parlez toujours de ces choses-là. Ne sauriez-vous choisir un sujet de conversation plus gracieux ?

— Je le veux bien. Parlons d'autre chose ; de la soirée d'hier soir, par exemple.

— J'aime mieux ça, dis-je en essuyant mes paupières du revers de ma main.

— Comment t'en es-tu tirée avec ces belles dames?

— Médiocrement Elles ne me plaisent guère, j'aime mieux l'autre sexe. Si je fréquentais le monde, je voudrais aller dans les réunions où il n'y a que des hommes.

— Ma chère enfant, c'est là un sentiment que je t'engage à garder pour toi.

— Vous avez peut-être raison, mais cela n'empêche pas de détester les femmes. Elles sont si curieuses et si malveillantes! Tout le temps que vous leur parlez, elles ne font pas autre chose qu'inventorier votre toilette et supputer ce que coûte l'aune de votre robe. C'est pourquoi, cher père, quoi que vous en disiez, je préfère l'autre sexe. Si vous êtes jolie ou aimable (je dois avouer que je me rangeais dans cette dernière catégorie), il ne vous demande rien de plus et s'arrange de vous du mieux qu'il peut.

Mon père ne jugea pas à propos de me contredire.

— Puisque nous sommes sur le chapitre masculin, reprit-il, ce sir Hugues me paraît un charmant jeune homme. Comment le trouves-tu?

— Vous voulez dire ce petit homme brun que vous m'avez présenté hier au soir?... Vous appelez cela un jeune homme? Dans ce cas Mathusalem était aussi un jeune homme.

Mon père sirota son café d'un air réfléchi.

— Pauvre Mathusalem, dit-il, neuf cent soixante-neuf ans! Comme il devait être las de tourner dans ce cercle perpétuel! Quelle monotonie! voir revenir les semailles et la moisson, l'hiver et l'été, pendant dix siècles!

Comme je n'avais rien à dire au sujet des patriarches, je me tus.

— Qu'est-ce qu'il put faire pendant tout ce temps? poursuivit mon père, toujours rêveur. L'histoire ne dit rien de lui, si ce n'est qu'il naquit, qu'il mourut, et qu'il eut beaucoup d'enfants.

— Il me semble que nous sommes loin de monsieur..... comment l'appelez-vous, cher père?

— J'y reviens, ma chère; seulement je n'en sais guère plus long sur son compte que sur son prototype Mathusalem.

— Et à mon avis, il n'est guère plus intéressant, répliquai-je; sur quoi je ne pensai plus au digne baronnet.

J'ai plus d'une fois entendu les jeunes filles sans mère se plaindre de leur condition et envier le sort de leurs compagnes à qui le ciel avait conservé les leurs. Pour moi, j'étais loin de partager ce sentiment. N'ayant jamais connu ma mère, qui était morte en me donnant le jour, je ne regrettais nullement de l'avoir perdue. Toutes les fois que je me trouvais en contact avec des jeunes filles bien élevées, rassemblées sous les ailes d'une mère attentive, je m'applaudissais de ma condition qui me laissait une liberté presque sans limites. Mon père était d'ailleurs pour moi plus que dix mères. Si j'avais eu une mère, me disais-je, je ne serais venue qu'en seconde ligne dans les affections de mon auteur vénéré. Et puis j'aurais eu à subir une série interminable de supplices. Il aurait

fallu raccommoder mes gants, tenir mes cheveux
en bon ordre, étudier le piano, m'initier aux mystères de la couture. Le destin de ma pauvre mère
me semblait même digne d'envie. Elle était morte
jeune, belle, adorée, dans toute la fraîcheur de ses
illusions.

Je me réjouissais donc chaque jour de ma liberté. Néanmoins, si attachée que je fusse à mon
père, je ne pouvais être continuellement auprès
de lui. Lui-même préférait souvent sa propre société ou celle de ses livres à la mienne, et trouvait une heureuse diversion à ses chagrins dans
la lecture des moralistes français ou des philo-
sophes allemands, dont le grimoire n'avait pour
moi ni queue ni tête. Quelquefois, mais plus rarement, il enfourchait un vieux poney à courte
queue, dont la crinière mal peignée avait vu de
meilleurs jours, pour se promener solitairement
sur ses terres hypothéquées. Dans la semaine qui
suivit notre dîner chez les Coxe, vers la fin d'une
belle après-midi, la douce température du mois
de mai et le ramage des fauvettes qui gazouil-
laient dans les buissons l'invitèrent à une de ces
courses errantes. En conséquence, je me trouvai
livrée à moi-même et quelque peu embarrassée de
savoir ce que j'allais faire de mon temps.

Si j'avais suivi mon inclination, j'aurais pris la
route du cimetière, dans l'espérance d'y voir mon
inconnu; mais deux considérations m'arrêtèrent.

Si je l'y trouvais, mon embarras serait extrême, et je ne saurais comment soutenir son regard. Si, au contraire, il n'y était pas, quelle humiliation d'être allée vainement à sa rencontre!

En dehors du charme nouveau qu'il m'offrait, ce vieux champ des morts incliné vers le couchant, en avait pour moi de plus anciens et de très réels. Par un singulier contraste, mon âge et ma nature, alors si insoucieuse, me poussaient, au lieu de m'en éloigner, vers ce lugubre séjour. Au déclin de la vie, quand l'esprit est dominé par les pensées graves, on ne recherche guère leur société, et l'on s'efforce même de s'en distraire. Mais la jeunesse, grâce à toutes les ardeurs qui s'agitent en elle, aime à braver la terrible faucheuse; au besoin, elle la provoquerait en combat singulier, tant elle se croit sûre de la victoire. A dix-neuf ans, la mort semble si éloignée, on voit se dérouler devant soi un si long chemin semé de fleurs, qu'il ne déplaît point de faire quelques excursions dans le labyrinthe du sombre avenir.

Pour moi, j'aimais à m'asseoir sur ces tombes moussues, à deviner l'histoire ou le roman de ces humbles défunts, jadis inférieurs à moi par leur condition, aujourd'hui supérieurs par l'intelligence des mystères dont la mort seule donne la clef. Comment avaient-ils soutenu le dur combat de la vie? comment affronté la dernière heure? Indifférents, résignés ou heureux, de quel œil avaient-ils vu l'approche du moment suprême, redouté par les uns, béni par les autres? Tel était l'objet de mes rêveries solitaires. Mais le cimetière étant, pour cette fois, hors de question, il fallait chercher une occupation plus pratique.

J'ai déjà dit que notre jardin, où j'étais justement en train de délibérer, offrait l'aspect d'un singulier pêle-mêle. Le mouron blanc, le séneçon et autres abominations glissaient leurs têtes plébéiennes parmi les couronnes impériales ou les reines-marguerites. Quelques-unes, dans leur audace, ne tendaient à rien moins qu'à étouffer les némophilas, dont les doux yeux réflétaient l'azur du ciel.

« Si je jardinais un peu? me dis-je, en me baissant pour déloger un chardon qui s'était insinué dans un rosier du Bengale. Ce serait une manière utile d'employer le temps, qui est devenu depuis quelques jours d'une incompréhensible lenteur, bien que j'avance journellement toutes les horloges d'une demi-heure. »

L'idée me plut. Je courus chercher une paire de vieux gants et une petite natte de jonc pour garantir mes mains et mes genoux, et me voilà aussitôt courbée vers le sol, creusant, arrachant, sarclant comme une jardinière émérite. J'éprouvais tant de plaisir à me sentir utile, et cela m'arrivait si rarement, que je me livrai à ma nouvelle occupation avec une ardeur infatigable. Pendant ce

temps, mon esprit trottait de droite et de gauche ;
je pensais à bien des choses, notamment aux incidents de ma dernière dissipation. Je composais
des remarques spirituelles et de fines reparties
que j'aurais pu semer dans mon entretien avec le
bel étranger aux cheveux blonds et, pour la vingtième fois, je me demandais ce que pouvait signi-
fier le regard qu'il avait attaché sur moi , au
moment où je mettais mon châle dans le vestibule.

« Est-ce que, par hasard, il me trouverait jolie? »

Cette suggestion déraisonnable interrompit un
instant ma besogne. Je me redressai sur mes
genoux et, rejetant en arrière le chapeau rustique
qui pesait sur mon front brûlant :

« Impossible! me dis-je, jolie, moi! après ce
qu'a dit Dolly, rien n'est moins vraisemblable... »
Puis j'ajoutai en reprenant mon outil de jardinage : « La vie de recluse que vous menez vous
fausse l'esprit et vous fait prendre les taupinières
pour des montagnes. Assurément, mademoiselle,
vous êtes folle. »

Tout en ruminant ainsi, mon imagination s'était
si bien échauffée que j'articulai ces dernières paroles à voix haute, pensant qu'elles n'avaient d'autres auditeurs que les roses et leurs compagnes.
Jugez de ma stupéfaction lorsque j'entendis une
voix moqueuse répliquer en ces termes à l'apos-
trophe que je m'adressais :

— Vraiment? Je ne l'aurais jamais cru.

Je me relevai en sursaut, cherchant des yeux mon contradicteur.

Qui pensez-vous que ce fût, sinon lui? Haut et droit, il se dressait comme un jeune chêne au milieu de l'allée bordée de buis, souriant à ma déconvenue.

— En vérité, reprit-il, vous avez une bien mauvaise opinion de vous-même.

La surprise et la confusion m'ôtèrent la parole. J'essayai de me remettre, tout en cherchant dans mes souvenirs à quel moment j'avais élevé la voix. N'avait-il entendu que la dernière phrase? Aurais-je commis l'imprudence de dire tout haut la première? Oh! dans ce cas, où me cacher?

— Eh bien, vous ne me demandez pas de mes nouvelles? Vous ne voulez donc pas me toucher la main, miss Lestrange? dit mon persécuteur qui avait repris sa gravité.

— Comment voulez-vous que je fasse? dis-je d'un air moitié confus, moitié rieur, en lui montrant mes gants souillés de terre.

— Oh! qu'à cela ne tienne. Je ne m'effraie pas pour si peu. Cela me rappelle les ouvrages de boue que je construisais dans mon enfance.

J'ôtai sur-le-champ mon gantelet, et je mis ma petite main dans la sienne.

— C'est un peu téméraire à moi, me dit-il, de me présenter ainsi sans invitation.

— Pas du tout ; seulement vous m'avez un peu effrayée.

— Vraiment? Je le regrette ; mais, voyez-vous, je pataugeais dans le champ voisin de la façon la plus pitoyable, lorsque j'ai vu de loin quelqu'un occupé à gratter la terre comme un lapin. Il m'a semblé vous reconnaître et la tentation m'a pris de venir causer un peu avec vous. Un visage humain tant soit peu sympathique est si rare dans ce pays désolé, que je n'ai pas voulu perdre l'occasion.

— Vous n'avez pas voulu perdre l'occasion, répliquai-je machinalement sans savoir ce que je disais.

— Quoi! c'est là tout ce que vous avez à me dire? Je dois donc croire que je commets une indiscrétion.

— Oh! non certainement, dis-je dans ma naïveté.

A cet endroit du dialogue, le vent du soir qui commençait à souffler dérangea mon chapeau. Je m'aperçus alors que ma main était restée, je ne sais comment, dans celle de mon visiteur. Je m'empressai de la retirer. Quand j'eus rajusté ma coiffure, il reprit :

— Pourquoi fûtes-vous si peu aimable l'autre soir?

— Si peu aimable? Je ne pensais pas mériter ce reproche.

— C'est pourtant vrai. Je me suis demandé dix fois après votre départ : Qu'est-ce que j'ai pu faire à cette jeune personne pour qu'elle m'ait si maltraité ! Seulement je suis sûr que je n'ai pas dit : *Cette jeune personne.*

— Ah ! et comment avez-vous dit ?

— Qu'importe ? Je ne vous ai sûrement pas appelée par votre nom, puisque je l'ignore. Seriez-vous assez gracieuse pour me le dire ?

— Nell.

— Nell ! C'est joli. Avez-vous été baptisée sous ce nom-là ?

— Je ne le suppose pas. Mon vrai nom est Ellénore ; mais personne ne m'appelle ainsi, si ce n'est les domestiques. Et vous, comment vous nomme-t-on ?

— Richard Mac-Gregor.

« Joli nom ! murmurai-je à part moi ; mais je préfère *Olaf*, il est plus descriptif. » Là-dessus je me remis à genoux sur ma natte et recommençai mon travail. Ceci ne parut point satisfaire M. Richard Mac-Gregor.

— Je vous en prie, laissez cet affreux jardinage, dit-il en s'emparant de mon déplantoir. Venez vous asseoir sur ce banc et causons un peu. Ayez pitié d'un pauvre garçon qui ne demande qu'à échanger quelques idées.

Il n'y avait pas moyen de refuser. J'obtempérai donc à sa requête et m'assis sur le vieux banc de pierre à demi brisé, où les mousses grises et les lichens croissaient à travers les fentes, tandis que lui s'étendait mollement à mes pieds.

— Ainsi, vous passez vos jours dans ce fouillis végétal, dit-il en regardant autour de lui.

— Oui, et dans la maison, et dans la basse-cour avec les poulets.

— Est-ce que tout cela vous amuse ?

— Beaucoup.

— Au fait pourquoi pas ? Vous ne connaissez pas d'autre existence.

— Et je n'en voudrais pas d'autre sans la partager avec mon père.

— Vous l'aimez donc bien ?

— Avec passion.

Ici je crus entendre mon nouvel ami marmotter entre ses dents quelque chose comme ces mots : « Heureux mortel ! »

— Vous n'avez pas l'idée d'une affection encore plus vive ? dit-il en arrachant un brin d'herbe qu'il se mit à mordiller.

— Aucunement.

— Moi, j'aimerais bien d'être aimé comme ça, ajouta-t-il en fixant sur moi ses yeux d'un gris sombre.

Il voulait sans doute parler d'une mère ou d'une sœur ; ce fut du moins l'idée qui me vint. Toutefois mes maudites joues jugèrent indispensable d'arborer leur couleur de feu, ce qui me donna l'air d'ajouter de l'importance à ce propos, et d'attendre, à la suite, une déclaration. Mais le beau Richard fut magnanime. Il regarda d'un autre côté et dévora un second brin d'herbe. Ayant donné à mon visage le temps de se rafraîchir, il reprit :

— Il me semble que nous nous conviendrions assez, vous et moi. Qu'en pensez-vous?

Je répondis par un signe affirmatif, sans savoir absolument ce que je faisais.

— Eh bien, poursuivit le jeune homme, signons un traité : ligue ou covenant, comme il vous plaira de l'appeler. Cela vous va-t-il?

Cette offre à brûle-pourpoint me jeta dans un embarras extrême.

— Mon Dieu! balbutiai-je, vous allez un peu vite. Que diriez-vous si, après m'avoir donné votre amitié, vous veniez à reconnaître que je n'en suis pas digne?

— Ceci m'inquiète peu. Je ne crois courir aucun risque, si vous daignez faire pour moi ce que je vous demande. La vie est trop courte pour en perdre une portion en préliminaires.

— Oui, elle est courte, dis-je d'un ton sentencieux.

— Horriblement courte. Si je vous aime... et que vous m'aimiez... comme je l'espère... voyons, m'aimez-vous?

En parlant ainsi, M. Richard s'éleva sur son coude, jusqu'à ce que son visage fût à la hauteur de mon genou. Il attendit ma réponse dans cette attitude.

— Il pourrait bien se faire que je vous aime, répondis-je toujours machinalement; c'est-à-dire autant qu'on peut aimer quelqu'un qu'on connaît à peine.

— Alors donnez-moi votre main pour signer notre pacte.

J'étais quelque peu ahurie des progrès que cette étrange intimité venait de faire en dix minutes. Néanmoins je cédai.

Comme je donnais la main à Richard Mac-Gregor, mon père se montra au bout de l'allée. Le tableau vivant que nous lui avions préparé à notre insu, mon nouvel ami et moi, dut lui sembler fort étrange, car il parut aussi mécontent que stupéfait. Il faut avouer que le pauvre homme n'avait pas tout à fait tort. Trouver sa fille bien-aimée assise, à la brune, en compagnie d'un homme qu'elle n'avait vu que deux fois, et lui abandonnant sa main sans résistance, c'était plus qu'il n'en fallait pour effaroucher le père le moins rigide.

C'est presque une banalité de dire que les choses qui arrivent le moins souvent sont celles qui font le plus d'impression. S'il y avait chaque jour des coups de foudre et des tremblements de terre, on ne songerait plus à s'en effrayer. Mon père était en général si affectueux pour moi et si indulgent pour mes caprices, que ses rigueurs, lorsqu'elles éclataient, me causaient un trouble extraordinaire. Quand je le vis s'avancer vers nous, l'aspect de sa physionomie me terrifia. Je me levai aussitôt en retirant ma main.

— Voici mon père, dis-je rapidement.

M. Mac-Gregor montra plus d'assurance. Il se redressa et, s'étant mis sur ses pieds, fit quelques pas à la rencontre de mon père. Celui-ci souleva légèrement son chapeau et lui dit d'un air contraint :

— Voilà un honneur auquel je ne m'attendais pas, monsieur ; voudriez-vous me dire à qui j'ai l'honneur de parler ?

— Le capitaine Mac-Gregor, dit Richard avec un salut beaucoup plus profond. Excusez-moi, monsieur, ajouta-t-il, non sans quelque embarras, de m'être présenté chez vous à une heure aussi indue. Mrs Coxe m'avait chargé d'un message pour votre fille et, après m'en être acquitté, j'ai demandé à miss Lestrange la permission de visiter votre jardin dont elle a bien voulu me faire les honneurs.

« Autant de mensonges que de paroles ! » me dis-je intérieurement, confondue d'un pareil aplomb. Mon héros n'avait décidément aucun respect pour la vérité. Du reste la fable qu'il venait d'inventer n'eut aucun succès. Mon père grommela deux ou trois paroles inintelligibles et se planta au beau milieu de l'allée entre le visiteur et moi, en tirant sa montre, ce qui voulait dire assez clairement : Cet intrus va-t-il s'en aller bientôt?

L'intrus comprit à merveille. Il s'inclina par deux fois et me dit avec un imperceptible sourire : — J'espère que vous n'oublierez point le message de Mrs Coxe. Puis il s'éloigna.

Nous fîmes quelques pas dans l'allée; moi tremblant de peur, mon père dans une agitation extrême.

— Ces choses-là ne me conviennent nullement, dit-il après un moment de silence, et qui plus est, je n'entends pas qu'elles se renouvellent. Vous êtes jeune et sans expérience, Nell; mais vous en savez assez pour comprendre que ces libertés ne conviennent pas à une jeune fille, encore moins à une personne de votre rang. Il n'y a qu'une petite fille de rien (oh!) qui se permette de causer à neuf heures du soir avec un grand gaillard étalé à ses pieds, comme je vous ai vue il n'y a qu'un instant.

Le mot *étalé* me parut fort. Il me fit monter la rougeur au front et renfoncer mes larmes prêtes à couler.

— Il tenait même votre main, si je ne me trompe, poursuivit mon auteur d'un ton plus sévère. Qu'en faisait-il?

— Mon Dieu! je ne sais, balbutiai-je, je suppose qu'il allait me dire adieu.

Quant à la folie que j'avais faite d'écouter les

propositions de Richard et d'y souscrire si imprudemment, il va sans dire que je n'osai point la confesser.

— Faquin! s'écria mon père en s'irritant de plus en plus. Il mérite une leçon, et il l'aura. Vit-on jamais pareille outrecuidance? S'introduire chez quelqu'un sans son agrément! Ces manières-là ne sont pas de mise ici. Il n'y remettra plus les pieds, je vous le jure.

— Il n'est pas probable qu'il en ait envie, à la façon dont vous l'avez reçu.

— Tant mieux! dit mon père en frappant la terre de sa canne.

Cette conversation orageuse nous avait conduits à la porte de l'habitation. Je courus m'enfermer dans ma chambre et je me jetai sur mon lit où j'éclatai en sanglots.

— Moi une fille de rien! Lui un faquin! Laquelle de ces épithètes était la plus sévère?

VI.

J'ai vécu plus de vingt ans, et si je ne puis me flatter de connaître la vie sous toutes ses faces, j'ai vu du moins une grande partie du bien et du mal (hélas! il y a beaucoup plus de mal que de bien) qui forment l'ensemble de l'existence. J'ai souvent été à même de comparer le poids des

divers fardeaux qui pèsent sur la triste humanité,
et de m'adresser cette question : Lequel est le
plus lourd?

Après mûre délibération, après avoir envisagé
la thèse sous tous les points de vue, épuisé tous
les arguments et changé cinq ou six fois d'opinion,
je suis restée convaincue que le plus lourd de
tous les fardeaux humains c'est la pauvreté. Non
cette pauvreté décente et presque confortable qui
paie comptant et se contente d'un serviteur; qui
va à pied au lieu d'aller en voiture, porte des
robes d'indienne au lieu de robes de soie, qui
envoie ses enfants à Cheltenham et à Cambridge,
au lieu de les mettre à Éton et à Christ-Church;
celle-là est, en définitive, très supportable. La
pauvreté dont je parle est cette morne indigence
qui vit dans une grande maison avec de maigres
revenus, qui n'ose regarder devant elle de mois en
mois et voit toujours les huissiers suspendus sur
sa tête; cette indigence qui enlève à l'esprit toute
sérénité et toute vigueur; qui rend haineux et
quelquefois sordide; qui change les jours en une
série de tortures et les nuits en veilles insupportables; qui empoisonne les sources de la vie et
pousse quelquefois dans les bras de la mort l'in-
fortuné qui ne peut lui échapper autrement. Il
peut arriver de grands malheurs dans la vie; le
cœur en saigne, mais il finit par guérir, car aucune blessure n'est éternelle. Mieux vaut un bon

coup de poignard qu'une suite continuelle de coups d'épingle.

Le lendemain du jour où je m'étais si peu conduite en fille de bonne maison, je me trouvais dans la grande salle du château, mise à cette heure en pleine lumière par les rayons du soleil de mai qui, pénétrant à travers les vitres garnies de plomb, se jouaient dans la chevelure d'Abel et dans les jambes de Caïn représentés sur une vieille tapisserie de Flandre. Dédaigneuse des sièges, suivant ma coutume, j'étais assise sur le plancher et, sans aucun respect pour ma noble ascendance, qui me regardait faire du haut de ses portraits, je raccommodais des bas. Cette occupation me déplaisait singulièrement, et je n'y étais pas fort adroite ; mais, n'ayant point de femme de chambre, j'étais contrainte de m'y livrer une fois par semaine. Tandis que je reprisais de mon mieux et que je me piquais les doigts, j'entendis crier sur ses gonds la porte qui conduisait à l'office. Une tête se montra timidement à l'ouverture, et je vis bientôt paraître la personne tout entière de la femme de charge qui complétait, avec le vieil intendant dont j'ai parlé, la liste de nos serviteurs. C'était la plus honnête créature qui eût jamais troussé un poulet ou retourné une omelette. Je l'aimais de tout mon cœur ; mais en ce moment, son apparition ne me fit aucun plaisir. J'avais commandé le dîner, et je savais que sa visite ne

pouvait avoir qu'un but, celui de me demander de
l'argent pour un des nombreux fournisseurs qui
assiégaient constamment notre porte.

— Avec votre permission, mademoiselle, j'aurais
besoin de vous parler.

— Approchez, lui dis-je, sentant déjà mon cœur
défaillir. Je suis seule. Qu'y a-t-il ?

— Excusez-moi, chère mademoiselle, c'est le
boucher qui est venu.....

— Vraiment ? c'est bien aimable à lui.

— Sans doute ; mais il n'a pas apporté précisément le morceau de bœuf qu'il fallait. S'il vous en
souvient, vous aviez demandé du filet, et il n'a
apporté que l'aloyau. C'est toujours comme ça
depuis quelque temps ; il garde les morceaux de
choix pour de meilleurs clients, à ce qu'il dit.

— Il faut s'en consoler, dis-je avec résignation.
A dix-neuf ans on ne fait guère de différence entre
le filet et l'aloyau.

— Ce n'est pas tout, reprit Mrs Smith, encou-
ragée par mon stoïcisme, il a apporté son compte.

— Je voudrais qu'il fût à Jéricho, lui et son
compte, répondis-je cette fois avec impatience.

— Il dit que c'est la dixième fois qu'il se présente et qu'il veut être payé.

— *Qu'il veut*, me paraît ambitieux. La reine
n'en dit pas toujours autant.

— Mais il insiste. Il a des engagements pour
la semaine prochaine et il ne peut plus attendre.

— Bah! ils disent toujours la même chose,
répliquai-je d'un ton bourru, en découvrant un
énorme trou dans le talon de mon bas.

— C'est vrai, mademoiselle; mais, s'il vous plaît,
que faut-il lui répondre?

— Dites-lui que je ne demande pas mieux que
de le payer, s'il m'en indique le moyen. Je n'ai
pas un liard au monde, si ce n'est cette pièce
fausse de six pence que vous m'avez rapportée
l'autre jour. S'il la veut, il m'obligera de la
prendre.

— J'ai peur qu'il ne veuille pas accepter. Si
vous pouviez lui donner quelque chose, si peu que
ce fût, rien que pour vous en débarrasser, il atten-
drait peut-être pour le reste.

— Je vous répète que c'est impossible. Je vous ai
remis mon dernier schelling la semaine dernière
pour le marchand de charbon, et mon père m'a
dit qu'il ne pouvait me rien donner de plus avant
la fin du mois.

— Voilà qui est dur. Je n'aime pas à retourner
les mains vides vers cet homme; il n'est point
civil du tout.

— Point civil! m'écriai-je tout indignée. Le
drôle! Que ne le mettez-vous à la porte?

Le sens droit de Mrs Smith se révolta contre ce
procédé qui manquait de délicatesse, je l'avoue.

— Chère miss Ellenore, dit-elle, nous ne pouvons agir ainsi. Après tout, cet homme est dans

son droit et, si nous le chassions, ce serait un bel esclandre dans le pays. Dans vingt-quatre heures nous aurions à nos trousses toute cette meute de chiens affamés.

Nous nous regardâmes en silence. Mrs Smith essuya son front d'une main convulsive, comme si cette friction désespérée avait dû en faire jaillir quelque expédient. Pendant ce temps-là, je roulais dans ma tête les résolutions extrêmes que me suggérait ma perplexité : écrire un roman à sensations que les éditeurs se disputeraient ; épouser un vieux garçon de soixante-cinq ans, un oncle des Coxe, qui me faisait un peu la cour, et exiger de lui qu'il donnât à mon père les trois quarts de ses revenus... etc... A la fin, Mrs Smith reprit la parole.

« Si vous vouliez parler à votre père..... »

— Jamais, interrompis-je vivement.

Demander de l'argent à mon père, qui fumait encore comme un volcan mal éteint, de l'éruption de la veille ! Il n'aurait plus manqué que cela.

— Cependant, il faut faire quelque chose, reprit le digne cordon-bleu. Essayez..... Tenez, le voilà justement qui va dans le jardin. Pauvre homme ! comme il s'est courbé depuis quelque temps !

— Impossible, encore une fois. Il a bien assez de ses chagrins. Croyez-vous que je veuille les augmenter ?..... Ah ! je voudrais vous savoir au fond de la mer Rouge, vous et votre boucher !

Cependant mes imprécations ne menaient à rien. Après maintes réflexions, force me fut de rengaîner ma fierté.

— Voyons, dis-je à Mrs Smith, tâchez d'amadouer ce vilain homme, et persuadez-lui d'attendre jusqu'à la semaine prochaine. La semaine prochaine il sera payé, car j'aurai de l'argent coûte que coûte.

— Je vais essayer, dit-elle, mais je crains bien qu'il ne veuille pas.

Mrs Smith s'éloigna, et je retombai dans mon raccommodage. Ces tristes luttes n'étaient que trop fréquentes chez nous et j'avais toutes les peines du monde à en dérober la connaissance à mon père. Après un intervalle considérable, la messagère reparut d'un air moitié satisfait.

— Eh bien? fis-je.

— Il est parti; mais ce n'a pas été sans peine. J'aurais voulu, ou plutôt je n'aurais pas voulu que vous l'entendissiez jurer. Mistress Smith, a-t-il dit, il n'y a pas dans tout le comté un homme aussi patient que moi. Voici leur mémoire, vous le leur remettrez. — Trente-quatre livres, cinq schellings, quatre pence et demi. — Je reviendrai dans trois jours, c'est-à-dire mardi, la veille de la foire de Nantford. Si je ne suis pas payé, j'irai droit au maître, et nous verrons.

— Puisse toute cette engeance, boucher, épicier et autres voleurs, crever de la peste ou de combustion spontanée! m'écriai-je, pour clore la série de mes imprécations. Ils font le malheur de mon existence.

Néanmoins, si court qu'il fût, j'avais un sursis. A devoir être pendu, demain vaut toujours mieux qu'aujourd'hui. J'étais jeune, facile à l'espoir et, une fois l'orage éloigné, prête à rebondir comme une balle élastique. Inutile de dire que les événements trompaient toujours mon attente ; mais rien ne diminuait ma confiance dans les hasards de l'avenir.

VII.

Trente-quatre livres, cinq schellings, quatre pence et un demi-penny, font une somme considérable pour quelqu'un qui n'a ni revenus ni crédit, et qui doit se la procurer dans trois jours. Je passai une grande heure à chercher les moyens de la réaliser. Mais j'eus beau creuser ma pauvre cervelle, appeler à mon aide toutes mes facultés inventives, aucune inspiration ne vint. Si, du moins, j'avais connu quelque âme assez charitable pour me tirer d'embarras !

Mais non, personne à qui emprunter. Je possédais, il est vrai, deux vieilles tantes fort à leur aise, mais c'étaient deux vestales aussi avares que revêches, qui ne m'avaient jamais donné ni à moi ni à ma sœur, la valeur d'un liard, à l'exception de deux grosses broches en os peintes en rouge, qu'elles avaient rapportées, par monts et par vaux, de je ne sais quel voyage. Je serais morte de misère plutôt que d'avoir recours à leur générosité.

Je passai vainement en revue tous mes biens terrestres, dans l'espoir d'y trouver quelque objet susceptible d'être vendu. Je n'avais point de bijoux, ma sœur Dolly s'étant approprié ceux de ma mère avant que je fusse en âge d'en connaître le prix. Le seul objet de quelque valeur qui fût resté en ma possession, était une grosse et vieille montre ayant appartenu à ma grand'mère, assez curieusement émaillée et ciselée, et qui marquait fort mal les heures, quand elle les marquait. Je la portais quelquefois, faute d'autre. L'idée me vint un instant de vendre ce vénérable chronomètre; mais j'y renonçai presque aussitôt. Qui est-ce qui aurait voulu d'une pareille bassinoire? Et, d'ailleurs, à qui aurais-je pu l'offrir?

Le sentiment de mon impuissance me jetait dans une affreuse perplexité.

Cette fatale journée du mardi allait arriver et, avec elle, les Furies impitoyables sous la forme du maudit boucher en blouse bleue. En dépit de tous mes efforts, il pénétrerait jusqu'à mon père et lui ferait une scène. Le pauvre homme n'avait pas besoin de ce surcroît d'infortune.

Une partie du jour s'écoula dans ces angoisses.
Pendant le dîner, nous avions passé l'éponge,
mon père et moi, sur notre petit différend de la
veille. La glace était entièrement fondue. Nous
ne pouvions jamais rester longtemps en froideur.
Nous avions fait ensemble notre tournée habituelle dans les dépendances, pour répéter ce que
nous avions déjà dit le jour précédent et ce que
nous devions redire le lendemain. Nous avions
trouvé la vache rouge un peu malade et prescrit
un barbotage à son intention. Nous avions vendu,
en projet, cinq ou six de nos meilleurs élèves de
la porcherie, ce qui avait produit une somme
fabuleuse ; condamné les poulets noirs à une
mort prématurée, et administré au vieux poney
gris sa ration journalière de carottes. Puis mon
père était retourné à ses livres, qu'il ne devait
plus quitter jusqu'au soir.

Nous dînions à une heure, et le repas suivant
n'avait lieu qu'à huit. J'avais donc devant moi
toute une après-midi de solitude ; perspective peu
gracieuse pour moi, dans la situation mentale où
je me trouvais.

Il faisait ce jour-là une chaleur accablante qui
ne tendait pas à relever mes esprits. Le soleil
s'en était allé je ne sais où, bien qu'il ne fût
caché par aucun nuage. Une vapeur diaphane,
mais lourde, qui pouvait présager le tonnerre, ou
la peste, ou un accroissement de chaleur, pesait

sur la nature comme un voile de deuil. J'étouffais
dans la maison. Je m'en fus errer dans le jardin.
Mais ce séjour de prédilection ne me tentait point
ce jour-là. Je n'avais aucune envie de jardiner,
ma dernière tentative à cet égard m'ayant laissé
des souvenirs que je désirais éviter.

Une clôture basse séparait notre enclos d'un
champ de blé en herbe. Je la franchis et, traver-
sant le jeune blé, je me dirigeai vers un petit bois
de pins qui en était limitrophe. En général, je
n'aimais point à me promener seule, par peur des
mendiants ou des chevaux échappés; mais, dans
le bosquet dont je parle, je n'avais à redouter
aucune rencontre de ce genre. Il y régnait une
douce fraîcheur. Les arbres, disposés en quinconce,
ouvraient sur la campagne d'agréables perspec-
tives, et le sol était jonché de feuilles de pin qui
formaient sous les pieds un moelleux tapis.

Après le bois, venait une prairie toute constellée
de renoncules et de pâquerettes, et bordée par un
ruisseau babillard qui formait d'ordinaire la limite
de mes promenades. Arrivée là, je m'assis sur le
gazon et je songeai à mes tribulations financières.
Une petite passerelle rustique traversait le lit du
cours d'eau, au delà duquel j'apercevais en face
de moi un moulin, une vieille ferme, une rangée
de ruches de paille abritées par un mur couronné
de roses grimpantes et, dans le jardin de la ferme,
deux ou trois carrés de légumes entremêlés de

bourraches à fleur bleue. Le moulin fonctionnait
en ce moment. L'eau qui faisait tourner la roue
jaillissait tout autour en blanche écume et se perdait dans le canal avec un bruit monotone qui
berçait mes tristes rêveries.

Tandis que mon œil fasciné suivait ce tourbillon
mugissant, une douzaine de petits poussins d'un
jaune velouté s'en vinrent picorer le long du ruisseau, avec leur mère qui gloussait au milieu d'eux
d'un air important. La fermière parut et leur jeta
deux ou trois poignées de menu grain. Plus loin,
trois canards blancs comme la neige prenaient
leurs ébats sur le canal limpide. Bientôt les poussins s'éloignèrent, la meunière rentra, et je me
lassai de regarder les canards plonger leurs têtes
dans l'eau. Je bâillai, et je jetai un dernier regard
le long du courant avant de retourner à la maison.

J'aperçus, à quelque distance, un homme en ja-
quette de velours brun, qui s'avançait au milieu
des aulnes. Il tenait à la main une ligne de pêche.
Depuis quelques jours, mon cœur avait pris la
sotte habitude de battre dès qu'une forme humaine
se montrait dans le lointain, et j'avais régulièrement une déception à subir en découvrant que le
nouveau venu n'était qu'un vacher ou un garde-
chasse. Le siège de mes affections se livra donc à
son tic-tac habituel; mais, cette fois, ce ne fut
pas sans motif, car je ne tardai pas à reconnaître,
dans ce pêcheur vagabond, le capitaine Mac-Gre-

gor. Au bout d'un instant, il émergea de l'aulnaie et traversa la passerelle, en souriant de mon côté d'un air radieux. Son air bon et honnête m'impressionna, et ce ne fut pas sans une vive satisfaction que je dirigeai obliquement vers lui

> Mon œil chargé d'un tendre amour,
> De cet amour qui fut ma destinée.

Car, il faut bien le dire, je l'aimais, quoique je n'osasse point me l'avouer.

Comme une petite folle que j'étais, je fis semblant de ne pas le voir. Je détournai ma tête surmontée de son chapeau brun et me mis à regarder le long du ruisseau, feignant d'être absorbée par la contemplation des truites qui s'élevaient hors de l'eau pour attraper les mouches et retomber aussitôt dans le courant. Toutefois, il n'est pas besoin de dire que j'entendais le bruit de ses pas aussi distinctement que si c'eût été celui du canon ou du tonnerre.

— Comment vous portez-vous, miss Lestrange ? dit tout à coup une voix à mes côtés.

Le vieux chapeau brun et le visage empourpré qu'il abritait se retournèrent, et deux lèvres timides de répondre : « A merveille, et vous ? » En même temps, une jolie petite main, dans un très vilain gant percé de plusieurs trous, s'avança et fut s'emprisonner dans la main grande et ferme du capitaine Mac-Gregor.

— J'espère que vous n'avez pas voulu m'éviter, dit-il en riant; vous regardiez si obstinément de l'autre côté, que je n'osais approcher.

— Je ne vous voyais pas, répondis-je; du moins... du moins...

Sur cette réponse, dont l'incohérence était dans mes habitudes, je me tus, ne sachant plus que dire; mais avec la conscience de ma stupidité.

— Fort bien, reprit le jeune homme, le plus gaiement du monde, en essayant de me mettre à mon aise. Je vous excuserai d'avoir voulu m'éviter, à la condition de ne pas me renvoyer maintenant que je suis là.

En parlant ainsi, il me regardait d'une certaine façon suppliante qui m'était inconnue et que je trouvais pleine de charmes. Je résolus de surmonter ma gaucherie et de me montrer aimable.

— Pourquoi vous renverrais-je? Cette prairie ne m'appartient pas; vous avez donc le droit d'y être aussi bien que moi.

— Voilà une réponse un peu ambiguë. Voyons, miss Lestrange, voulez-vous ou ne voulez-vous pas me renvoyer? dit le beau Richard en se baissant vers moi.

La vivacité qu'il mettait dans cette demande me piqua au jeu. Soit espièglerie, soit cet esprit de contradiction qu'on dit naturel à mon sexe, l'idée me vint de le taquiner un peu. Il voulait que je disse non, je résolus de dire oui. Pourquoi ne pas faire un peu la coquette, après tout? Je le regardai donc en face et lui dis d'un air moqueur :

— Oui, je veux vous renvoyer.

— A merveille, dit-il du ton le plus calme ; je m'en vais.

Là-dessus, il ramassa sa ligne qu'il avait déjà déposée sur le gazon, me salua et partit.

J'ai rarement traversé, dans le cours de mon existence, des moments plus amers que celui-ci. Je n'avais pas à me plaindre, c'était ma faute. Pourquoi ne pas m'en tenir à ma simplicité habituelle? En voulant faire l'aimable, j'éloignais celui que je voulais retenir !

Sous l'impulsion de ce premier sentiment, je me levai pour courir après lui. Heureusement, la réflexion m'en empêcha. Qu'aurait dit le meilleur des pères s'il m'avait vu poursuivre le jeune *faquin* qu'il avait si vertement éconduit la veille? Je me laissai retomber sur l'herbe, et de grosses larmes coulèrent de mes yeux tandis que je voyais mon Richard s'éloigner. L'ingrat! il ne regarda même pas derrière lui. Sa démarche n'était peut-être pas très gracieuse; il traînait un peu la jambe, comme le font en général les dragons ou les hussards démontés. N'importe, il me fit l'effet d'un ange remontant vers les cieux.

Les truites auraient pu maintenant sauter jusque sur les arbres et se mettre à chanter comme des rossignols, que je n'y aurais fait aucune attention.

J'espérais que le fugitif reviendrait sur ses pas. D'un moment à l'autre, je m'attendais à le voir poindre à l'horizon ; vainement. La nuit vint, la rosée tomba, les fleurs s'endormirent, la lune se leva derrière le bois de pins, et rien ne parut. Je restai là pensant à mon doux Richard et à l'affreux boucher, et pleurant à cause de tous les deux.

Ce jour-là étant un samedi, il me paraît superflu d'ajouter que le lendemain était un dimanche, jour qui se distingue des autres en ce que beaucoup de gens dînent de meilleure heure, la plupart avec un rôti de bœuf, et en ce que, à part toute considération religieuse, il n'est point agréable à la campagne.

Le service, à l'église paroissiale, commençait à onze heures. Il s'ouvrait par un hymne dont je dirigeais l'exécution, tout en chantant moi-même. J'ai déjà dit que ma voix ne manquait pas de distinction. C'était un superbe contralto qui aurait fait honneur à une *prima dona* et, après mes yeux peut-être, le plus grand charme de ma personne.

Le chœur des exécutants ne brillait ni par le nombre ni par l'ensemble. Il se composait de moi, de deux ou trois de nos domestiques ou valets de ferme qui, de peur de faire trop de bruit, n'en faisaient pas assez, du clerc de la paroisse et d'un jeune charpentier ; celui-ci, doué d'une jolie voix, mais un peu trop amoureux de la trille et des fio-

ritures. Plus d'une fois je m'étais vue dans l'obli-
gation de réprimer ces tentatives musicales peu en
harmonie avec le caractère grave du chant sacré.

L'église avait deux portes : la porte principale
qui donnait passage au commun des fidèles, et
une autre plus petite qui était l'entrée privilégiée
de deux ou trois familles et en particulier de la
nôtre. Ces deux portes étant ouvertes, vu la chaleur
de la saison, encadraient chacune un joli paysage
de branches touffues, de pierres tumulaires et de
frais gazon avec un coin de ciel bleu. Juste en face
de la petite entrée se trouvait notre banc recouvert
de velours fané. De chaque côté du banc, et de
plain-pied avec le pavé de l'église, on voyait les mo-
numents et les pierres tombales à l'abri desquelles
tous les Lestrange passés dormaient de leur sommeil de mort.

J'étais debout à ma place, et, après avoir éclairci
mon gosier, je venais d'entonner le chant de *Céleste
Jérusalem*, auquel les oiseaux du dehors faisaient
un merveilleux accompagnement, lorsqu'un visage
étranger et une moustache blonde se montrèrent à
la petite porte. La voix faillit me manquer. Il s'en
fallut de peu que je n'abandonnasse la *Céleste Jérusalem* aux roulades du charpentier. J'appelai à
moi tout mon courage et ne tardai pas à me raffer-
mir.

« Allons, me dis-je, il faut poursuivre, coûte que
coûte, fussè-je en présence de tout un escadron. »

Et je poursuivis. Rien ne donne du cœur comme la
nécessité.

> Quelle splendeur radieuse
> Éblouit nos yeux mortels !
> C'est la sphère lumineuse
> Des triomphes éternels.

chantai-je, en mettant toute mon âme dans ma
voix. Je n'oserais affirmer que la dévotion eût la
plus grande part dans cet enthousiasme lyrique.
Un sentiment plus terrestre m'animait, je le con-
fesse à ma honte, et, tout en décrivant la beauté de
Jérusalem, je songeais un peu à la jolie brune dont
la voix aigrelette avait paru charmer mon ami
blond, le jour du dîner chez les Coxe. Ce n'était
pas sans un secret plaisir que je prenais ma revanche.

Le cantique terminé, je fermai mon livre, et celui
qui m'aurait observée en ce moment, n'aurait guère
pu distinguer quelles étaient les plus cramoisies de
mes joues ou des fleurs de coquelicot qui faisaient
l'ornement de mon chapeau des dimanches. Je
n'avais pas levé les yeux sur le Cœur-de-lion qui
venait pour la seconde fois braver mon père ; mais
un vague pressentiment me disait qu'il avait pris
place dans le banc d'un charitable voisin. J'essayai
même de le bannir de ma pensée, en songeant combien les attraits du beau Richard pèseraient peu
dans la balance au jour du jugement. Toute recueillie dans les feuilles de mon livre, entremêlées

çà et là de fleurs desséchées, je me mis à suivre l'office, non sans quelques distractions; je priai avec une ferveur toute patriotique pour la reine, le prince de Galles et toute la famille royale. Quant à mes sollicitudes de ménage, je les avais mises en oubli ce jour-là. J'avais toute la journée du lundi pour me procurer, par n'importe quel moyen, — emprunt, vol ou mendicité — les trente-quatre livres cinq schellings et quatre pence suspendus sur ma tête comme une épée de Damoclès. Le dimanche devait rester vierge de toute préoccupation mondaine; c'était là ma résolution. J'y demeurai scrupuleusement fidèle à l'égard de mon créancier; mais il n'en fut pas de même en ce qui concernait Richard. J'eus beau lui fermer mon cœur, son audacieuse image poussa la porte du sanctuaire et s'y établit, défiant toute expulsion, jusqu'à la fin du service.

Pendant le sermon, je songeai à la rencontre presque inévitable qui allait avoir lieu dans le cimetière à la sortie de l'office, et me représentai l'attitude de trois personnages : mon père, d'abord gourmé, puis cédant à ses habitudes de courtoisie; moi, gauche et troublée, mais ravie au septième ciel; et Richard.....

« Qui sait? pensai-je avec ravissement, mon père l'invitera peut-être à dîner! » Oui, dit la froide réflexion, et s'il l'invite... il n'y a rien qu'un os de gigot. — Cette dernière idée ne délogea pas de

mon cerveau durant tout le second point du discours de mon père, qui, en l'absence du ministre,
remplissait, ce jour-là, les fonctions spirituelles.

« En conclusion, dit-il.....

— En conclusion, répétai-je comme un écho dans
mon for intérieur, il ne reste qu'un os de gigot. »

Arrivé au bout de son éloquence, mon vénérable
auteur nous donna sa bénédiction, puis il demeura
dans sa chaire une minute ou deux, remettant ses
lunettes dans leur étui, et jetant un regard oblique
sur le loup dévorant qui s'était glissé dans son
troupeau. Pauvre cher loup ! Il y avait pourtant
un agneau qui ne demandait qu'à lui tendre une
patte fraternelle ; mais les agneaux ne savent pas
toujours ce qui leur convient.

La petite assemblée s'écoula par les deux portes ;
les fermières se mirent à jaser en échangeant des
poignées de main, les vieilles femmes en bonnet
noir s'en allèrent toutes seules, pendant que John
Barlow s'approchait du tombeau de sa mère et re-
lisait avec orgueil l'épitaphe qu'il avait composée.
Tous ces groupes s'échelonnèrent sur le chemin
du village ; derrière eux s'en allait un dragon solitaire qui se retournait de temps à autre pour
jeter un regard désolé sur l'église et le cimetière.

Pendant ce temps, j'étais debout sous le porche,
piétinant avec une fébrile impatience sur la tête
d'une autre Éléonore Lestrange enterrée là depuis
des siècles, attendant que mon père eût ôté sa

robe de cérémonie. L'opération me semblait démesurément longue. Je songeai même qu'il la prolongeait à dessein pour retarder l'instant de notre
sortie, et que c'était dans ce but qu'il faisait jaser
le vieux Iken que je vouais mentalement aux dieux
infernaux.

« Vieil édenté! me disais-je, en jetant feu et
flammes contre ce dernier, en finiras-tu avec tes
discours? » Mes imprécations ne produisirent
naturellement aucun effet, ni sur la loquacité du
vieux Iken, ni sur la patience de son interlocuteur.
Enfin la conversation cessa. Mon père sortit de la
sacristie et vint rejoindre son impatiente fille.

Hélas! il était trop tard. Comme nous traver-
sions le cimetière, la longue silhouette de Richard,
raccourcie par la distance, disparaissait derrière
un bouquet de bois.

— Qu'est-ce qui a ramené ici ce beau garçon?
dit mon père en le montrant du doigt.

Pour toute réponse, je mordis la poignée de
mon ombrelle. En définitive, mon père ne semblait plus aussi courroucé contre Richard, et je
me consolai de ce qu'il ne l'avait pas invité à
dîner, en songeant de nouveau que nous n'avions
rien à lui offrir.

VIII.

Ce même dimanche, vers les cinq heures, je tra-
versais le vestibule d'un pas languissant, comme

le roi des ténèbres « traînant sa queue énervée sur
le sable de la mer Rouge, » lorsque mon père
m'appela du fond de la bibliothèque :

— Est-ce toi, Nell ?

— Oui, mon père, dis-je en m'approchant.

— Je voudrais te charger d'un message.

— Je suis à vos ordres.

— J'ai promis à la veuve Boyle de lui envoyer
du bouillon ; te plairait-il de le lui porter ?

— Avec le plus grand plaisir, répondis-je, heureuse d'échapper à la lecture d'un certain sermon-
naire qui faisait, depuis sept ans, ma récréation
habituelle du dimanche. — Sur quoi, je m'envolai
comme un oiseau.

Courir à l'office et obtenir de Mrs Smith un
petit pot d'étain plein d'un liquide graisseux et
peu séduisant qui pouvait passer pour du bouillon,
le tout accompagné du précepte de n'en pas verser
sur ma robe des dimanches, fut l'affaire d'un
instant. Je sortis du château et gagnai la campagne.
Un champ de fèves et une luzerne que je traversai
en enjambant les clôtures, une pâture vague occupée par un âne solitaire, puis un petit chemin
creux sillonné d'ornières me conduisirent à la
porte de Mrs Boyle. Après avoir vidé le liquide
sus-mentionné dans un bol qu'elle me présenta à
cet effet, reçu les actions de grâces de la digne
veuve et, ce qui donnait du prix à ma bonne action,
respiré une affreuse odeur de pourceaux, je repris

mon récipient et, avec lui, le chemin de la maison.

N'étant rappelée par aucune affaire urgente, je me mis à flâner un peu, m'arrêtant par-ci par-là pour cueillir les primevères qui ouvraient leurs calices pâles le long des haies. J'en eus bientôt rassemblé un grand nombre dont je fis un bouquet, après m'être assise sur le bord gazonneux du chemin. Deux enfants passèrent en courant après les papillons ; puis deux amoureux, le garçon empêtré, la fille riant sous cape ; puis, — comment se trouvait-il là ? Je n'en ai jamais rien su, — un jeune militaire de très bonne mine qui s'appelait Richard Mac-Gregor. Il m'en voulait sans doute depuis la veille, car il passa en levant son chapeau, mais sans intention apparente de s'arrêter. La vivacité de mon naturel et l'impulsion du moment devaient suivre leur cours. Cette fois, je n'y pus tenir ; je me levai vivement, si vivement que mon pot d'étain et mes fleurs roulèrent dans une ornière, et je m'avançai en lui tendant la main.

— J'espère, lui dis-je un peu émue, que vous n'êtes point fâché ; je fus bien maussade hier.

A moins d'être une statue de marbre, il n'y avait guère moyen de résister à cette sommation, formulée par deux lèvres qui ne manquaient pas de fraîcheur. Or, la froideur n'était nullement le fait de mon bon ami. L'expression un peu gourmée de sa physionomie se fondit aussitôt dans un sourire radieux, tandis qu'il me répondait :

— Vous, maussade? qui vous l'a dit? Ce n'est pas moi assurément.

— Non, mais vous l'avez pensé, sans quoi vous ne vous seriez pas éloigné si vite.

— Le moyen de faire autrement quand vous me renvoyez.

Je baissai la tête.

— On ne pense pas toujours ce qu'on dit, repris-je timidement.

— Merci, je suis bien aise de l'apprendre. Savez-vous que vous m'avez rendu bien malheureux ! car il faut que vous le sachiez, dussiez-vous en profiter pour me tourmenter un peu plus.

— Je n'ai jamais voulu vous tourmenter, je voulais vous le dire ce matin au sortir de l'église, mais le vieux Iken a retenu mon père si longtemps...

— Ah ! le vieux drôle ; je casserai la tête à M. Iken, la première fois que j'aurai le plaisir de le rencontrer.

— Bah ! il n'en vaut la peine ; il est tellement sourd et stupide..... Croyez-vous bien ce que je vous ai dit?

— Je ne sais trop, dit-il en riant. Je suis d'une nature un peu sceptique ; je ne crois rien sans preuves.

— Quelle preuve puis-je vous donner?

Il parut réfléchir un instant.

— Laissez-moi vous accompagner jusque chez vous, dit-il.

— Volontiers, mais ce ne sera pas long ; il n'y a pas cinq minutes de chemin.

— Cinq minutes ? c'est peu. Eh bien ! nous irons plus doucement et nous en mettrons dix. — Vous avez cueilli toutes ces fleurs ? ajouta-t-il en voyant mes primevères éparses sur la route ; permettez que je les ramasse.

Je m'assis sur le gazon et le regardai faire. Pour le récompenser de son bon office, je lui donnai, sur sa requête, la plus belle fleur du bouquet. Alors ses yeux s'arrêtèrent sur les miens et leur parlèrent fort tendrement, tandis que sa bouche me disait :

— Ne partez pas encore, je vous en prie.

Comment refuser ? Je commençais à me croire un personnage d'importance, à me voir ainsi sollicitée. Je me laissai fléchir. Ma condescendance n'offrait d'ailleurs aucun danger. Il n'y avait qu'un miracle qui pût amener mon père dans cette direction.

— Ne trouvez-vous pas l'après-midi du dimanche horriblement longue ? me dit Richard. Pour moi, je ne sais comment l'employer. Mon ami Coxe est le meilleur garçon du monde, mais on n'est pas ennuyeux comme ça. Quant à sa femme, celle qui a les cheveux roux, vous savez ? elle ne fait que rabâcher de généalogie. Ça devient monotone à la fin.

— Vraiment, je me demande ce qui peut vous retenir dans ce pays si peu fertile en distractions.

— Ne le devinez-vous pas un peu? fit-il avec un demi-sourire.

— Je ne devine jamais rien. Vous savez que je suis une petite niaise.

— Une bien jolie petite niaise, dans tous les cas, dit-il en me regardant par-dessous son chapeau qu'il avait incliné sur ses yeux.

Le rouge me monta au front. Je ne pouvais souffrir ces propos, tout aimables qu'ils fussent, sachant bien qu'ils n'étaient pas vrais. Je lui jetai un coup d'œil sévère, en faisant mine de m'en aller.

— Vous ne devriez pas me dire de ces choses-là, répliquai-je; vous savez bien que je ne suis pas jolie. Pourquoi vous moquer de moi?

— Oh! dit-il avec véhémence, c'en est trop. Vous m'accusez toujours de crimes imaginaires. Que voulez-vous que j'y fasse? Je vous trouve belle, terriblement belle, et je ne puis m'empêcher de vous le dire, quand il s'agirait de ma vie. Fâchez-vous maintenant tant que vous voudrez.

Je ne me fâchai pas, mais je restai toute pensive, me disant que j'avais sans doute devant moi un de ces individus excentriques qui, au dire de ma sœur, aimaient les cheveux rouges et les grandes bouches.

— Eh bien! reprit-il, me pardonnez-vous?

— Oui, mais il est temps que je parte.

En disant ces mots, je repris mes fleurs et mon pot d'étain, et je me levai.

— Non, ne partez pas, je ne vous dirai plus rien de semblable. Je me mordrai la langue s'il le faut. Restez encore cinq minutes. J'ai tant de choses à vous dire !

— Vous les direz une autre fois.

— Ah! voilà la difficulté. Quelle autre fois? Je ne dois compter que sur le hasard. Pourrai-je jamais vous voir chez vous?

— Ce n'est pas à moi qu'il faut le demander, dis-je, en chassant un petit caillou avec mon pied.

— A qui donc? A votre père qui m'a si bien reçu l'autre soir?

Ne sachant que répondre, j'effeuillai deux ou trois primevères, tandis que Richard caressait sa blonde moustache.

— Au fait, poursuivit-il, il était dans son droit, car je prenais une grande liberté, et de plus j'avais l'air d'agir clandestinement, ce qui n'est conforme ni au bon goût, ni à mes habitudes. Avouez qu'il m'a décoché une foule d'épithètes peu gracieuses après mon départ.

Le pauvre chapeau brun fut encore impuissant à dissimuler la rougeur qui colora mes joues à cette question indirecte. Du reste, à voir ce beau jeune homme, à considérer sa tournure et sa distinction, rien ne justifiait le jugement un peu sévère que mon auteur avait porté sur lui. Cette conviction redoublait mon embarras.

— Votre silence me prouve que j'ai deviné

juste, dit-il en souriant. N'importe, le digne gentilhomme aura peut-être meilleure opinion de moi
quelque jour. Il faut vivre d'espoir.

— Oui, il vous jugera mieux quand il vous con-
naîtra.

En disant ces mots, je tirai ma montre pour
voir l'heure, qui me semblait marcher avec une
rapidité surprenante. Honteuse, comme je l'étais,
de cette vieille bassinoire dont j'ai fait plus haut
la description, je la cachais de mon mieux derrière
mes doigts aristocratiques. Toutefois je ne pus si
bien la dérober aux yeux de Richard qu'il n'en
aperçût un petit coin.

— Quelle belle montre vous avez là! fit-il avec
une soudaine admiration. Une montre ancienne,
n'est-ce pas?

— Hélas! trop ancienne; si ancienne que le
mouvement en est détraqué et que je suis obligée
de la monter toutes les deux heures. Mais qu'y
faire? Je n'en ai point d'autre. Allez-vous encore
vous en moquer?

— Je ne me moque point du tout. Montrez-la-moi.

— Magnifique! ajouta-t-il, après l'avoir examinée attentivement. Ces objets-là sont fort à la
mode aujourd'hui. Un connaisseur en donnerait
une poignée d'or.

— Vraiment?

— Sans aucun doute. J'en sais quelque chose par
ma mère, qui recherche beaucoup les antiquités.

La pauvre femme serait folle de celle-ci, si elle la voyait.

J'eus comme un éblouissement. L'espoir avec son ancre et un gros homme armé d'un couteau de boucher dansèrent la sarabande devant mes yeux.

— Croyez-vous ? m'écriai-je, est-ce que..... est-ce que votre mère l'achèterait ?

Je m'arrêtai, confondue de ma propre audace.

— Quoi ! vous vous déferiez de cet héritage ? Cette montre doit être dans votre famille depuis des siècles.

— Mon Dieu ! répliquai-je avec le plus grand sang-froid, elle appartenait à ma grand'mère que je n'ai jamais connue, elle ne renferme pour moi aucun souvenir, et.....

— Tiens ! tiens ! j'en découvre de belles sur votre caractère. Je ne vous savais pas intéressée. Êtes-vous sûre de ne pas avoir du sang israélite dans les veines ?

— Non, je ne suis pas intéressée, murmurai-je un peu interdite, mais..... j'ai besoin d'argent..... grand besoin d'argent à l'heure qu'il est.

Un brouillard de pleurs faillit obscurcir ma vue, à la pensée de mon pauvre vieux père conduit au tombeau par des chagrins sordides.

Si jamais étonnement se peignit sur une figure humaine, ce fut sur celle de mon jeune interlocuteur. La vérité se fit peut-être jour dans son esprit. Il n'était pas qu'il n'eût recueilli certaines rumeurs

sur notre indigence, hélas! trop connue. Un éclair
de tendre compassion brilla dans ses yeux.

— Si vous voulez réellement vous défaire de ce
bijou, dit-il, sans paraître remarquer mon émotion,
je puis l'emporter à la ville la prochaine fois que
j'irai. Mais il faut que vous me donniez le temps.
Je connais des marchands qui l'achèteront. Vous
n'êtes pas bien pressée, j'imagine.

— Très pressée, au contraire, m'attachant à cet
espoir, comme un noyé à une branche. Si je n'ai
pas demain une certaine somme, je serai....., c'est-
à-dire je voudrais acheter quelque chose pour moi,
ajoutai-je, pour lui dérober la triste réalité.

— Demain ! c'est bien près, dit-il en ouvrant de
grands yeux. Il n'y a pas de temps à perdre, je par-
tirai ce soir même pour Londres.

— Feriez-vous cela ? Que de peine je vais vous
donner !

— Pas la moindre, rassurez-vous. Je suis bien aise
d'aérer un peu mon cerveau. Ces Coxe commencent à m'ennuyer terriblement. Ainsi c'est
absolument pour demain ?

— Demain soir ou mardi matin de bonne heure ;
mais en vérité je suis confuse.....

— Voulez-vous bien vous taire ? Le silence est
le plus bel ornement de la femme. Demain soir
vous aurez le prix de votre montre.

— Vous êtes vraiment bon, lui dis-je en faisant
rayonner vers lui mes yeux bleus.

— Certainement je suis bon; vous ne vous en étiez pas encore aperçue?..... Maintenant, si je réussis, comme je l'espère, comment vous le ferai-je savoir.

— Ah! oui, c'est vrai!

— Voulez-vous me rencontrer ici ou bien ailleurs. Je suis désolé de vous demander encore un rendez-vous, mais je ne sais pas le moyen de faire autrement.

— J'y vois bien des obstacles. Je ne puis m'absenter sans prévenir mon père; sinon ce serait agir clandestinement, et.....

— La probité même! Il faudra donc que je me présente à Lestrange, au risque de me faire éconduire derechef par votre formidable auteur? Je suis brave, je vous jure, mais pas assez pour affronter un tel péril.

Je baissai la tête en souriant.

—Dois-je me présenter à la porte de vos communs, et corrompre un de vos pages ou une de vos suivantes pour vous faire tenir mon message?

— Jamais! fis-je avec dignité.

— Alors, que faire?... Partageons le différend, choisissons un moyen terme qui satisfasse tout le monde et vous mette à l'abri de tout reproche. Je ne vous demande pas de quitter vos appartements, pas plus que je n'y veux pénétrer. Venez demain à l'extrémité de votre jardin, près de la haie de lilas. Je serai en dehors... Je ne vous retiendrai

pas une minute, rien que le temps de vous remettre la somme..... Oh! vous n'avez rien à
craindre, je ne mords pas... Voulez-vous ?

— Oui.

— Voilà une réponse bien laconique ; n'importe,
je ne vous en sais pas moins de gré, et je ne vous
tourmenterai plus, soyez-en sûre, pour obtenir
des rendez-vous. Mercredi, au grand jour, je vien-
drai, en grande pompe et solennité, présenter mes
devoirs à votre père sous l'aile protectrice de
Mrs Coxe. Ça me donnera l'air d'un petit garçon
malappris qu'on ramène pour lui faire faire des
excuses ; mais qu'importe! rien me coûtera pour
me rapprocher de vous.

Tandis qu'il parlait, je détachai ma montre du
cordon noir qui la suspendait à mon cou et je la
remis entre ses mains.

— Maintenant, lui dis-je, je m'en vais. Ne me
retenez plus ; mon père n'aurait qu'à venir. Adieu.

— Encore une minute ; n'oubliez pas d'être au
fond du jardin à neuf heures.

Il prit la main que je lui tendais et la serra dans
sa main grande et ferme avec une telle énergie
que j'en faillis crier. Mais je supportai bravement
la douleur.

> Alors je passai comme un souffle
> Et disparus à tous les yeux.

IX.

Est-il possible que l'être humain soit constamment le même durant tout le cours de son existence? Chacun de nous possède-t-il une âme individuelle, toujours la même, qui ne le quitte pas depuis la naissance jusqu'à la mort? et ne semblerait-il pas au contraire que chaque homme ou chaque femme est comme une succession d'individus, possédant chacun une âme distincte? Certainement notre corps est toujours le même, à part les changements que lui font subir le temps, l'action de la nature extérieure et les vicissitudes de la vie. Si étrange que cela paraisse, il n'en est pas moins vrai que le petit enfant rose et potelé, qui pleure dans son berceau, et le vieillard dont le corps desséché s'incline vers la tombe sont et n'ont jamais cessé d'être une seule et même substance.

Mais notre âme est-elle toujours la même? On serait tenté de croire que non. Notre manière de voir et de sentir sur les choses et sur les hommes, nos goûts, nos habitudes, nos dispositions diffèrent si radicalement, suivant les périodes de la vie, qu'il ne semble pas possible que ce soit là le fait d'une seule et unique personnalité.

Qui sait si, à certaines époques de notre existence et à certaines heures, — pendant le sommeil peut-être, — une âme nouvelle ne s'insinue pas

dans le corps, toujours plus triste et plus désolée
à chacun de ces changements successifs? Paradoxe,
rêverie absurde, dira-t-on, mais que l'expérience
semble justifier; système aussi soutenable après
tout que celui de la transmigration des âmes,
très sérieusement adopté par plus d'un philosophe.

Pour moi, je ne puis me persuader que je sois
aujourd'hui le même *moi* que cette jeune fille qui,
perchée sur une échelle, par une matinée de mai,
attachait les bignones et les rosiers grimpants le
long du mur de façade du vieux château de Lestrange. J'étais là, dans ma robe de mousseline
bleu fané, un marteau d'une main et un clou de
l'autre, très sérieusement occupée de cette besogne,
tout en laissant errer mon imagination et fredon-
nant de vieux airs.

Un vent violent avait soufflé toute la nuit et dé-
taché les branches de mes grimpants; mais, à cette
heure, tout était calme comme le sommeil du juste.
J'écoutais d'une oreille distraite les bruits des
champs qui venaient jusqu'à moi : le murmure
lointain d'une machine à battre; les aboiements
d'un chien de ferme; plus près, dans le petit bois,
la note prolongée des tourterelles qui roucoulaient
leur chanson d'amour; plus près encore, le bour-
donnement d'une humble abeille, qui ne suspendait son vol errant que pour plonger dans le calice
des campanules et leur dérober à chacune une
goutte de son miel.

Cette douce matinée est restée vivante dans ma mémoire, et j'y pense avec une sorte d'amère satisfaction, comme Ève devait penser aux joies de son paradis perdu. Oui, bien que je ne sois séparée de ces jours-là par aucune faute, je me figure que les regrets inconsolables de notre mère commune, lorsque les parfums de l'Éden venaient à passer dans ses rêves, étaient pareils à ceux que j'éprouve quand je respire en souvenir les fortes brises du couchant qui soufflaient sur mon vieux Lestrange.

Je suppose qu'il pleuvait dans les jours de ma jeunesse ; je suppose qu'il neigeait, que le froid et le brouillard sévissaient comme partout ailleurs, peut-être plus ; mais je n'en ai aucune souvenance aujourd'hui. Il me semble que les vieux arbres du parc et de l'avenue ne se dépouillaient jamais de leur verdure ; que les vieux murs du château brillaient toujours au soleil ; que les œillets et les pieds-d'alouette fleurissaient tout le long de l'année. Je n'étais pourtant pas très heureuse alors. — Car c'est là le propre de cette triste vie humaine : on ne savoure jamais toute la succulence d'un fruit au moment où il touche notre palais. Ce n'est que lorsqu'on mâche quelque amertume, et qu'on fait malgré soi la grimace, qu'on apprécie la valeur du bien qu'on ne possède plus. J'avais mes chagrins, et, plus d'une fois, je m'endormais les paupières mouillées de pleurs, — pleurs cau-

sées par l'état de mon vieux père que je voyais
s'affaiblir tous les jours.

Il y avait, ce jour-là, un marché dans les environs et, sur la grande route qui longeait le parc,
roulaient des douzaines de véhicules de toute espèce, chargés de campagnards et de fermières aux
pimpants bonnets. Du haut de mon échelle, je m'a-
musais à suivre de l'œil ce spectacle mouvant.

De temps à autre, un cavalier variait le programme : c'était tantôt un garçon de ferme qui
menait un jeune poulain à l'abreuvoir ; tantôt un
curé de village qui s'en allait, dodelinant de la
tête, sur son poney rouan ; un juge de comté se
rendant à son audience, balancé par l'amble de sa
pacifique monture. Bientôt un bruit plus ferme et
plus distinct, semblable au trot allongé d'un cheval de sang, me fit tourner la tête. Un cavalier
venait de s'arrêter à la porte de l'avenue qu'il essayait
d'ouvrir avec le manche de son fouet, opération
qui semblait fort contrariée par la résistance du
quadrupède. La lutte entre ces deux volontés aurait pu se prolonger indéfiniment, si le bipède
n'avait jugé plus sage de mettre pied à terre.

« Qui peut être ce personnage ? serait-ce le clerc
de Benbow ? me demandai-je avec effroi.

Or Benbow était l'avoué de mon père, et son
clerc un de mes cauchemars, à cause des missions
lugubres qu'il remplissait trop souvent auprès de
nous. Je restai debout sur le dernier barreau de

mon perchoir, regardant avec curiosité le cavalier et le cheval qui s'avançaient, l'un menant l'autre par la bride, sous les ormes de l'avenue. Quand il fut plus près, je reconnus mon homme. Le diable en personne ne m'aurait pas plus effarouchée. En trois bonds, je descendis de mon échelle et je courus dans le sanctuaire de notre vénérable cordon-bleu.

— Mistress Smith ! m'écriai-je toute pantelante, mistress Smith ! Voici sir Hugues Lancaster qui arrive. Je suis sûre que mon père va l'inviter à dîner. Il est si hospitalier, le cher homme, qu'il oublie toujours qu'il n'y a rien à l'office.

— Rien à l'office ! miss Lestrange, dit la bonne femme, froissée dans son amour-propre. Oubliez-vous le mouton d'hier, et le plat de friture que je vous ai donné samedi?

— Ah ! il y a de la friture? dis-je, tandis que mon cœur sautait de joie.

— C'est-à-dire il n'y en a plus, puisque vous l'avez mangée.

— Alors je ne vois pas ce que vous avez pour aujourd'hui.

Moi non plus, dit Mrs Smith en baissant la tête. Si du moins ce maudit boucher était venu aujourd'hui ! Il est vrai que nous nous passons volontiers de sa visite.

— A propos du boucher, repris-je d'un ton superbe, je me propose de lui donner, pas plus tard que demain, une leçon dont il se souviendra.

— Vous ferez bien, mademoiselle; mais, pour le moment, il s'agit de régler le menu du dîner.

— Nous aurons beau faire des menus, ça ne remplira pas le garde-manger. Y a-t-il de la volaille?

— Ah! oui, il y a une demi-douzaine de poulets, mais ils galopent dans la basse-cour, et il est plus de midi.

— Ciel!

— Eh bien! il y a toujours le gigot.

— Le gigot! mistress Smith, voilà huit jours qu'il dure, si je ne me trompe; il ne doit plus rester que l'os à l'heure qu'il est.

— Nous avons la ressource des œufs au jambon.

— Des œufs au jambon! Puissance divine! Réfléchissez un moment, ma bonne Smith, à l'absurdité de votre proposition. Des œufs au jambon à un homme tel que sir Hugues Lancaster!

— Pourquoi pas? chère demoiselle; d'autres qui le valent s'en sont contentés. Qu'est-ce que ces Lancaster, après tout? Des gens qui n'ont pas la moitié de votre naissance et qui ne seraient pas dignes de tenir l'étrier à votre père.

Je jetai un œil hagard sur Mrs Smith, puis sur le plafond, puis sur les mouches qui volaient à la fenêtre; mais je ne vis poindre nulle part les rôtis juteux ni les succulentes entrées. A quoi bon lutter contre l'impossible? Rien ne peut venir de rien.

En désespoir de cause, je me levai de la chaise à fond de canne sur laquelle je m'étais laissée choir et, accentuant chaque période de mon discours d'un coup de mon marteau, que je tenais encore à la main :

— Va pour les œufs au jambon; mais je m'en lave les mains, et vous en laisse la responsabilité. Je ne serai pas témoin de cette disgrâce. Je me mettrai au lit plutôt que de paraître au dîner. Si l'on me demande, dites que je suis malade. Il y a bien de quoi en faire une maladie.

Là-dessus, je traversai la grande salle et, passant comme une ombre devant la bibliothèque occupée en ce moment par mon père et son nouvel hôte, je me réfugiai dans ma chambre, cher asile situé vers le couchant, d'où j'aimais à voir le soleil disparaître derrière les collines, où, assise sur le bord de mon lit, j'avais si souvent bâti des châteaux en Espagne. De ces édifices imaginaires, Richard était toujours le châtelain et moi la châtelaine. Mon père en occupait le plus bel appartement, et Dolly en était sévèrement exclue.

L'horloge du château sonna une heure. Je glissai de mon lit sur le plancher et, le front sur mes genoux, je m'abandonnai à mon architecture fantastique. La demie sonna. Cinq minutes après entra Mrs Smith.

— S'il vous plaît, mademoiselle, le maître vous demande.

— Comment? m'écriai-je en fureur, ne vous ai-je pas recommandé de dire que j'étais malade?

— C'est ce que j'ai fait; je l'ai dit à Collins qui sert à table, mais votre père n'en a voulu rien croire; il exige que vous descendiez. Je crois que c'est le gentleman qui désire vous voir.

Il n'y avait pas moyen de résister. Avec une présence d'esprit admirable, Mrs Smith saisit une brosse dont elle lissa mes cheveux, et donna un petit coup de main à ma toilette. Les deux gentlemen étaient déjà dans la salle à manger lorsque j'ouvris la porte, osant à peine me montrer. Je m'assis à ma place, en jetant un coup d'œil désespéré sur les maigres apprêts du festin. Le gigot paraissait encore plus amoindri que je ne l'avais cru. En revanche, les œufs au jambon offraient un aspect plus consolant; mais notre table était fort grande, et ce comestible, qui formait à lui seul presque tout le menu du dîner, ressemblait à une oasis dans un Sahara.

— Votre tête va-t-elle mieux, miss Lestrange? me demanda sir Hugues, en faisant briller vers moi ses petits yeux noirs. Il avait esquivé le gigot et mangeait, d'un air de grand appétit, une tranche de jambon gras.

— Ma tête? fis-je, en levant de sur mon assiette une paire d'yeux effarés.

— Sûrement, votre tête, dit mon père avec impatience. Collins a dit que vous aviez la migraine,

et sir Hugues Lancaster vous demande poliment
de vos nouvelles, comprenez-vous ?

— Ah ! oui, répondis-je, devenue écarlate comme
d'habitude, ça va mieux, merci, beaucoup mieux.

Sir Hugues ne m'en dit pas davantage, ce dont
je lui sus gré, et je pus admirer à loisir la cordiale
simplicité avec laquelle mon père faisait les honneurs de son humble table. Il ne se croyait pas,
comme bien d'autres, obligé de s'excuser et d'affirmer que ce repas était une exception dans sa
chère habituelle ; pour moi, qui lisais dans les
moindres plis de son visage, le pauvre homme
souffrait évidemment, mais j'aurais mis un étranger au défi de s'en apercevoir.

Sir Hugues était un homme court et gros, mais
pas autrement disgracieux dans son extérieur. Il
avait une physionomie joviale, sans aucune expression particulière, un sourire agréable au service de tout le monde, assez d'esprit pour se conduire décemment, et pas assez pour porter ombrage
à qui que ce fût. On ne lui avait jamais entendu
dire un bon mot ni une bêtise. Les mères lui
donnaient la chasse sans grand succès ; mais s'il
éludait leurs poursuites, il le faisait avec tant de
bonhomie qu'elles n'avaient pas la force de lui en
vouloir. Les filles lui souriaient de toutes leurs
dents blanches, car c'était un des plus riches
partis du comté ; il leur souriait à son tour,
mais il souriait si universellement, qu'il y

avait de quoi décourager les plus intrépides. On
ne lui connaissait pas d'affection malheureuse,
et cependant ses cheveux noirs grisonnaient à
vue d'œil, et son grand château en briques rouges
attendait encore sa châtelaine.

Aimant tout le monde en général, sir Hugues
n'aimait personne en particulier, pas même lui.
Le malheur l'avait respecté, parce qu'il n'avait
point trouvé en lui de côté vulnérable.

Après m'avoir longtemps regardée, et cherché
probablement quelque chose d'aimable à me dire,
il entama une de ces conversations décousues et
ineptes qui défient tout compte rendu. Je pris la
liberté de me moquer un peu de lui; ce que voyant,
mon père se leva furieux.

— Voulez-vous que nous allions faire un tour
dans le jardin? dit-il à son hôte.

Sir Hugues m'adressa son éternel sourire auquel
ses yeux tendres donnaient une expression inso-
lite. J'y répondis par une révérence et je retournai dans ma chambre, heureuse de reprendre
possession de ma liberté.

X.

Ce soir-là, vers huit heures, le ciel bleu se cou-
vrit de gros nuages. A huit heures un quart, il
commença de tomber une pluie fine qui promettait
de durer toute la nuit. A huit heures et demie, je

roulai mes cheveux en natte autour de ma tête et ornai mes poignets de deux bracelets de bois dont ma sœur Dolly, dans un paroxysme de générosité, m'avait fait présent au jour de ma fête. Ce furent tous mes préparatifs pour le rendez-vous où je devais rencontrer mon bien-aimé. A neuf heures cinq minutes, je descendis dans le vestibule où je décrochai un vieux châle. J'étais en train de chercher un parapluie lorsque j'entendis le pas traînant de mon père sur le plancher de la bibliothèque. Je me glissai dehors rapidement, et ayant mis mon châle sur ma tête, je traversai le jardin pour me rendre au lieu convenu.

Il y avait, au milieu de la clôture de lilas, une petite porte basse qui séparait notre Éden du monde profane. Je regardai par-dessus et tout autour; pas une âme. Mon cœur se serra.

« Il ne viendra pas, » murmurai-je, en me rappelant la pauvre Marianna de Jules Sandeau. Mon œil plongea pendant trois minutes dans le vide noir et humide qui s'étendait devant moi. Au bou' de ce temps, je vis poindre un objet qui pouvait être un cheval égaré, une maison ou une meule de foin.

Bientôt, l'objet en question prit la forme d'un grand jeune homme souriant et ruisselant.

— Vous êtes venue avant l'heure, dit-il gaiement. Voyez ce que c'est d'avoir vendu votre montre. Il n'est que neuf heures moins cinq.

Sans lui répondre, je levai les yeux sur lui avec une muette anxiété.

— Eh bien! pas une parole pour moi? Je ne vous dirai rien alors. Tant pis pour vous.

Comme je restais toujours muette, il reprit :

— Nous ne pouvons pourtant pas causer ainsi avec cette porte entre nous. Le loup ira-t-il à l'agneau? ou l'agneau ira-t-il au loup?

— Cela revient au même, dis-je.

Là-dessus, je levai le loquet et je passai dans la prairie déjà pleine d'eau, ce qui me fit l'effet d'un bain de pieds.

— Eh bien! m'écriai-je en joignant les mains vers lui, comme s'il eût été mon Dieu.

— Eh bien! miss Lestrange, que voulez-vous dire?

— Vous le savez bien ; avez-vous des nouvelles pour moi?

— Des nouvelles! J'en ai des masses. Les fonds sont tombés à 84, et l'évêque de... est mort. Ah! l'aînée des demoiselles Coxe va se marier.

— M'avez-vous fait venir ici pour vous moquer de moi? lui dis-je, prompte à m'irriter, autant vaut que je m'en retourne.

— Moi, vous exposer à prendre un rhume pour me moquer de vous! Dieu m'en préserve!

Je me retournai avec indignation.

— Est-ce que vous vous en allez, vraiment ? reprit-il, je le regrette. Il fait si bon causer dans ce marécage!

— Votre esprit n'est pas de saison, monsieur, lui dis-je en me drapant avec dignité dans mon vieux châle, comme si c'eût été un cachemire des Indes. Je vous souhaite le bonsoir.

— Bonsoir, miss Lestrange, dit-il en ouvrant la porte pour me donner passage et en exposant sa tête nue à la pluie... A propos, voulez-vous prendre ce petit paquet qui vous appartient?

En disant ces mots, Richard Mac-Gregor tira de sa poche un rouleau de billets de banque et me le présenta.

Je ne savais que faire. Lui jetterais-je son rouleau à la face ou contenterais-je ma curiosité en examinant le contenu? Après un instant d'hésitation, la curiosité prévalut. Depuis notre mère Ève, je crois que ce fut toujours, en pareil cas, la solution préférée par le sexe auquel j'ai l'honneur d'appartenir.

Je déroulai les billets, les tâtant l'un après l'autre d'une main fiévreuse. Combien pouvait-il y avoir? Dix, vingt livres? Ce serait toujours une belle somme à jeter dans la gueule du cerbère. Je comptai ainsi jusqu'à cinq.

— Cinq fois dix font cinquante. CINQUANTE LIVRES STERLING pour cet affreux oignon, pour ce chronomètre de rebut qui n'avait qu'une aiguille, dont l'intérieur était une lettre morte, et le mouvement si désordonné qu'on ne savait jamais, d'heure en heure, à quel caprice il allait se livrer!

J'ai bien souvent soupçonné, depuis, que la pauvre montre n'avait jamais fait le voyage de Londres, et que les cinquante livres étaient tout bonnement sorties du portefeuille de ce brave Dick Mac-Gregor. Mais alors ce doute ne troubla pas un instant ma bienheureuse sérénité. J'étais si simple, à cette époque, si naïve, que je croyais tout aveuglément sur la foi d'autrui. Je baissai la tête, pénétrée de remords et de reconnaissance, et je tendis mes deux mains à Richard, en lui disant : « Merci ! »

Tout à coup mes larmes jaillirent. Je couvris mon visage d'une main, cherchant de l'autre mon mouchoir, tandis que mon châle, glissant jusqu'à terre, s'étendit sur l'herbe mouillée. Richard le ramassa aussitôt.

— Eh bien ! eh bien ! petite folle, est-ce que vous avez trop chaud ? Allez-vous vous déshabiller ? Ce n'est guère le moment de prendre un bain... Pourquoi pleurez-vous ? Qu'ai-je donc fait encore pour vous déplaire ?

— Pardonnez-moi, je vous ai donné un triste échantillon de mon caractère... Mais j'avais cru que vous vouliez me tourner en ridicule.

Là-dessus je me remis à pleurer de plus belle, sans savoir pourquoi.

O mon Richard, mon doux ami ! Comme vous étiez bon alors ! Êtes-vous toujours aussi bon dans ce lointain *quelque part* où vous êtes aujourd'hui ? Quand nous nous retrouverons serons-nous deux purs esprits, sans sexe, sans passions, sans souvenirs, passant l'un près de l'autre sans nous reconnaître, dans les sphères lumineuses de l'éternité? Dieu veuille que non. Oh! mon beau roi Olaf! comme j'aimais à vous appeler dans mon roman de jeune fille, comme je vous appelle encore mon brave guerrier des temps héroïques! Aviez-vous quitté votre tombeau caché sous les glaces du Nord pour venir faire honte à vos neveux dégénérés? Êtes-vous retourné sur ces rives sauvages pour y reprendre votre sommeil?

Mes larmes eurent bientôt raison de Dick Mac-Gregor, et, je dois le dire, à mon insu, car j'étais furieuse contre moi-même de faire ainsi concurrence à l'atmosphère. S'il avait vu pleurer sa grand'mère, sa vieille tante ou la première mendiante venue, cela l'eût touché. Jugez de son désespoir en voyant une jeune fille qu'il trouvait jolie (il me l'avait dit du moins) se rougir le nez et se mettre les yeux en feu par suite de sa cruauté. Le sourire moqueur qui errait sur ses lèvres s'évanouit à l'instant. Rien ne fut plus rapide et plus comique que l'expression repentante que prit sa physionomie. Il ressemblait à un gros chien tout honteux d'avoir maltraité un petit roquet. Pendant une minute, mon doux ami me regarda d'un air hébété. Puis, s'apercevant qu'il tenait toujours mon châle, il m'en enleloppa avec un soin tout paternel.

— Là là, consolez-vous, chère enfant. C'est affreux à moi de faire pleurer d'aussi beaux yeux, n'est-ce pas? Mais je vous jure que je n'en avais pas l'intention. Je me couperais la main plutôt que de toucher à un cheveu de votre tête.

Dans sa sollicitude, Dick avait tellement serré mon châle que je ne pouvais plus remuer les bras. Je me mis à rire à travers mes larmes.

— Voyez, lui dis-je, comme vous m'avez emmaillottée. Je ressemble à une momie.

— Ah! mon Dieu! c'est vrai. Encore une persécution. Pauvre Nell! Qu'elle est malheureuse!

Et nous voilà tous deux riant comme deux écoliers.

Il refit alors son ouvrage, de manière à me laisser plus de liberté. Quand il m'eut drapée à sa fantaisie, ses bras continuèrent à m'entourer.

Je le regardai dans une muette extase. J'oubliais la pluie qui nous inondait tous deux, l'herbe humide où mes pieds s'enfonçaient, ma récente colère; j'oubliais tout pour ne songer qu'à mon bonheur du moment.

— Est-ce que vous voulez toujours partir? J'espère que non. Cependant si vous le vouliez, vous n'auriez qu'à parler...

C'est ainsi qu'il murmurait, tandis que ses cheveux d'or et mes tresses couleur de feu se mêlaient dans une douce fraternité. Je n'avais pas la moindre envie de partir, mais je me gardai d'en rien dire.

— Pauvre petite bien-aimée, pourquoi voudrait-elle partir? Elle ne trouvera nulle part quelqu'un qui l'aime autant.

Pour toute réponse, j'appuie ma tête sur sa poitrine, un peu moite pour un oreiller. Il baise doucement mes joues qui s'empourprent malgré la fraîcheur du temps, et j'oublie de m'en offusquer.

— Savez-vous que je vous aime, Nell?... toute plaisanterie à part.

— Vraiment?

— Oui, je vous le jure. Quel bonheur de faire la cour à une aussi charmante enfant, et de la tourmenter un peu; car je n'ai pas fini de vous faire enrager, sachez-le.

— S'il en est ainsi, monsieur, laissez-moi, je veux partir.

— Eh bien! partez... si vous pouvez. Par Jupiter! quels beaux yeux! on dirait la plus magnifique porcelaine de Chine.

— Jolie comparaison!

— Quand je dis qu'ils sont beaux, pas précisément : ils sont grands, limpides, expressifs; mais beaux, c'est autre chose.

— Je ne resterai pas une minute de plus. Je pars à l'instant même.

— Vous voulez dire dans deux heures... Jamais, en tout cas, avant d'avoir payé votre rançon, vingt baisers pour le moins.

Je ne réponds rien à ce discours inconvenant. Je me contente de cacher mon visage dans le velours inondé qui recouvre son épaule, en étouffant un cri d'horreur.

— Êtes-vous bien là, miss Lestrange?

— Oui.

— Joli temps, n'est-ce pas? Je me disais cela il n'y a qu'un instant, quand vous étiez si fort en rage contre moi.

— Oh! ne m'en parlez plus, je vous prie.

— Vous faites bien de vous cacher. Savez-vous que vous avez un caractère qui pourrait vous mener aux galères, si ce n'est plus loin...

— Pourquoi? pour crime d'assassinat commis sur vous.

— Qui sait? pour m'avoir arraché les yeux, mordu le nez, ou autres cruautés semblables. Oh! chère! Comment ai-je pu vivre sans vous mes vingt-huit ans?

Pendant ce temps, l'eau du ciel ruisselait sur nos fronts et sur nos joues. Les touffes fleuries des lilas nous inondaient d'une pluie embaumée. C'était comme un bain dont j'aspirais la fraîcheur avec délices.

— Nell! on dirait que le ciel pleure sur nos amours, dit Richard; j'espère que ce n'est pas un mauvais présage.

— Parlez plus bas, je crois entendre quelque chose.

— Impossible, qui pourrait sortir d'un temps pareil?

Nous écoutons. Il nous semble distinguer un léger froissement. On dirait que le gravier crie sous un pas furtif.

— C'est mon père, il se promène quelquefois après le thé, mais je ne pensais pas qu'il voulût s'y hasarder ce soir. Je vais longer la prairie et je pourrai rentrer sans qu'il m'aperçoive.

— Que le d.... je veux dire que Dieu le bénisse ! Il aurait bien pu rester dedans.

— Laissez-moi partir, dis-je en riant de cette imprécation étouffée.

— Non, chère mignonne, pas avant que je vous aie dit un dernier adieu avec mes lèvres.

Je me prêtai à cette exigence plus facilement peut-être que je n'aurais dû. Puis, je pris mes jambes à mon cou, et, après avoir fait un long détour, je regagnai ma chambre, ruisselante, ébouriffée, mourant de peur, mais en parfaite sûreté.

XI.

On dit que le bonheur n'est pas de ce monde et que nous n'en pouvons jouir complètement de ce côté du tombeau. Hélas ! je ne le crois que trop aujourd'hui. Nous ne sommes jamais parfaitement heureux ici-bas. Cela tient à la nature insatiable

de nos âmes qui aspirent sans cesse à l'inconnu,
et qui, d'heure en heure, de jour en jour, d'année
en année, regardent vers l'avenir. Voyageurs in-
cessants, nous poursuivons un éternel mirage sans
pouvoir jamais l'atteindre.

Je ne sais quel auteur signale l'extrême rareté
de cette exclamation : « Que je suis heureux ! »
On dit fréquemment : « Que j'étais heureux hier !
— Que je le serai demain ! » C'est-à-dire qu'on
s'exagère le bonheur passé et qu'on compte un
peu trop sur le bonheur à venir ; mais quel homme
né de la femme est satisfait de sa condition présente ?

Je ne partageais sûrement pas cette opinion
dans la soirée dont je parle, et celui qui aurait osé
la soutenir devant moi aurait reçu un démenti
doublé d'anathèmes. Mon bonheur n'était pas un
bonheur ordinaire. C'était une ivresse, une frénésie,
un délire ; c'est-à-dire un sentiment trop violent
pour pouvoir durer ; je l'aurais pressenti si j'avais
eu plus d'expérience.

Je ne puis comprendre comment je ne gagnai
pas une maladie mortelle, ce soir-là. L'idée ne me
vint même pas de me mettre au lit ou de changer
de vêtements. Heure après heure, je restai perdue
dans mes rêveries, mes vêtements trempés d'eau
collés contre mon corps, et mes cheveux dénoués
flottants autour de mon cou, semblable à Ophélia,
moins les fleurs et la folie.

Je demeurai ainsi, assise devant la fenêtre ouverte, où s'étalait dans son vase un pied de réséda, tandis que ma lumière, après avoir longtemps vacillé au souffle de la nuit, s'éteignait avec un frémissement plaintif. J'étais tombée en plein, et à mon insu, dans un amour sans fond, sans limites, et je marchais dans ce labyrinthe d'un pas délibéré, ignorante de mon chemin, mais sous le charme des impressions inconnues qui m'envahissaient de toutes parts. J'étais comme quelqu'un qui, ayant trouvé une perle d'une merveilleuse beauté, la pèse dans sa main, la contemple avec extase et songe au profit qu'il en tirera.

La pluie avait cessé; une étoile solitaire brillait entre deux nuages, dans les profondeurs de l'éther. Je la fixai d'un œil rêveur. Ce monde lumineux était-il peuplé de créatures semblables à nous? Y avait-il là de beaux jeunes hommes et des jeunes filles aux cheveux d'or? Dans ce cas, y avait-il parmi ces dernières une mortelle aussi heureuse que moi? Ce n'était point probable.

Et notre monde à nous, notre planète avait-elle jamais vu un bonheur pareil au mien? Est-ce que mon père était aussi heureux, lorsqu'il amena ma mère dans son vieux château et qu'ils plantèrent ensemble la vigne vierge qui couvre maintenant la moitié du mur exposé au midi? mon père encore plein de verdeur, ma mère dans sa robe feuille morte, avec la taille sous les bras, ses manches à gigot, et ses cheveux en tire-bouchon, telle que la représentait son image en miniature suspendue dans la bibliothèque? Je décidai hardiment que non.

Est-ce que Dolly était aussi heureuse lorsqu'elle était fiancée à ce jeune homme de peu d'esprit, mais d'une immense fortune, qui mourut de consomption deux semaines avant le jour fixé pour la noce? Je fouillai dans ma mémoire, pour me rappeler les paroles extatiques qu'avait pu arracher à ma sœur la perspective de son union avec le jeune Crésus.

Tout ce que je lui avais entendu dire de plus tendre, c'était que son futur n'était pas aussi borné qu'il le paraissait. Quand il mourut, je me souviens qu'elle pleura un peu. Elle regretta de ne pas porter son deuil, sans doute parce que le bonnet de veuve lui eût donné un air intéressant et que le noir eût fait ressortir la blancheur de son teint.

« Grand Dieu! me dis-je, en appuyant mon coude sur le seuil de la fenêtre, que ferais-je, moi, si Dick venait à mourir? » — Tomber morte à l'instant même, me jeter sur son corps et mourir en le couvrant de baisers, comme Héro exhalant son dernier souffle sur la lèvre humide de Léandre. Je ne voyais pas d'autre destinée. Survivre à mon Richard me semblait une impossibilité physique. Mais si, par quelque miracle, je ne mourais pas sur l'heure, si la vie s'attachait encore à moi par une étreinte odieuse, eh bien! rien de plus facile que de m'en délivrer. Je prendrais du poison, de l'arsenic par exemple; une pincée de cet arsenic dont nous nous servions pour tuer les rats. Que de fois j'avais vu ces horribles bêtes, gonflées et dévorées par la soif, se précipiter dans l'eau pour y rendre leur dernier soupir! Me gonflerais-je comme eux avant de mourir! Cette idée me donnait le frisson; si peu romantique qu'elle fût, elle ne s'en glissait pas moins dans mes divagations sentimentales.

Peu à peu, la nuit poursuivant son cours, l'obscurité se dissipa. Le ciel devint d'un gris perle; puis, avec l'aurore, d'une belle couleur de feu, puis lilas, puis rose, puis d'un magnifique bleu d'azur. Le soleil parut, les oiseaux commencèrent à voleter en chantant l'hymne du matin. Je me levai et parcourus ma chambre à grands pas.

Pourquoi étais-je si heureuse? Qu'avais-je fait pour mériter tant de bonheur? Dieu m'avait-il choisie entre toutes pour me combler de ses bienfaits? M'avait-il envoyé une félicité si grande pour m'en faire plus cruellement ressentir la perte? A cette pensée, mon cœur se glaça d'épouvante. Je tombai à genoux et je suppliai le Seigneur de me visiter d'une tout autre manière, de m'envoyer les plus terribles épreuves, s'il le fallait, hors celle de me séparer de mon bien-aimé aux cheveux blonds.

Comment fut exaucée cette ardente prière, ô mes amis inconnus qui me lisez, vous le saurez par la suite.

En terminant mes dévotions improvisées, je mis par hasard la main dans ma poche ; j'en tirai les billets de banque que j'avais totalement oubliés jusqu'alors. Je les baisai l'un après l'autre, en songeant que Richard les avait touchés, après quoi je les enfermai dans un tiroir avec ma Bible et mon chapeau des dimanches. Puis enfin, à l'heure où se lèvent les honnêtes gens, je me déshabillai et me mis dans mon lit où je dormis profondément. Je fus réveillée par M\rs Smith, qui m'apportait de l'eau chaude pour ma toilette.

Cette journée-là fut marquée par deux incidents également tristes : le départ de mon père qui s'en allait passer une semaine chez un vieil ami, et le retour de Dolly. J'ai toujours soupçonné que le second de ces incidents n'avait pas été sans influence sur le premier, et que mon père, avec une couardise indigne de son âge et de sa position, avait pris la fuite à l'approche de son aimable Dorothée. Cher vieillard ! je lui pardonnai sa désertion, parce que la cause en était sympathique. Avec quelle tendre sollicitude je veillai aux préparatifs de son départ ! Je lui versai son thé, je fis moi-même sa malle et je mis dans son linge quelques fleurs de lavande qui devaient être pour lui comme un doux souvenir de sa maison et de sa fille bien-aimée ; après quoi , je lui donnai ma bénédiction et le fis mettre en route.

— Bon voyage, père, lui 'dis-je en me suspendant à son cou ; ne vous enrhumez pas, ne perdez aucun de vos mouchoirs, et ne me laissez pas trop longtemps à la tendre merci de ma sœur aînée ; c'est-à-dire revenez bientôt.

Dolly arriva peu de temps après. Des régions supérieures où je me trouvais, j'entendis les roues gronder sur le pavé, puis rouler sourdement sur le sable. Je descendis sans trop d'empressement pour la recevoir. Le soleil de midi chauffait de ses rayons les ferrures de la grande porte et la tête chauve du vieux Collins qui branlait comme celle d'un Chinois de porcelaine pour fêter le retour de la belle Dorothée. La voiture chargée de bagages s'arrêta devant le perron, tandis que le pauvre cheval de louage allongeait son cou décharné et chassait de sa maigre queue les mouches qui lui dévoraient les flancs. Dolly mit pied à terre gentiment, avec sa grâce habituelle, fraîche et pimpante comme si elle eût voyagé dans une boîte garnie de coton.

— Bonjour, Nell, fit-elle en me présentant ses joues roses, comment allez-vous ? toujours de même, à ce que je vois, coiffée en coup de vent et fagotée à la diable.

Je ne répondis rien à ce gracieux accueil ; je la suivis humblement, en ayant soin de ne pas mar-

cher sur la traîne de sa robe. Il n'y avait pas cinq
minutes que j'étais en sa compagnie, elle m'avait
à peine dit quatre mots, et déjà cette chère sœur
m'avait forcée de redescendre à ma place accou-
tumée, c'est-à-dire à plusieurs degrés au-dessous
d'elle. En son absence, je m'étais crue femme,
une vraie femme douée de raison et digne d'être
aimée ; maintenant j'étais redevenue petite fille.

XII.

Après le dîner, comme il faisait trop chaud
pour sortir, nous nous installâmes, ma sœur et
moi, dans la grande salle, pour y passer une som-
nolente après-midi. Les persiennes étaient soigneusement fermées ; néanmoins quelques rayons
furtifs, pénétrant par les interstices, se jouaient
sur le parquet et sur les sombres tapisseries des
sièges à hauts dossiers. Dolly s'était jetée —
quand je dis *jetée*, je me trompe, ce mot impli-
quant une certaine violence qui n'était pas dans
les habitudes de ma sœur — Dolly s'était donc
laissée aller sur une chaise à bascule où elle se
balançait nonchalamment.

Miss Lestrange[1] ne lisait jamais et causait rarement dans le cercle de la famille ; elle estimait

---

1. Dans les familles anglaises, la fille aînée est la seule qui
porte le nom de famille sans le faire précéder de son prénom.

sans doute que c'était du temps mal employé. En ce moment, muette comme une truite qui sommeille entre deux eaux, elle tricotait, tandis que son œil rêveur se perdait dans l'espace. Quant à moi, assise devant la grande table, j'appuyais mes coudes sur un in-folio dont j'avais déjà lu une page et demie. Ce vénérable bouquin était le *Traité de la mélancolie* par Burton. Il m'ennuyait à périr ; mais je l'avais choisi à cause de sa dimension et de son titre sérieux, imaginant qu'un tome aussi lourd devait être fort instructif.

A dire vrai, j'étais mécontente de moi et honteuse de l'état de friche dans lequel gémissait mon pauvre jardin intellectuel. Dolly avait raison de me mépriser, j'avais fort peu d'instruction. Je ne savais ce que c'était que la *Déclaration des droits* et j'eusse été fort en peine de dire en quelle année s'était livrée la bataille de Fontenoy, et bien d'autres batailles, hélas ! Dick ne finirait-il pas par me mépriser aussi quand il me verrait si ignorante ? Je ne m'arrêtai pas à la question de savoir si quelques dates de plus ou de moins dans ma cervelle feraient de moi une personne beaucoup plus aimable ; j'avais soif de m'instruire et, ne sachant où puiser ni à qui m'adresser, je m'accrochais à Burton, espérant en tirer quelques bribes de connaissances.

Le savoir est une puissance, dit-on ; il faut que ce soit vrai puisqu'on en a fait un aphorisme. Mais, en résumé, qu'est-ce que la science humaine? A quoi nous sert-elle, sinon à nous laisser la conviction profonde de notre ignorance? Que tout cela est mesquin! et combien les sages de l'autre monde qui connaissent à cette heure la solution de tous les grands problèmes doivent rire de nous voir suer sang et eau pour n'aboutir souvent qu'à des erreurs! Salomon, dit le Livre des Rois, savait trois mille proverbes et plus de mille chansons; cependant il y avait au moins dix fois trois mille proverbes qu'il ignorait et cent mille chansons qu'il n'avait jamais chantées.

Je me disais tout cela, et bien d'autres choses encore, en lisant d'un œil distrait l'analyse des humeurs corporelles qui forment, au dire de Burton, l'origine de la mélancolie. Cette bizarre nomenclature ne captivait guère mon attention. Tout à coup il me poussa une idée.

— Dolly! m'écriai-je.

— Eh bien?

— Vous êtes très instruite, n'est-ce pas?

— Que voulez-vous dire?

— Je veux dire que vous savez beaucoup : histoire, géographie et toute sorte de choses. En sauriez-vous assez pour m'enseigner?

— Probablement, il n'en faudrait pas beaucoup savoir pour cela.

Je passai sur ce sarcasme, qui était bien dû à mon ignorance.

— Je voudrais que vous me donniez des leçons, repris-je. Nous apprenions l'allemand autrefois, vous en souvenez-vous? Est-ce que nous ne pourrions pas recommencer?

— Grand merci; je préfère d'autres plaisirs.

Pendant ce temps, le bas qui doit emprisonner sa belle jambe s'allonge sous les doigts de Dolly avec une merveilleuse rapidité et, tandis qu'elle compte les points, son front se plisse dans les angoisses de l'opération.

— Je ferais de mon mieux, je vous jure, et je serais d'une docilité à toute épreuve. Vous m'avez si souvent reproché mon ignorance qu'elle pèse sur moi comme un fardeau.

— Vous seriez une charmante élève, j'en suis sûre, ma chère; mais, toute réflexion faite, je préfère m'abstenir. Je n'ai aucune vocation pour le métier d'institutrice, bien que, du train dont marchent nos affaires, je présume que ce sera mon lot avant peu.

Cette réponse, qui n'était point de nature à m'égayer, me replongea dans mes études atrabilaires.

Nous nous taisions depuis une heure. Il régnait partout ce silence et ce calme profond qui distincguent les après-midi d'été, lorsque nous entendîmes s'ouvrir la grille de la cour, puis un bruit de pas sur le sable, mêlé au son de deux voix étrangères.

Dolly, assez curieuse de son naturel, soulève le rideau et regarde à travers la persienne.

— Mrs Coxe, avec un homme..... qui n'est pas mal..... qui est même très bien, ajouta-t-elle avec une légère animation. Qui est-il? Le connaissez-vous, Nell?

— Mais..... non, balbutiai-je, je ne sais..... je ne pense pas.

— Vous le connaissez, dit ma sœur d'un ton bref, en pâlissant un peu. Ah! petite sournoise, vous me faites des mystères! nous verrons si je ne les devinerai pas sans vous.

Ce moment d'humeur ne dure qu'un éclair. Dolly, qui change de ton avec une extrême aisance, passe subitement à un mineur pathétique, avec trois bémols à la clef, en entendant le vieux Collins annoncer Mrs Coxe et le capitaine Mac-Gregor.

Assurément je n'espérais pas que mon bien-aimé me prît dans ses bras en présence de deux personnes; mais je n'en fus pas moins désappointée lorsqu'il me tendit la main d'une façon banale, comme aurait pu le faire sir Hugues Lancaster ou le curé Bowles, ou tout autre personnage du même acabit. Mrs Coxe le présente à ma sœur qui baisse les yeux et sourit.

N'ayant aucune envie de tenir tête à nos hôtes, je retournai à mon siège et à mon in-folio. Je me souviens que je lus une phrase dix fois de suite sans y rien comprendre. Au bout d'un moment,

Richard se leva et vint regarder par-dessus mon épaule.

— Que lisez-vous là de si intéressant?

Je tournai les premières feuilles et lui indiquai le titre du bout de mon doigt.

— *Traité de la Mélancolie !* Brrr..., fit-il comme un homme qui frissonne, cela doit bien vous amuser.

Puis il se pencha légèrement ; je sentis sa moustache effleurer mon oreille.

— Êtes-vous rentrée sans accident hier soir?

— Oui.

— Vous ne vous êtes pas enrhumée?

— Non.

— Il n'y a pas eu d'orage?

— Pas le moindre.

— Fort bien. Où est votre père aujourd'hui?

— Parti pour le Berkshire, où il doit passer une semaine.

— Ah! quand le chat est absent..... vous savez. C'est donc là miss Dolly.

— Oui, n'est-elle pas jolie?

— Je n'en sais rien, je ne l'ai pas regardée; il y a quelqu'un ici qui m'intéresse davantage.

J'ignorais dans ma simplicité qu'un homme ne convient jamais avec une femme de la beauté d'une autre.

Comme j'allais répondre par une question parfaitement inutile, la voix roucoulante de Dolly m'envoie ces notes d'un bout à l'autre de la salle.

— Nelly, ma chère, seriez-vous assez bonne pour aller chercher mon album d'aquarelles? Mrs Coxe veut bien demander à les voir. Allez, chère enfant, vous le trouverez dans le coin de mon chiffonnier, à droite.

Je me lève à contre-cœur, tout en soupçonnant que ceci est un tour de Dolly à mon intention. L'album n'est pas dans le chiffonnier, pas plus à gauche qu'à droite. Il ne me faut pas moins de dix minutes pour le découvrir. Quand je reviens, la disposition de la scène a changé. Dick se balance sur un tabouret, à deux pouces du genou de Dolly; ma sœur, qui ne tricote plus, couve le jeune officier d'un œil semi-extatique, tandis que celui-ci lui débite je ne sais quelles banalités.

Je roule devant Mrs Coxe une petite table sur laquelle je place l'album de ma sœur, et je me remets à lire Burton, ou à faire semblant de le lire, espérant que mon bel Olaf viendra partager ma solitude. S'il l'eût fait ou s'il ne l'eût point fait, je ne saurais le dire; c'est là une question incertaine qu'on peut classer à côté de bien d'autres également hypothétiques; par exemple : que serait-il advenu si la reine Élisabeth avait épousé Philippe d'Espagne? ou bien si Richard Cromwell avait eu autant de génie que son père? ou bien encore, etc.....

Quelles que fussent les intentions de Richard, Dolly l'empêcha de les exécuter en l'accaparant à son profit. Mrs Coxe, qui avait la vue très basse, s'était emparée d'un des chefs-d'œuvre de ma sœur et le tenait à un quart de pouce de son nez.

— Oh! mistress Coxe, s'écria ma sœur, je ne puis vraiment vous laisser examiner mes ébauches d'aussi près; vous y trouveriez trop de fautes. Il faut les voir à la distance d'un demi-mille pour le moins. Le capitaine Mac-Gregor voudrait-il prendre la peine de vous les tenir à une portée convenable? Mille pardons, monsieur, de mon indiscrétion... Là, à merveille; que vous êtes aimable, capitaine!

La pauvre Mrs Coxe écarquille ses yeux et, à force de regarder, elle discerne confusément quelques taches de vert, de bleu et de jaune.

— Très bien! admirable, dit-elle; quel joli paysage! comme vous avez bien ménagé ce point lumineux sur le coteau!

— Ce n'est pas un point lumineux, madame, c'est une vache blanche.

·Et voilà la vieille dame toute déconfite.

— C'est vraiment abuser de votre obligeance, monsieur, reprend Dolly. Nelly pourrait vous remplacer; elle sait comme il faut s'y prendre; seulement je la trouve bien abattue aujourd'hui, je ne sais si c'est la chaleur...

— Je ne suis pas abattue le moins du monde, répliquai-je.

— Vraiment, chère? tant mieux. Capitaine Mac-

Gregor, poursuivit Dolly, en lui décochant un regard velouté, vous êtes un gentleman accompli. On n'est plus galant comme vous aujourd'hui. Aussi ne vous étonnez pas si nous vous traitons en esclave.

Dick proteste naturellement qu'il ne connaît pas de plus grand plaisir que de tenir des aquarelles à bout de bras, quand il s'agit de faire valoir les œuvres d'une aussi charmante artiste. Si cette tâche ne l'amuse guère, comme je le soupçonne, il dissimule son déplaisir avec le tact d'un homme bien élevé. Pendant ce temps, je me mords les ongles, je me mets les lèvres en sang, je dévore le bout d'un crayon et tout ce qui me tombe sous la main. Il y a une centaine de dessins, et Mrs Coxe fait des commentaires sur chacun ; quelques-uns aussi heureux que celui que j'ai rapporté. Enfin on arrive au dernier, et nos hôtes se lèvent pour partir. Je prends une soudaine résolution. Aucune puissance ne saurait m'en empêcher ; j'irai moi-même ouvrir la porte aux visiteurs.

— Nelly chère, dit ma sœur de sa voix roucoulante, voudriez-vous sonner Collins pour qu'il ouvre la porte ?

— C'est inutile, je l'ouvrirai moi-même.

En disant ces mots, je m'élançai pour mettre mon projet à exécution, tandis que Dolly restait dans l'appartement intérieur.

Après avoir traversé le vestibule, Mrs Coxe sortit

la première et, en bonne femme qu'elle était, ne se retourna pas.

Je me trouvai seule un instant avec Richard. Il prit mon visage entre ses deux mains :

— Mauvaise chance, Nell! nous n'avons pas échangé quatre mots aujourd'hui.

— Hélas! dis-je, ce sera toujours de même, à présent que Dolly est revenue.

— Que la peste l'étouffe! il faudra s'en débarrasser gentiment si elle trouble nos amours. Mais elle ne le fera pas, elle a l'air d'une bonne fille.

Je secouai la tête.

— Un baiser, ma toute belle! pour me consoler, pendant que personne ne nous voit.

Nos lèvres s'unirent joyeusement, étroitement, et se séparèrent avec regret.

— Encore un, Nell.

— Non, non, Mrs Coxe pourrait se retourner, partez vite.

— Mrs Coxe ne fera rien de semblable, il n'y a pas de danger, c'est une femme sensible et myope. Rien qu'une seconde, Nell. Vous êtes bien jolie aujourd'hui; mais je vous trouve un peu pâle. Voyons, voulez-vous venir me rejoindre quelque part quand il fera nuit?

Cette question n'était que trop en harmonie avec mes secrètes pensées; je serais aller le trouver dans un cachot, dans un charnier, au bout du monde. Comme je le regardais avec extase, hési-

tant à répondre, la porte de la salle s'ouvrit. Dolly
parut avec son petit air mielleux. Je me retirai
vivement.

— Pardon, monsieur, dit-elle, vous oubliez
votre canne.

En parlant ainsi, elle présenta au capitaine un
grand jonc à pomme d'or. Qu'on juge de ma stupéfaction : c'était celui de mon père.

— Merci, dit le capitaine, cette canne ne m'appartient pas ; voyez, j'ai la mienne. Mais que je
ne vous retienne pas plus longtemps. Au revoir !

Il partit. Ma rage, après avoir grondé sourdement, finit par éclater.

— Vous saviez bien, dis-je à ma sœur, que ce
stick n'était pas à lui.

Elle leva les épaules.

— Croyez-vous ? c'est possible. Après tout, une
ruse en vaut une autre. Votre ruse a été celle de
la porte ; la mienne celle de la canne. Nous voilà
quittes.

Je ne répondis rien ; mais je n'adressai plus la
parole à Dolly de la journée.

XIII.

Je n'aime pas ce mot *Nature* dont on abuse
étrangement ; il sonne mal à mon oreille. Ce n'est
qu'une froide abstraction à la place de ce familier

assemblage de champs verts, de haies fleuries, de
sentiers ombreux, de ruisseaux, de vaches et de
brebis qu'il est censé représenter. Toutefois,
jusqu'à ce que la langue se soit enrichie d'un
autre terme, il faut bien se contenter de celui-ci.

En revanche, si je n'aime pas le nom, j'ai une
grande affection pour la chose. Après tout ce qu'on
a dit pour et contre, en dépit de l'enthousiasme
outré des uns et des injustes plaintes des autres,
tels que les bardes éplorés qui l'accusent de ne pas
compatir à leurs douleurs, la nature est une bonne
mère et je la trouve suffisamment sympathique.
Elle ne défigure pas son joli visage à pleurer sur
nous quand nous mourons. A quoi bon? Elle sait
qu'elle doit mourir elle-même; mais elle nous
ouvre son sein maternel et jette sur notre dépouille
un manteau de verdure odorante. De notre vivant,
quelle compagne est plus aimable? Point trop
démonstrative, sachant écouter, elle nous laisse
parler à notre aise et ne donne jamais son avis, ce
qui ne l'empêche pas d'avoir un langage plein de
charmes.

Donc, allons admirer la belle nature.

Je passe dans le vestibule où je décroche mon
chapeau brun qui m'a coûté sept pence et demi et
m'a servi trois ans. De là dans les offices et dans
la cuisine. Tout y est calme; un mince filet de
fumée s'élève dans la cheminée gigantesque. Nous
ne faisons plus grande cuisine aujourd'hui. Que

les temps sont changés depuis qu'on rôtissait un bœuf entier, quand la bière se brassait en octobre. Lorsque le dernier Lestrange atteignit sa majorité, c'est tout au plus si on mit un poulet à la broche. Ce sera encore bien pis à la prochaine génération, puisque le nom sera éteint.

Mrs Smith est assise dans l'embrasure de la fenêtre où elle écosse des fèves. Tout porte à croire que nous mangerons ces légumes à notre prochain repas. Les fèves ne coûtent rien, et c'est là une raison qui les fait revenir souvent dans nos menus.

Je me plante devant Mrs Smith sans lui dire un mot, comme un spectre qui attend qu'on lui adresse la parole; ce que voyant, le digne cordon-bleu tourne vers moi son visage plein de bonhomie.

— Il me semble que vous vous ennuyez un peu, mademoiselle, depuis le départ de votre père. Pauvre cher homme! J'espère qu'il aura fait un bon voyage, quoique je n'aime pas tous ces chemins de fer, et qu'il reviendra bientôt. Miss Dolly n'est guère une compagnie pour vous.

— Non, dis-je en prenant une gousse vide et en regardant d'un œil distrait le duvet blanc qui en tapisse l'intérieur.

Ne me sentant pas d'humeur causeuse, je laisse Mrs Smith à ses graves occupations; je traverse la cour où une grosse fille de ferme aux bras rouges fait manœuvrer la pompe, tandis que le vieux chat, accroupi sur le mur, lorgne du coin de l'œil un pauvre petit oiselet échappé de son nid, qui voltige sur le marronnier voisin.

Me voilà dans le jardin. La barrière qui le sépare des champs est ouverte, j'entre dans les Dix-Acres, c'est le nom de la grande prairie qui borde nos terrains de plaisance. Le foin n'est pas encore coupé ; il y en a encore pour un mois avant que les grandes herbes et les fleurs tombent sous la faux meurtrière. Que j'aime le temps de la fenaison ! Le matin, en ouvrant ma fenêtre, j'aperçois de ma chambre les longues files des faucheurs et leurs dames en manches courtes secouant sur leurs fourches le foin à demi séché.

J'aimais dans mon enfance à construire des maisons de foin, à me rouler sous ces fraîches et odorantes arcades, et je m'y suis complu jusqu'à ce que la grave Dolly m'a fait comprendre que j'étais trop grande fille pour me livrer à ces amusements. Aujourd'hui encore, bien que j'aie assisté à un grand dîner et que j'aie un amoureux, je soupire après le fruit défendu.

Peu soucieuse des dégâts que je commets dans la moisson, je m'étends de toute ma longueur à l'ombre d'un sycomore qui pousse le long de la haie. Les hautes herbes me recouvrent presque en entier, et mille insectes bourdonnent au-dessus de moi, en voltigeant de fleur en fleur.

Je croise mes mains derrière ma tête et je demeure immobile, tellement immobile qu'un petit papillon bleu se pose sur ma poitrine, ouvrant et fermant tour à tour ses ailes au soleil de midi. Une libellule au corsage émaillé effleure mes joues en passant.

De ma couche improvisée, je contemple le dais verdoyant que le sycomore étend sur ma tête. Les ombres jouent à cache-cache dans les jeunes feuilles agitées par la brise, charmantes persiennes à travers lesquelles j'aperçois l'azur de la voûte céleste. Une abeille indiscrète qui prend sans doute mon œil gauche pour une fleur, essaie de s'y introduire ; c'est flatteur, mais peu agréable. Pour éviter les conséquences de cette méprise, je ferme mes deux yeux, fatigués d'ailleurs par l'éclat de la lumière. Quand on est dans une position confortable et qu'on n'a point de crime sur la conscience, cet état de choses ne peut avoir qu'un résultat. Le résultat ne se fait pas attendre, et je m'endors.

Dieu sait les rêves incohérents qui me trottent par la cervelle ! un ridicule pot-pourri d'impossibilités. Soudain je me réveille tout effarée ; un homme se tient debout devant moi. Ce n'est pas Richard ni sir Hugues, c'est un petit vieillard, chauve et voûté. Eh ! c'est Collins, dans le costume dégagé qu'il affectionne quand il fait chaud ; Collins en bras de chemise.

— Dieu ! que vous m'avez fait peur !

— S'il vous plaît, Ma'am (car le vieux majordome est trop bien stylé pour m'appeler *miss*), il y a un gentleman dans la bibliothèque, et miss Lestrange vous envoie quérir.

— Un gentleman ! me dis-je en moi-même, Richard sans doute. Quel est ce gentleman ?

— Je ne l'ai pas vu ; mais Mrs Smith assure que c'est sir Hugues Lancaster.

— Sir Hugues Lancaster ! fis-je avec dépit, que ne le disiez-vous plus tôt ?

Sur ce, je reprends ma position horizontale.

— C'est bien, je n'irai pas.

— Mais, Ma'am, miss Lestrange.....

— Je me moque de miss Lestrange, dites que vous ne m'avez pas trouvée.

Collins s'éloigne tout déconfit. À peine a-t-il disparu derrière les lilas du jardin que je change d'avis, probablement parce qu'il n'y a personne pour me contredire. Un morceau de pain sec vaut mieux que pas de pain du tout, et un homme, lors même que ce n'est pas celui qu'on désire, est encore préférable à rien. Je suis un peu comme Cléopâtre qui se plaint de n'avoir point d'homme à tyranniser dans sa solitude. Toutefois, je fais un compromis avec ma dignité en marchant aussi lentement que possible, et j'entre dans la bibliothèque avec un air de suprême indifférence.

— Vous voilà ! tant mieux ! dit sir Hugues en sautant hors de son fauteuil, avec cette belle humeur qui lui est propre. Sir Hugues est vraiment la gaîté en personne, cette gaîté ronde, naïve, qui exhibe à tout propos ses trente-deux dents. Il me rappelle le ton des romans de Dickens. C'est comme un feu de bois clair par un jour de gelée.

— Collins vous a donc trouvée? demande Dolly.

— Probablement; sans cela je ne serais pas ici.

Dolly aurait fort envie de me quereller, mais elle a assez de tact pour ne le jamais faire en public.

— Où étiez-vous?

— Dans les Dix-Acres. Je m'étais endormie, et Collins m'a fait une peur..... Je suis presque sortie de ma peau.

— Vous faisiez la sieste, n'est-ce pas? Rien de mieux avec cette chaleur. Mon régisseur, qui est un grand prophète atmosphérique, assure que nous aurons du tonnerre avant peu.

— Je l'espère, dit Dolly d'un ton languissant, cela rafraîchira la température et nous empêchera de fondre complètement.

— Grand merci! moi, j'espère que non.

— Pourquoi? demande sir Hugues qui suppose que, comme les oracles, je ne parle jamais sans motif.

— Parce que j'en ai une peur horrible. Penser que, d'un moment à l'autre, on peut être réduite en charbon!.....

Sir Hugues me montre tout son râtelier, qui paraît bien à lui par droit de naissance. On dirait un enfant qui assiste à une pantomime.

— Ce n'est peut-être pas très gai; mais c'est

une chance infinitésimale. Un contre cent mille tout au plus. Parlez-vous sérieusement? Je croyais que vous n'aviez peur de rien.

— C'est ce qui vous trompe; dès que j'entends tonner, je me mets un bandeau sur les yeux et je m'enfuis dans la cave. N'est-ce pas, Dolly?

— Assurément, réplique ma sœur avec une légère emphase, vous ne brillez pas par le courage, mais ce n'est pas une qualité indispensable pour une femme. Tout le monde ne peut être une Judith ou une Mᵐᵉ Roland. Qu'en dites-vous, sir Hugues?

Sir Hugues fait un signe d'assentiment et la matière électrique est mise de côté. On cause de choses indifférentes pendant un quart d'heure.

— Savez-vous, me dit tout à coup Dolly, que sir Hugues est très désappointé? Il était venu pour causer avec mon père de ses espaliers nains. Vous seriez bien aimable de suppléer l'absent et de conduire notre hôte sur les lieux.

— Que n'y allez-vous vous-même? dis-je d'un ton peu civil.

— Moi? vous vous moquez, je n'entends rien à ces choses-là.

— Il n'importe, se hâte de dire sir Hugues. Ce sera pour un autre jour; je ne veux pas importuner miss Éléonore.

Dès que je ne me vois plus sollicitée, mon esprit de contradiction ou ma politesse naturelle reprennent le dessus. Je me lève en disant à sir Hugues que je suis prête à le suivre.

— Prenez par la petite porte du jardin, dit Dolly.

— Est-ce que vous ne venez pas ? fais-je avec un certain étonnement, surtout quand je vois que sir Hugues n'appuie pas mon invitation.

— Oh ! non, je vous laisse en tête-à-tête, répond ma sœur en clignant de l'œil ; d'ailleurs le soleil me donne la migraine.

Nous marchons côte à côte, sir Hugues et moi. Le bienveillant voisin admire les rosiers, les lilas, les rhododendrons ; son indulgence est inépuisable.

— Quel joli lieu que Lestrange ! dit-il, je voudrais seulement que ce fût plus près de Wentworth.

— Vraiment?

— Oui, pour que ma mère pût vous voir plus souvent.

Sa mère ! Que veut-il que j'en fasse ? Je n'aurais pas été plus surprise s'il m'avait proposé de me présenter à la duchesse de Cambridge.

— Vous devriez, poursuit mon compagnon de promenade, profiter de l'absence de sir Adrien pour venir passer quelques jours à Wentworth avec votre sœur. Seulement il faudrait venir bientôt, parce que ma mère va partir pour la ville.

— Ah ! est-ce que vous partirez avec elle?

— Oui, à mon grand regret, car je déteste la ville. Le jour, coudoyer les badauds qui regardent passer les équipages à la mode ; le soir, se faire aplatir sur l'escalier d'une douairière : voilà les plaisirs qu'on y prend. Je ne connais rien de plus odieux.

— Dieu ! que vous déflorez mon idéal ! Moi qui ne rêve que de voir Londres, la Tour, le British-Museum et les statues de cire, et je ne sais quelles autres merveilles. Avouez que ce doit être bien beau. Est-ce que les rues sont pavées d'or ?

Mon enthousiasme provoque chez sir Hugues un nouvel accès d'hilarité. Je comprends que j'ai dit quelque niaiserie, mais je suis délivrée de mon embarras en voyant que nous avons atteint notre but, qui est le potager. J'appelle à mon aide le vieux jardinier, [qui exerce en ce moment sa tempérance sur un quartier de fromage assaisonné d'un oignon. Les deux horticulteurs entament une discussion scientifique. Pendant qu'ils estropient la terminologie française et qu'ils pataugent à qui mieux mieux dans les *Bon-Chrétien* et les *Beurrés d'Aremberg*, je m'amuse à grignoter des petits pois. J'en suis à ma dix-septième gousse lorsqu'un bruit de pas et un duo de voix dont le timbre se marie agréablement nous fait retourner.

—Ah ! dit sir Hugues, voici votre sœur qui vient nous rejoindre. Qui donc est avec elle ? Eh ! Dieu me pardonne ! c'est le capitaine Mac-Gregor. Je ne savais pas que vous le connussiez.

Dolly abrite son frais visage derrière une ombrelle grise. Vêtue d'une robe blanche et un petit fichu sur la tête, elle a l'air d'une néophyte qui va recevoir la confirmation. Sir Mac-Gregor s'avance à côté d'elle, en fauchant un peu de la jambe *hors montoir,* selon son habitude.

— Bonjour, Mac-Gregor, s'écrie sir Hugues. Je vous croyais parti depuis longtemps.

Que veut dire ceci ? Le capitaine ne me juge pas digne d'une poignée de main ; il se contente de me saluer profondément, tandis qu'il répond à sir Hugues :

— Excusez-moi si je ne suis pas allé vous voir ; j'en avais manifesté le désir à Coxe, mais il ne m'a pas offert la moindre haridelle ; or vous savez que je suis mauvais piéton.

— Vous êtes donc toujours dans le poulailler ?... je veux dire chez les *coqs.*

— Hélas ! oui.

Les deux duos s'étant fondus en quatuor, nous retournons en causant vers le château.

Nous arrivons devant la façade. Collins promène la jument de sir Hugues dans l'allée sablée qui fait le tour de la pelouse. Notre voisin s'approche de sa monture et la caresse de la main :

— Holà ! ma pauvre vieille ! voilà une bonne bête, miss Éléonore. Comment la trouvez-vous ?

— Fort bien. Comment appelez-vous cette robe?

— Alezan brûlé, dit sir Hugues, paraissant aussi surpris que si je lui avais demandé le nom de la capitale de l'Angleterre; c'est la perle des robes chevalines. Vous savez le proverbe espagnol [1].

Ne connaissant ni l'espagnol ni le proverbe, je me contente de faire un signe approbatif que j'appuie de cette remarque :

— Votre jument est fort jolie, mais je lui trouve la queue bien mince.

Sir Hugues me répond par son éternel sourire. Quelle opinion il doit avoir de mes connaissances hippiques! Je ne suis certainement pas à ses yeux une femme de sport.

Enfin le cavalier sur le retour prend congé de la compagnie. Au moment où il met le pied dans l'étrier, Dolly cherche à le retenir par cette invitation engageante :

— Vous ne voulez donc pas rester avec nous pour le lunch, sir Hugues?

— Merci, répond le vénérable Mathusalem qui se souvient probablement de l'os de mouton et n'est point tenté de renouveler l'expérience ; je ne goûte jamais : cela m'empêche de dîner. Au revoir, et à bientôt, n'est-ce pas? Il ne faut rien moins que cet espoir pour me faire supporter l'at-

1. *Alazan tostado antes muerto que cançado.*
   Alezan brûlé plutôt mort que fatigué.

tente, ajouta-t-il en me lançant une œillade assas-
sine.

Ouf! le voilà parti. Quel plomb! quelle agréable
visite! Et quel chapitre intéressant pour le lecteur!

XIV.

La Providence se sert parfois des instruments
les plus humbles pour accomplir ses desseins;
en cette occasion, ce fut Collins qu'elle fit agir
en ma faveur. A peine sir Hugues eut-il franchi
la grille que le vieil intendant s'approcha de
ma sœur avec l'intention manifeste de lui
parler en secret. Il s'agissait, comme je le sus
un peu plus tard, de l'avertir qu'il n'y avait plus
une goutte de bière à l'office, dans le cas où elle
eût voulu en offrir au capitaine Mac-Gregor. Ce
n'était là qu'un bien mince échantilon de notre
pénurie; combien d'autres de nos provisions étaient
épuisées! Pendant ce colloque, je restai seule avec
Richard.

— Que veut dire ceci, Nell? dit Richard d'un
ton un peu amer; vous voilà en coquetterie réglée
avec sir Hugues Lancaster.

— Vous parlez de ce que vous n'entendez pas,
répliquai-je, aussi prompte à me retourner qu'une
couleuvre sur qui on aurait marché. Quand on
reçoit des visites on est tenu à la politesse. Il y a
des gens qui s'introduisent dans le jardin d'autrui

sans son agrément; mais il y en a d'autres qui sont moins hardis.

— Ne me rappelez pas mes erreurs. Quand je je vivrais cent ans, je n'oublierai jamais la mine que votre père me fit ce jour-là. Mais parlons de choses plus gaies. Avez-vous quelque chose à faire ce soir?

— J'ai toujours quelque chose à faire.

— Venez me joindre sur le bord du ruisseau des aulnes, au-dessous du moulin que vous savez, voulez-vous?

— A quelle heure?

— Nous dînons aujourd'hui à sept heures, Coxe devant partir pour la ville par le train de minuit; je serai donc libre de meilleure heure qu'à l'ordinaire. Toutefois, pas avant huit heures et demie. Ce sera un peu tard, n'est-ce pas? Il est vrai qu'il fait jour maintenant jusqu'à dix heures, et puis nous aurons la lune.

Je n'avais pas besoin de tant de raisons pour me déterminer. Que m'importaient la lune, le soleil et les étoiles? N'aurais-je pas bravé les ténèbres pour voler auprès de lui?

— C'est bien, dis-je, à huit heures et demie.

Comme je disais ces mots, Dolly, qui s'était rapprochée sans bruit, reparut à nos côtés.

— Capitaine Mac-Gregor, dit-elle, je ne vous inviterai pas pour le lunch, je pense que vous n'accepteriez pas.

— En effet, dit Mac-Gregor, qui se sentait renvoyé ; à cet égard, je suis d'accord avec Lancaster : cela gâte mon dîner. Et je vous jure qu'il ne faut pas plaisanter avec les dîners des Coxe ; ils mettraient à l'épreuve les facultés de Gargantua. Mesdames, recevez mes hommages.

Avant de s'éloigner, il me jeta un regard d'intelligence qui disait aussi bien *souvenez-vous que* la dernière parole de Charles Ier, de vénérée mémoire, à l'évêque Juxon.

— Qu'aviez-vous donc à chuchoter ensemble ? demanda Dolly. Il m'a paru, chère Nell, que vous vous parliez de bien près.

Ces paroles, dites d'un ton patelin, n'en accusaient pas moins les dispositions malveillantes que ma sœur avait déjà manifestées la veille envers Richard. Je sentis la griffe sous la patte de velours.

— C'était une confidence dont vous étiez l'objet, répliquai-je d'un ton moqueur. Le capitaine m'avouait que vous aviez fait sa conquête.

Me voyant ainsi en révolte ouverte, Dolly jugea prudent de ne pas insister.

Pour moi, j'étais depuis deux jours dévorée d'un désir immense, celui de faire part de mon bonheur à quelqu'un. Quand on se sent hors de ses gonds, et même lancée dans une voie périlleuse, on éprouve le besoin de s'épancher dans un cœur ami. Je me serais certainement ouverte à Mrs Smith,

la confidente de tous mes chagrins domestiques,
pour peu qu'elle s'y fût prêtée; mais je n'eus
même point cette ressource. La pâte n'avait pas
levé, ou bien elle avait gâté quelque sauce, je ne
sais pas au juste; mais aux premiers mots que
j'en voulus toucher, je compris que la digne
femme n'était pas en humeur de recevoir mes
confidences. Force fut de renfermer mon bonheur
en moi-même ou d'en déverser le trop plein en
gazouillant sans aucun mystère à tous les échos :

Venez dans le jardin, venez, ma toute belle,

persuadée que chacun devinait l'allusion. Une ou
deux fois, ma chanson fut interrompue par un
scrupule de conscience, lorsque je songeai à mon
père. S'il avait trouvé mauvais que je fusse en
compagnie d'un jeune homme dans son jardin, à
huit heures, — car je ne crois pas réellement
qu'il fût plus tard, — que dirait-il s'il savait que
je vais, à neuf, rejoindre ce même jeune homme à
un mille de nos appartenances?

Les idées de mon père sur les convenances
étaient d'une extrême rigidité. A ses yeux, la vertu
d'une femme devait être quelque chose comme un
vêtement de bougran garni de baleines, et je ne
sais s'il n'aurait pas voulu sa fille aussi revêche
que cette jeune héroïne qui, à l'en croire elle-
même, éprouvait des frissons dans le dos toutes
les fois qu'elle touchait la main d'un homme. Alors

que faire? Rester à la maison pour raccommoder
les bas et entendre Dolly déchirer le prochain à
belles dents; laisser le pauvre Dick se mor-
fondre inutilement dans la rosée? Jamais. S'il est
mal de désobéir à son père, il est également mal
de manquer à sa parole. Or, quand on se trouve
forcément entre deux péchés, il faut au moins
choisir le plus agréable.

Vous saurez d'ailleurs, ma chère lectrice, que
j'aimais mon père cent fois plus que Dick. Je ne
suis point de ces femmes écervelées qui sacrifient
leurs affections les plus chères à une passion. En
général, les Anglaises ne sont pas aussi inflam-
mables que pourrait le faire supposer la lecture
de deux ou trois romans à la mode. L'Angleterre
n'est point peuplée de Saphos.

Une fois tournée vers mon père, ma pensée se
complut dans ce sujet favori. Avait-il perdu quelqu'un de ses mouchoirs de poche, malgré mes re-
commandations? Il y en avait six qui n'étaient
pas marqués. S'était-il souvenu de sa goutte?
Avait-il bu du vin de Porto? Se sentait-il un peu
soulagé de son fardeau quotidien et oubliait-il
ses sollicitudes auprès du vieil ami de sa jeunesse?
Il nous avait dit de ne point lui envoyer ses lettres,
et certes, à voir les enveloppes et les adresses des
missives arrivées depuis son départ, je comprenais qu'il ne fût pas impatient d'en savoir le contenu. L'idée me vint de lui écrire. Pour moi, qui

n'écrivais pas quatre lettres par an, ce n'était pas une petite affaire. Je me mis sur-le-champ à l'œuvre et, après mainte hésitation, je mis au jour le chef-d'œuvre épistolaire que voici :

« Cher Père,

« Il me semble que vous êtes parti depuis si
« longtemps que je ne puis croire que ce soit hier.
« J'espère que vous reviendrez bientôt, à moins
« que vous ne vous trouviez bien où vous êtes. Je
« suis sûre qu'on doit être bien heureux de vous
« avoir, mais jamais autant que moi, cher bon
« père. Dolly est revenue en rapportant un tas de
« nouvelles robes. Elle se porte à ravir et est tou-
« jours aussi aimable qu'à l'ordinaire. Sir Hugues
« Lancaster est venu ce matin pour vous consulter
« sur les espaliers nains. Il a été fort désappointé
« de ne pas vous voir. Je crois m'être aperçue qu'il
« prononce le français presque aussi mal que vous.
« Le capitaine Mac-Gregor, celui que vous n'aimez
« pas, est venu aussi. Le poney est en bon état,
« ainsi que toute la basse-cour, à l'exception du
« coq huppé qui s'est cassé la jambe en tombant
« dans le trou aux cendres. Je crois que je n'ai pas
« autre chose à vous dire, si ce n'est que je vous
« envoie vingt baisers avec tout ce que j'ai de
« tendresses.

« Votre NELL. »

A mesure qu'approche l'heure de mon rendez-
vous, mon' impatience augmente. Pour mieux tuer
le temps, je fais un bout de toilette, ce qui se
borne à changer de robe. Quant à mes cosmétiques,
ils consistent simplement dans une cuvette d'eau
claire, car je n'aime point à me graisser comme
une locomotive, et l'art de me faire un visage
m'est heureusement inconnu. Le moment venu,
je me glisse dans le jardin, que je traverse avec la
rapidité d'un vélocipède. Je poursuis ma course
jusqu'à ce que j'arrive dans le bois des pins. Il ne
fait pas un souffle d'air; tous les sujets d'Éole,
depuis Borée jusqu'à Zéphyre, sont prisonniers
dans leurs cavernes.

En mettant le pied dans ce petit temple de la
nature, je prends une allure respectueuse, comme
si j'entrais dans une église. Me voilà bientôt sur
la lisière du bosquet. Qu'est-ce que j'aperçois?
C'est la cavalerie qui manœuvre au milieu des
aulnes.

Bravo! je ne suis pas la première au rendez-
vous, aujourd'hui.

— Je craignais que sir Hugues ne fût revenu
voir vos poiriers, me dit Richard en souriant.

— Dans ce cas, il n'y avait plus aucune chance
pour vous, répliquai-je, avec l'intention maligne
de le tourmenter un peu; mais, rassurez-vous, sa
mère ne lui permettrait pas de sortir à cette
heure pour se mouiller les pieds.

— Il me semble que les vôtres ne sont pas bien secs, reprit Mac-Gregor en jetant un coup d'œil sur mes bottines tout humides de rosée. Reviendra-t-il demain ?

— Peut-être. On ne peut jamais savoir ce que l'avenir nous réserve.

— Je trouve qu'il vous honore beaucoup de sa compagnie. Y a-t-il longtemps qu'il n'était venu ?

— Avant-hier.

— Cela frise l'indiscrétion. Ce monsieur a l'air de prendre votre maison pour une hôtellerie.

— Vraiment ? Pourriez-vous me dire qui est venu hier à Lestrange avec Mrs Coxe, et qui est revenu seul aujourd'hui ? Connaîtriez-vous par hasard ce personnage ?

Tout en échangeant ces paroles, nous suivons le cours du ruisseau en nous éloignant du moulin, afin d'éviter l'espionnage du meunier et de la meunière. Dick porte un léger pardessus sur ses vêtements qui sont d'une extrême simplicité : pas de chemise brodée, pas de boutons de pierreries. Dick a vingt-sept ans ; il a passé l'âge des bijoux, qui est une période régulière dans la vie de l'homme, comme l'âge de pierre, l'âge de fer et l'âge de bronze en ethnographie.

— Moi, c'est différent, dit-il, répondant à ma question.

— C'est possible ; il n'y a guère de ressemblance entre vous deux. D'abord, vous avez au moins le double de sa taille. Pauvre sir Hugues ! c'est à peine une édition d'homme in-12, du moins en hauteur ; je pourrais appuyer mon menton sur sa tête.

— Quelle charmante attitude ! Si elle vous plaît, je n'ai qu'à me mettre à genoux.

— N'en faites rien, croyez-moi ; vous gagneriez un rhumatisme.

Après avoir fait encore quelques pas, nous rencontrons un vieux chêne abattu qui plonge ses branches dans le ruisseau.

— Asseyons-nous, dit Richard ; nous pouvons défier les yeux de la meunière, à présent, à moins qu'elle n'ait des jumelles d'Opéra.

— J'espère que non, ou je serais obligée de quitter le pays.

Pour expliquer ces derniers mots, je dois dire que Richard vient de passer son bras autour de ma taille.

— Je ne me croyais pas accessible à la jalousie, reprend-il après un moment de silence, tandis que ses yeux se fixent sur les miens et que mon image se reflète dans ses pupilles. J'avais toujours regardé Othello comme un grand fou, et je crois que je deviens aussi fou que lui. Votre voisin commence à me déplaire singulièrement.

— Bah ! on vous dirait au mieux, à vous voir ensemble. Mon ami par-ci, mon vieux camarade par-là. J'aurais cru que vous seriez bien aise de le voir en bons termes avec nous.

— Je l'ai connu en Écosse. C'était un déter-
miné chasseur et un cavalier passable.

— Étiez-vous réellement très liés?

— Modérément. Au reste, c'est un fort galant
homme, quoiqu'il n'ait rien inventé. Son plus
grand mérite est d'avoir 30,000 livres sterling de
rente, ce qui couvre beaucoup de défauts.

— Aux yeux de certaines gens, peut-être.

— Aux yeux du plus grand nombre. C'est un
grand avantage qu'il a sur moi; car, il faut bien
vous l'avouer, Nell, je n'ai pas la moindre fortune. Oui, ajouta-t-il, tandis que son front se con-
tractait péniblement, je suis aussi pauvre que
Job.

— Je le savais, lui dis-je en souriant.

— Qui vous l'a dit?

— Personne.

— Comment avez-vous pu le savoir, alors? Est-ce
que j'ai l'air d'un mendiant?

— Je l'ai deviné, dis-je en appuyant mon front
sur son épaule. Les gens dignes d'être aimés sont
toujours pauvres; les riches, au contraire, sont
vieux, laids et insupportables.

Un long silence succéda à ces paroles.

Le soleil a disparu en laissant derrière lui des
souvenirs étincelants. L'horizon est en feu. La
teinte de pourpre qui colore le couchant se dégrade
insensiblement, pour finir en un rose pâle et se
fondre dans l'azur au-dessus de nos têtes. Un re-

flet rougeâtre illumine la flèche du clocher et les
ifs du cimetière, comme un rayon céleste qui luit
sur les tristesses de la vie. A nos pieds, le ruisseau s'en va murmurant, à la rivière ; les longues
herbes qui croissent sur ses bords s'inclinent vers
l'onde limpide et y trempent les extrémités de
leur tige, pareilles aux cheveux d'une femme noyée.

— Nell, reprit mon héros sans fortune, en ca-
ressant sa moustache vierge de cire, j'ai du remords de ce que j'ai fait. J'aurais dû m'éloigner
dès que je me suis senti le cœur pris. Mais la voie
du devoir n'est pas toujours facile à suivre. Je
vous aime tant que je n'ai pas eu le courage
d'accomplir un tel sacrifice. Si du moins, malgré
mon indigence, j'avais l'espoir d'être agréé par
votre famille !... Que pense votre sœur de tout ceci ?

— Ma sœur ?

— Oui, que pense-t-elle de vous et de moi ?

— De moi, rien de flatteur, j'en suis sûre ; quant
à vous, elle s'imagine, à ce que je crois, que vous
êtes engagé avec Amaryllis Coxe.

— Avec Amaryllis ! Est-elle folle ? J'aimerais
autant me jeter dans la mer avec une meule de
moulin attachée au cou.

— Pauvre fille ! la comparaison n'est pas flat-
teuse pour elle.

— Elle est juste, dans tous les cas. Voyez-vous
beaucoup de différence entre une meule de moulin
et la grosse Amaryllis ? Votre sœur chevauche sur

un coursier imaginaire. Qu'en dites-vous? Est-ce que vous croyez aussi à ce mariage?

— Je ne sais. J'en ai entendu parler vaguement, et je me demandais ce matin si je ne devais pas me mettre en quête d'un nouvel adorateur.

— Je comprends. Cela m'explique les visites de votre amateur de poiriers. Vous n'avez pas voulu être en reste; un Lancaster pour mon Amaryllis; les deux se valent. Sérieusement, Nell, croyez-vous que votre sœur n'y voie pas clair? Je ne pense pas qu'elle ait besoin de lunettes.

— Il n'y a pas de pire aveugle que celui qui ne veut pas voir.

— Ne lui avez-vous rien confié?

— Je ne lui fais jamais de confidences.

— Voilà ce qui m'étonne; je croyais que deux sœurs n'avaient pas de secret l'une pour l'autre; si j'en juge par les miennes.....

— Vous ignorez sans doute qu'il y a sœurs et sœurs.

— C'est possible. Je dois vous avouer du reste que ce matin, tandis que je me trouvais seul avec miss Dolly, j'ai tenté de lui dire quelques mots à votre sujet; mais elle a immédiatement coupé court à la conversation. J'ai vu que je faisais fausse route, et j'ai dû parler d'autre chose.

Nouveau silence. Les dernières lueurs du jour s'éteignent. Du grand manteau de pourpre qui s'étendait sur l'Occident, il ne reste qu'une frange qui s'amincit de plus en plus. Les marguerites des prés et les renoncules boivent la rosée à plein calice.

Les belles vaches de Durham qui avaient passé la journée sous les arbres, ou les pieds dans le ruisseau à se débattre contre les mouches, réparent avec avidité le temps perdu. C'est plaisir de les entendre mordre le gazon au milieu du calme qui règne autour de nous.

Le chapeau de Dick et le mien fraternisent à nos pieds, et la lune qui se lève jette un reflet d'argent sur l'or de nos chevelures. Nous restons muets, la main dans la main, absorbés à la fois par nos propres pensées et par la contemplation de la nature qui s'endort. Dick chantonne à demi-voix :

> Tout dort dans la forêt, les nymphes et les faunes
> Ne dansent plus sur le gazon,
> Le ruisseau caché sous les aunes
> Les berce mollement de sa douce chanson.

— Nell, aimez-vous la poésie ?

— Beaucoup.

— Qu'avez-vous lu en fait de vers ?

— J'ai lu *Lara* et *Nous sommes sept,* et puis le *Lord Burleigh,* le *Pauvre Rémouleur,* et la *Mâchoire de Samson.*

— Ah! grand Dieu, quel assemblage! dit Richard en me pinçant la joue. Est-ce pour vous former le goût que vous variez ainsi vos lectures?

— Je savais que vous vous moqueriez de moi.
Que voulez-vous? Je ne sais pas grand'chose.
Vous avez trouvé bon de me faire connaître votre
pauvreté; à mon tour de vous avouer mon ignorance. Hélas! il n'est que trop vrai, je ne possède
ni science ni cervelle pour la loger.

En disant ces mots, je détourne la tête et me
voilà pleurant à chaudes larmes.

— Eh bien! eh bien! dit Richard en me prenant
le menton pour ramener mon visage en face du
sien. Il n'y a pas là de quoi se désoler. Croyez-
vous que je m'inquiète beaucoup de votre science?
Vous seriez ignorante comme une carpe que je ne
vous en aimerais pas moins.

— Oh! vous êtes bon! lui dis-je en arrosant de
mes pleurs son devant de chemise, tandis qu'il
presse doucement ma tête sur sa poitrine et promène ses doigts dans mes cheveux d'or; oui, vous
êtes bon, et vous devriez bien m'apprendre ce que
vous savez.

— Que voulez-vous que je vous apprenne? L'é-
cole de peloton? ou la fabrication des cartouches?
Mes capacités enseignantes ne vont guère au
delà.

En ce moment, l'horloge du village sonne dix
heures. Chaque coup qui retentit lentement et
clairement dans le silence de la nuit semble dire
aux habitants de la petite nécropole qu'ils ont une
heure de moins à dormir en attendant le grand

jour du réveil. Je reprend possession de ma tête
et je me lève en sursaut

— Il faut que je parte, ou je trouverais la porte
fermée

— Diable! ce serait grave, dit Richard en s'éti-
rant comme un chien de Terre-Neuve.

— J'arriverai trop tard pour lire les prières.

— Vous savez donc lire, mademoiselle?

— Oui, les mots qui n'ont pas plus de cinq syl-
labes.

— Pourquoi miss Dolly ne remplit-elle pas
l'office de chapelain? Il me semble que vous n'avez
aucun respect pour les droits de primogéniture.

— Oh! elle est bien trop dédaigneuse et trop
peu dévote pour cela. Je n'affirmerais pas qu'elle
fasse sa prière en particulier. Jugez si elle voudrait la faire en commun.

— Alors votre culte de famille chômera ce soir
certainement.

— Je le crains, mais je ne le regrette pas. Cette
soirée a été si douce! dis-je avec un long soupir.
Bonne nuit.

— Attendez un peu; vous ne vous débarrasserez
pas de moi aussi facilement que vous le croyez.
C'est peut-être le tour de Lancaster à cette heure.
Qui m'assure qu'il ne vous attend pas dans quelque coin?

Tout en devisant ainsi, le couple le plus pauvre,
le plus imprévoyant, mais le plus heureux de la

Grande-Bretagne s'éloigna de l'humide prairie où il venait faire provision de rhumathismes pour ses vieux jours. Au bout de dix minutes, après avoir marché plus lentement que deux tortues, nous arrivâmes à la petite porte où nous devions nous séparer.

Là, sous ces mêmes lilas qui avaient été témoins de nos premiers baisers, nous nous arrêtâmes, dans l'attitude des deux personnages de cette charmante peinture qu'on appelle *le Huguenot*[1].

— J'espère qu'il ne vous arrivera point de mal entre cette porte et celle de votre maison. Adieu, Nell. Vous êtes ma bien-aimée et non celle de Lancaster, n'est-ce pas? Que Dieu vous bénisse!

— Oui, la vôtre tant que vous me voudrez, ou celle de personne. J'en fais le serment.

XV.

S'il y a quelque chose de triste au monde c'est une maison où la femme règne seule, affranchie de la présence de son suzerain et ennemi naturel; un cercle social dont l'élément masculin est tout

---

1. Ce tableau bien connu, d'Everet Millais, dont la gravure se voit chez tous les marchands d'estampes de Londres et de Paris, représente une jeune catholique qui attache une écharpe blanche au bras de son amant huguenot, pendant que celui-ci presse la jeune fille sur son cœur. La scène se passe la veille de la Saint-Barthélemy.

à fait banni. Je ne m'en suis jamais si bien aperçue
que durant cette interminable semaine.

Le chef d'une famille peut bien être, et n'est que
trop souvent un animal inférieur à la gent féminine soumise à son sceptre; une nature grossière
où la matière domine, un esprit borné n'ayant
d'autre souci ni d'autre sujet de conversation que
les porcs à l'engrais, les toiles de coton ou les
boîtes de pilules, suivant qu'il exerce la profession
d'agriculteur, de négociant ou d'apothicaire. Mais,
même dans ce cas, sa présence est un bienfait.
Ses lourdes bottes font gémir l'escalier, sa grosse
voix fait trembler les vitres; mais tout cela accom-
pagne avec une certaine harmonie — celle des
contrastes — la voix flûtée de madame et sa démarche étouffée comme celle d'une chatte. Il est
laid, mais on aime à voir sa tête à sa place ordinaire quand sonne l'heure du dîner. Si stupides
que soient ses anecdotes, on les écoute, car c'est
toujours un écho du dehors. Il n'est pas jusqu'à
son chapeau et sa canne qui ne fassent bon effet
dans le vestibule.

Les femmes qui vivent entre elles sont nécessai-
rement incomplètes. Leur esprit se rétrécit et ne
manque pas de tourner à l'aigre s'il est privé du
frottement de l'intelligence masculine.

Dire combien notre vieux château de Lestrange
était muet et sinistre depuis le départ de mon
père, serait difficile. Au dehors, les grives et les

fauvettes chantaient, les poules gloussaient, les chiens aboyaient, les laboureurs sifflaient; je me prenais souvent à désirer que tous ces hôtes extérieurs vinssent prendre leurs ébats dans le château, et fissent retentir de leur tintamarre la grande salle et les galeries. Vaine ambition! c'était toujours le même silence de mort, ce silence d'une maison habitée par un corps cousu dans son suaire et cloué dans son cercueil. Dolly restait assise des heures entières comme une statue douée des couleurs de la vie, semblable à Vishnou qui contemple éternellement ses attributs dans le sein de Swerga.

Quelquefois, j'avais des envies folles de lui tirer les oreilles, de la renverser de son siège, de faire enfin quelque coup d'éclat qui l'arrachât à cette glaciale béatitude et à cet éternel tricotage qui m'irritaient.

J'étais si avide de distractions et d'imprévu que j'appelais de tous mes vœux les catastrophes les plus tragiques. Si le feu venait à se déclarer dans le château, ne fût-ce qu'un feu de cheminée! Si ce méchant grenier dans lequel un homme s'était pendu sous le règne de la reine Anne venait à crouler! Si le gros chien devenait enragé, ou que sa femelle fît des petits! ou n'importe quel autre événement; ce serait au moins une diversion. Dans tous les cas, il fallait qu'il arrivât quelque chose, dussé-je moi-même tirer la corde qui mît en

jeu le branle-bas désiré. Conséquemment, je roulai
dans ma tête les projets les plus excentriques :
assassiner Dolly d'une manière neuve et ingé-
nieuse ; pratiquer sur moi-même un suicide émou-
vant et pittoresque ; comme, par exemple, me
noyer dans la mare du potager pour qu'on me
trouvât là, un beau matin, les cheveux empêtrés
dans ces visqueuses lentilles d'eau qu'on appelle
vulgairement l'*herbe des canards*. Non, il vaudrait
mieux choisir un endroit écarté pour me trancher
la jugulaire ; mes amis éplorés finiraient par me
découvrir, sanglante mais belle, tenant un billet
explicatif dans ma blanche main.

L'embarras du choix me fut heureusement épar-
gné par deux incidents qui donnèrent à mes idées
une autre direction. Je vais les rapporter, en com-
mençant par le premier en date.

Un matin, j'étais debout devant la mare, regardant d'un œil triste les lentilles d'eau qui nageaient
à sa surface, et me demandant si, dans le cas du
suicide prémédité, ces vilaines herbes ne se loge-
raient pas dans mon nez et dans mes oreilles, lorsque Mrs Smith vint à moi d'un air consterné, sans
aucun souci des jeunes pois ou des laitues qu'elle
foulait aux pieds dans sa précipitation.

— Chère miss Nelly, s'écria-t-elle, le boucher !

A ces mots, je dressai l'oreille, comme le cheval
de Job au son des trompettes.

— J'ai vainement essayé de lui faire entendre

raison, poursuivit la digne matrone, en l'assurant que votre père apporterait de l'argent à son retour ; il n'en veut pas démordre. Le drôle est plus obstiné qu'un mulet.

Ici je ramassai une pierre et la jetai dans la mare, ce qui fit un trou dans l'herbe aux canards.

— Je suis allée trouver miss Dolly pour la supplier de descendre et d'essayer sa persuasion sur ce vilain homme, mais elle s'y est refusée ; elle a dit que ces affaires ne la concernaient pas et qu'elle ne voulait se mêler de rien, quand même on enlèverait le toit de la maison.

Je saisis un bâton et je tentai de pêcher une petite fleur bleue égarée dans les herbes vertes, tout en disant à Mrs Smith :

— Ne mettez jamais votre confiance dans les princes, c'est-à-dire dans miss Dolly qui n'est pas princesse, mais qui est digne de l'être.

— Comment nous délivrer de ce mécréant ? reprit Mrs Smith, impatiente du peu d'intérêt que je semblais prendre à sa détresse ; pour moi, miss Nelly, je suis à bout d'expédients.

Ma pêche laborieuse avait enfin réussi ; j'avais recueilli l'objet de mes désirs, avec une poignée de lenticules.

— Jolie fleur ! me dis-je intérieurement ; mes yeux sont-ils aussi bleus que cela ? Je le demanderai à Dick.

Puis, tout haut :

— Je sais ce qu'il faut lui dire, moi, et qui plus est, je le lui dirai avant dix minutes.

Sur quoi, sans plus songer aux végétations aquatiques, je montai dans ma chambre où je gardais, loin des yeux de Dolly et de Mrs Smith, les bank-notes de mon ami Richard. Armée de ce talisman et du mémoire de trente-quatre livres cinq schellings et quatre pence et demi, je marchai, la tête haute, à la rencontre du tueur de vaches.

« Quelle humiliation, me disais-je, d'être à la merci d'un manant! Qu'est devenu le temps où le seigneur de Lestrange n'avait qu'à rassembler vingt lances pour aller prendre dans les domaines de ses vassaux autant de vaches grasses qu'il lui plaisait! Jours heureux où le gentilhomme vivait à sa guise et où le créancier était inconnu! »

Je me dirigeai vers la cuisine, où le *vil roturier* était attablé devant une cruche de petite bière, offrande propitiatoire de Mrs Smith, qu'il dégustait — le drôle! — tout en insultant la main hospitalière qui la lui versait.

— Je crois que vous voulez être payé de votre mémoire, lui dis-je d'un ton superbe, tandis que la pauvre Smith, plus morte que vive, me tirait par ma robe pour m'engager à me modérer.

— Je le crois aussi, répondit le créancier; il y a plus d'un an que j'attends. Mais à quoi sert d'attendre dans cette maison, puisqu'on n'est jamais payé?

Je lui jetai son mémoire accompagné de quatre billets de dix livres.

— Rendez-moi la monnaie.

Je ne vis jamais d'homme plus confondu. Ce colosse, qui passait pour abattre un bœuf d'un coup de poing, se serait laissé renverser par une plume ; il leva sur moi deux yeux hébétés, sans remuer ni pied ni patte.

— M'avez-vous entendue ? repris-je en frappant du pied. Dépêchez-vous.

S'il n'eut pas une attaque d'apoplexie, il s'en fallut de peu. Néanmoins il finit par se remettre. L'argent était là, après tout ; c'était tout ce que voulait le manant, quoiqu'il lui parût bien étrange que je possédasse une telle somme. Il introduisit dans sa poche une main aussi grosse qu'un filet de veau et en tira la monnaie qu'il me rendit, puis il demanda une plume pour donner quittance.

— Maintenant, lui dis-je, l'œil en feu et les joues empourprées du noble sang des Lestrange, vous allez quitter cette maison à l'instant même et..... vous voyez cette porte, n'est-ce pas ? Eh bien, vous ne la franchirez plus. Allez !

— On s'en va, miss, on s'en va ; vous n'avez pas besoin de vous emporter. Je désire que vous trouviez quelqu'un qui vous serve aussi bien que moi et qui vous apporte les meilleurs morceaux. Dans tous les cas, vous n'y gagnerez pas un liard, je vous en préviens.

C'était-un drôle bien impudent ; mais je ne suis pas sûre qu'il n'ait pas eu le meilleur rôle dans la discussion.

XVI.

Il n'y avait pas, dans tout le pays autour de Lestrange, une seule habitation de famille qui n'eût fourni un combattant (ou plutôt une combattante) au siège de cette place forte si enviée, qui s'appelait sir Hugues Lancaster. Lestrange lui-même n'avait point fait exception à la règle générale. Nous avions armée en guerre la plus âgée de nos espérances, ou plutôt elle s'était armée elle-même. Après une longue et infructueuse campagne, elle s'était retirée vaincue, mais en bon ordre. Elle n'avait jamais combattu au premier rang, ni brillé parmi les chefs de la croisade, elle était bien trop prudente pour cela ; mais l'aînée des Lestrange n'en avait pas moins tracé ses lignes de circonvallation et pointé ses batteries avec autant de soin que la plus bouillante et la plus fanfaronne de ses rivales.

Toutefois les lignes avaient été construites si sourdement, les balistes et catapultes si nuitamment mises en jeu, les canons pointés avec tant de précaution, que lorsque la belle tacticienne fut forcée de lever le siège, personne ne le remarqua, si ce n'est la ville assiégée, et un spectateur qui avait suivi de loin, avec sa longue-vue, tous les incidents de la campagne. Est-il besoin de dire que ce spectateur c'était moi?

A l'inverse de ses congénères, Dolly ne se faisait pas d'illusion sur le succès de ses manœuvres. Une fois battue, elle ne revenait pas à la charge, elle ne tentait ni mine ni escalade, ni autres moyens désespérés ; elle gardait ses échelles pour des remparts plus accessibles et cherchait ailleurs une place moins défendue.

Quant à sir Hugues, il devait être dépourvu de quelqu'un des ingrédients qui composent la nature de l'homme. C'était le seul individu de son espèce qui parût entièrement insensible aux attaques de ces yeux si redoutables pour toute raison virile, de ces yeux qui renversent les plus forts et les enivrent comme le vin nouveau. Il ne semblait même pas s'en apercevoir.

Après sa campagne infructueuse, Dolly ne lui témoigna pas la moindre rancune ; elle fut extrêmement civile envers lui toutes les fois qu'ils se rencontraient ; elle lui roucoulait, à l'occasion, de charmants discours ; mais elle ne manquait pas de lui donner de bons petits coups de poignard quand il avait le dos tourné, car elle le haïssait avec toute la haine de l'espoir déçu.

Cette interminable semaine arriva pourtant à son terme, et mon père ne manifesta aucune intention de retourner à son fauteuil de cuir, à ses charmantes filles et à ses créanciers.

Le matin du samedi, Dolly et moi nous déjeunions en tête-à-tête, comme d'habitude. Ma nonchalante sœur, l'œil encore allangui par le sommeil, mâchonnait ses tartines d'une dent distraite. Ses cheveux noirs, rejetés derrière sa fine oreille, formaient un labyrinthe de nattes qui aurait défié l'œil le plus exercé. Sa robe était d'une légère et fraîche étoffe, quelque mousseline ou organdi d'un bleu pâle, et son cou de gazelle, aussi blanc que le plus pur marbre de Paros, était orné d'un médaillon contenant la photographie de sa dernière victime. Sur un plateau, à côté d'elle, étaient placées des dépêches non ouvertes qu'elle retournait de ses doigts effilés, pour en lire l'adresse et en commenter la teneur.

— Un mémoire de fournisseur, dit-elle, en jetant la première enveloppe sans l'ouvrir. — Encore une lettre de ce stupide garçon, quel ennui! je vais être obligée de lui répondre. — Ah! l'écriture de lady Lancaster, j'en suis sûre.

Cette dernière missive vaut la peine d'être examinée, à ce qu'il paraît. Dolly en déchire l'enveloppe et se plonge dans le contenu.

Moi aussi, j'ai une lettre, qui l'aurait cru? une écriture ferme et hardie, quatre lignes au plus. Lisons :

« CHÈRE BIEN-AIMÉE,

« Mon congé expire vendredi. J'ai vainement
« demandé une prolongation ; impossible de l'ob-
« tenir. Je crois que les affaires se brouillent
« quelque part. Votre père sera-t-il de retour avant
« ce jour-là ? Je voudrais avoir avec lui un entre-
« tien dont je n'ai pas besoin de vous dire le sujet.
« Écrivez-moi deux lignes, ma toute belle ; quelque
« chose d'aimable, car je suis horriblement triste
« à la pensée de ce départ, hélas ! trop prochain.
« Votre fidèle et passionné,

« R. MAC-GREGOR. »

La lecture de cette lettre me coupa entièrement
l'appétit. En me mettant à table, je m'étais pourtant senti une faim de loup ; mais, à cette heure,
la moindre bouchée, la moindre goutte d'eau
m'eussent étouffée. J'étais devenue pâle comme
une morte, et prête, je crois, à m'évanouir, lorsque
la voix de Dolly me fit revenir à moi.

— Voulez-vous lire ceci ? me dit elle en me tendant la lettre de lady Lancaster, que je pris d'une
main tremblante.

Je ne vis d'abord sur ce papier, aussi roide que
du carton, qu'un vaste monogramme où la moitié
des lettres de l'alphabet enchevêtraient leurs jam-
bages, et, au-dessous, trois ou quatre lignes en caractères hiéroglyphiques. Néanmoins, à force d'application, je lus tant bien que mal ce qui suit :

« Chère miss Dolly,

« Mon fils m'apprend que vous et votre sœur
« êtes seules à Lestrange.. Voulez-vous venir passer
« trois jours avec nous et quelques amis que nous
« attendons aujourd'hui même ? Vous nous ferez
« un plaisir que je ne saurais exprimer.

« Votre dévouée et toute heureuse de vous voir
« bientôt,

« A.-J.-K.-N. Lancaster.

« P.-S. — Le capitaine Mac-Gregor, que vous
« connaissez sans doute, doit être de la partie. »

Il me fallut près de cinq minutes pour déchiffrer
le corps de la lettre ; mais le post-scriptum rayonna
devant mes yeux en lettres de flamme.

— Irons-nous, Dolly ? demandai-je en dissimulant la joie qui succédait tout à coup à ma détresse.

— Je ne sais ce que vous ferez ; mais, pour
moi, j'irai très certainement.

— Je ne vois pas de raison pour ne pas y aller
aussi ; qu'en dites-vous ?

Je me levai subitement et j'allai me mettre à
genoux devant ma sœur, en avançant mon joli visage pour l'embrasser. J'étais si heureuse que
j'aimais tout le monde à cette heure, même Dolly.
Dolly inclina vers moi sa joue veloutée avec une
froide condescendance. Elle regardait les baisers

échangés entre deux femmes comme une fausse application des meilleurs dons de Dieu.

— Je n'en vois pas non plus, dit-elle, si ce n'est que vous n'avez que des haillons à mettre.

— Tant mieux, répliquai-je en me retirant avec vivacité, je vous servirai de repoussoir une fois de plus.

Là-dessus nous nous séparâmes jusqu'au moment du départ.

Douze heures après, notre char triomphal, — c'est-à-dire la vieille calèche dans laquelle mon père et ma mère avaient fait leur voyage de noces, — attelé de deux coursiers hors d'âge, dont l'un était aveugle et l'autre poussif, nous déposait solennellement à Wentworth Park.

Il est dix heures du soir, toute la noble compagnie est réunie dans le salon. Les hommes, qui viennent de s'arracher aux séductions du porto (année de la comète), font leur entrée, tout de noir vêtus, à l'exception du bandeau de batiste qui leur serre la gorge, et avec l'aisance innée de la race bretonne. Les femmes en toilette bleue, rose, blanche ou cramoisie, la tête ornée de mille productions naturelles : fleurs, fruits et plumes, papillons et scarabées, se détachant faiblement sur un fond de satin jaune. Lady Lancaster aime passionnément le satin jaune, qui assortit la couleur de sa peau ; aussi l'a-t-elle prodigué dans son salon en tentures, canapés, ottomanes, chaises et fauteuils. Cette nuance m'irrite ; elle vous rend hideux pendant le jour, et, le soir, vous donne une teinte de jaunisse.

Voulez-vous, en quatre coups de crayon, un croquis de la société ?

Sir Hugues en habit large et en belle humeur ; sa mère ornée de ses rides et de point d'Alençon ; un petit vicomte microscopique, marié à une belle femme qui porte sur ses épaules grassouillettes le revenu d'une année de son maître et seigneur ; un monsieur en besicles qui passe pour un génie, parce qu'il ne dit jamais rien et qu'il a deux ou trois tics ridicules ; un juge entiché d'économie politique pour le malheur de ses connaissances ; un grand jeune homme affligé d'un rhume de cerveau ; un autre fort petit, étalant sur sa chemise des boutons à tête de mort, ce qui ne l'empêche pas d'être fort gai ; un agréable vieillard qui ne croit pas à grand'chose et qui semble avoir un goût décidé pour les anecdotes scabreuses et les mots à double entente ; une jeune demoiselle avec des épaules tranchantes, et une autre avec une langue plus tranchante encore ; une veuve peu farouche, à en juger par le plaisir qu'elle prend aux anecdotes du vieux gentleman ; enfin un bel officier appelé Mac-Gregor et deux jeunes filles répondant au nom de Lestrange.

Le juge cerne dans un coin le vieux sceptique et lui fait subir une question d'un nouveau genre :

— Mon cher monsieur, il faut améliorer la condition des classes rurales. Il y a beaucoup de réformes sanitaires à opérer, je l'ai toujours dit. Vous seriez surpris de voir la négligence qui règne dans certains districts.

— Oui , oui , je n'en doute pas , dit le pauvre mécréant , en essayant d'échapper à son bourreau. On devine, aux regards qu'il lance vers la veuve , qu'il a une anecdote succulente à lui raconter.

— J'ai rencontré l'autre jour un de vos homonymes, dit le monsieur au coryza à l'homme des têtes de mort, il a un bien gros *dez*.

— Comment un gros *dez* ?

— Oui, reprend le premier interlocuteur, en montrant son organe olfactif en guise d'explication. Comprenez-vous ? Je ne prononce pas très bien, à cause de mon rhume.

— Ah ! très bien, vous voulez dire un gros nez.

— C'est cela.

— Pauvre jeune homme ! dit la vicomtesse, pendant que la demoiselle aux épaules maigres soupire derrière son éventail, il devrait bien se mettre au lit.

Dolly se retourne légèrement pour parler à un grave jeune homme debout derrière elle :

— N'êtes-vous pas fatigué de rester sur vos jambes ?

— Si c'est une manière de me renvoyer, je m'on

vais tout de suite, riposte l'interlocuteur, qui n'est autre que Richard Mac-Gregor.

— A Dieu ne plaise ! murmure Dolly d'une voix aussi douce que le vent du midi lorsqu'il fait voler dans les airs le duvet des clématites.

Ma sœur était vraiment belle en ce moment, où la lumière d'un candélabre tombait sur ses épaules d'un blanc de perle qui sortaient d'une robe mauve en tulle-illusion, et sur le noir bleuté de ses cheveux parmi lesquels s'enroulait une parure de corail. Ses yeux, qu'on aurait dit modestement baissés, ne restaient pas inactifs. Oh! ces yeux perfides! ils avaient une façon de regarder par-dessous les paupières qui faisait mon désespoir.

Dick s'appuie sur le dossier du fauteuil où ma sœur est assise. Il se penche de temps à autre pour lui parler bas en regardant de mon côté. Je ne sais ce qu'il a, mais il paraît inquiet, agité ; il n'est sûrement pas dans son assiette naturelle.

Quant à moi, je cèderais volontiers ma place à qui voudrait l'échanger contre la sienne. Je suis assise sur un canapé (jaune, cela va sans dire), à côté de sir Hugues. Un album de gravures est étendu moitié sur ses genoux, moitié sur les miens. J'ai beau me tenir à distance respectueuse, sir Hugues se rapproche autant qu'il peut, ce qui nous donne un air de *flirtation* assez marqué. Nous regardons des gravures d'après Landseer, fort belles sans aucun doute ; mais je me sens fort mal à l'aise et je voudrais bien être ailleurs.

— Quel joli chien ! n'est-ce pas ? dit sir Hugues. J'en avais un qui lui ressemblait ; seulement il avait un peu plus de blanc sur le museau. C'est le meilleur pointer que j'aie jamais eu. Pauvre bête ! il lui est arrivé un accident et il a fallu l'abattre. J'en ai pleuré de chagrin, le croiriez-vous ?

— Peut-être oui.

— Peut-être quoi ?

— Ai-je dit peut-être ? c'est bien possible, je n'ai pas bien compris ce que vous disiez.

Le fait est que je n'écoute pas un mot de ce que dit mon voisin. Mes oreilles sont tout entières à la conversation de Richard et de ma sœur. Voici ce que j'en saisis :

— Comme Nell est gentille ce soir ! chuchote Dolly. Et quelle fraîcheur de sensations !..... Ce que c'est que d'être jeune ! Nous autres vieilles gens nous ne savons pas nous amuser à si peu de frais.

Je n'entends pas la réponse de Richard.

— Moitié enfant et moitié femme, ne trouvez-vous pas ? poursuit ma sœur ; combinant les plaisirs des deux âges, l'amour et les images.

Dick mord sa blonde moustache et ses yeux me lancent des éclairs.

— Il n'est pas difficile de l'amuser, dit-il, si elle trouve du plaisir dans la conversation de Lancaster.

— Oh! elle est si jeune ! et puis, voyez-vous, capitaine Mac-Gregor, c'est une qualité très enviable
que cette faculté d'attraction. Telle personne de
ma connaissance, si elle la possédait, serait peut-
être moins isolée en société qu'elle le paraît quelquefois. N'est-ce pas votre avis ?

Ici un regard satanique échappé des perfides
yeux noirs enveloppa Mac-Gregor, cherchant le
chemin de son cœur. J'enrageais ; si je ne m'étais
retenue, j'aurais déchiré les feuillets de l'album
en mille pièces.

— Nous chanterez-vous quelque chose, miss
Seymour ? dit lady Lancaster à la demoiselle maigre.

— Volontiers, dit celle-ci, qui se mit sur-le-
champ au piano sans se faire prier.

D'une personne aussi anguleuse il ne pouvait
sortir qu'une voix aiguë. Au moment où elle
achève sa romance, sir Hugues et moi nous arrivons au dernier portrait de chien.

— C'est fini, dit mon compère, après avoir essayé de fendre en deux la dernière feuille avec
son large pouce. Attendez un peu, je vais en chercher d'autres.

— Merci, lui dis-je, au comble de l'effroi, en
étendant la main pour le retenir, gardons-les
pour un autre jour ; je suis un peu fatiguée.

— Fatiguée ! pas possible ; voulez-vous prendre
quelque chose ? du sherry avec l'eau de Seltz ? Ma
mère, miss Lestrange, ne se trouve pas bien.

Heureusement, lady Lancaster, qui est sourde comme une bécasse, n'entend pas cette dernière phrase.

— Je vous en prie, murmure la pauvre Nell, ce n'est rien qu'un malaise; il fait très chaud dans ce salon.

— Que ne le disiez-vous plus tôt? Vous avez raison, une vraie température de four. Ma mère ne veut jamais ouvrir les fenêtres. Venez dans la chambre voisine. Il y fait plus frais et nous serons seuls.

Comme c'est engageant! Je suis au supplice; l'éclat des lumières m'aveugle, la voix de miss Seymour qui entame une nouvelle romance me déchire le tympan, le satin jaune me fait mal aux yeux et, brochant sur le tout, la sombre figure de Richard achève ma déconvenue. Mon Dieu! que lui ai-je donc fait? Pourquoi me regarde-t-il avec ces yeux foudroyants?

— Venez, nous serons seuls, — répète sir Hugues d'un ton guilleret.

Le vieux mécréant, échappé des griffes de l'économiste, distille son anecdote dans l'oreille de la veuve. L'Artémise exhibe son mouchoir pour étouffer les éclats de son hilarité, ce qui remplit l'atmosphère d'un âcre parfum de patchouli.

J'étouffe; le sang me monte à la gorge; je vais faire une scène qui me couvrira de ridicule.

N'y tenant plus, je me lève, je traverse le salon

en renversant une potiche indienne, je me sauve dans l'antichambre, puis dans l'escalier, tandis que sir Hugues galope sur mes talons. Pour lui échapper, je ne trouve rien de mieux que de me réfugier dans ma chambre, où je m'enferme.

XVII.

S'il est une opinion généralement adoptée, proclamée en conversation, soutenue même dans les livres, c'est que le déjeuner constitue dans la vie domestique la plus agréable des réunions, celle où se développent le plus à l'aise les qualités sociales. Eh bien, dût-on me taxer d'hérétique, d'esprit rebelle, paradoxal et contradicteur, dût-on accumuler sur moi tous les reproches, je prendrai la licence de contredire cet axiome. Non, le déjeuner en commun n'offre, à mon sens, aucun des avantages ou des agréments de la vie sociale. Tout au contraire : l'homme, cet intéressant animal, si curieux à étudier dans la plupart de ses habitudes, se montre, à cette heure, sous son jour le moins favorable. Un reste de somnolence, dont il ne se rend pas compte, lui ôte le plus souvent ses facultés. Il est sous l'impression des évènements de la veille ou des rêves de la nuit, et point encore à sa besogne de la journée. Quant à son aimable compagne, elle n'a pas eu le temps de s'armer pour la lutte quotidienne. A-t-elle mal dormi, par hasard? voilà sa victoire compromise. Aussi n'est-il pas rare de voir les grandes stratégistes, — je veux dire les grandes coquettes, — s'abstenir de paraître au premier repas. Si j'étais chargée de réformer les usages du monde, je voudrais que chacun déjeunât en particulier, comme il fait sa toilette et ses ablutions.

En attendant que mon système ait conquis l'approbation générale, toute la société de Wentworth est réunie dans la salle à manger. Le déjeuner touche à sa fin. Le saumon fumé, la langue froide et les propos décousus ont fait plusieurs fois le tour de la table. Dolly, sachant qu'il y a un temps pour tout, n'a troublé la quiétude d'aucun homme avec ses beaux yeux; tout au plus a-t-elle décoché, en guise d'escarmouche, deux ou trois regards meurtriers à Richard Mac-Gregor, que le destin a mis à ses côtés.

On a quitté la table depuis une heure, et les hôtes de cet Élysée de brique qu'on appelle Wentworth Park sont assis ou debout dans la grande salle, les uns lisant le *Times*, les autres bâillant ou parlant toilette.

Devant le perron, une dizaine de chevaux, sellés pour les deux sexes, et un double dog-cart attelé de deux juments bai-brun très fringantes se morfondent au plein soleil de midi. La plupart des femmes sont en habit de cheval, y compris la

veuve, qui ressemble à une groseille trop mûre.
Pour moi, je fais exception à la généralité, n'ayant
jamais monté d'autre quadrupède qu'un paisible
aliboron. Tout porte à croire que nous allons en-
treprendre quelque expédition lointaine. Certains
indices accusateurs me font conjecturer qu'il s'a-
git d'un goûter sur l'herbe. Le plus grand
nombre des visiteurs préférerait rester au logis ;
mais nous ne sommes point ici pour notre bon
plaisir. Deux ou trois réfractaires se disposent à
jeter la ligne dans le diminutif du fleuve qui
traverse les domaines de sir Hugues Lancaster.

Moi, qui ne déteste pas le mouvement, je m'ac-
commode volontiers de la promenade. J'ai d'ailleurs besoin de grand air. J'ai pleuré presque
toute la nuit et un cercle rouge s'étend au-dessous
de mes yeux. Mais je ne m'en inquiète guère. En
attendant l'heure du départ, je m'asseois sur la
plus haute marche du perron. Dick vient s'étendre
au-dessous de moi dans l'attitude qu'il affectionne.
Il regarde l'attelage bai-brun avec la satisfaction
d'un connaisseur et me le montre en souriant.
La joie me revient au cœur. Aurais-je regagné le
terrain perdu la nuit dernière ?

Cinq minutes après, Dick était debout près de
la porte et paraissait fort soucieux. Il n'y avait
personne que nous deux sur le perron. Dolly n'é-
tait pas encore descendue ; sir Hugues donnait
ses ordres à l'un de ses grooms. Jugeant le moment

opportun pour une explication, je me levai et, appuyant ma main sur son bras :

— Dick, murmurais-je à voix basse (c'était la première fois que je l'appelais ainsi), que vous ai-je donc fait? Pourquoi êtes-vous fâché contre moi?

— Je ne suis point fâché, répondit-il d'un air contraint.

— Si vous n'êtes pas fâché, prenez-moi avec vous sur le dog-cart. Vous savez que je ne monte pas à cheval.

Tandis que je hasarde cette proposition déplacée, ma voix tremble et mon cœur bat comme le piston d'une machine à vapeur.

— On n'est pas plus aimable, me dit-il, je ne demande pas mieux assurément; mais cet équipage ne m'appartient pas; il est à Lancaster, et peut-être.....

Survient sir Hugues, qui nous interrompt.

— Vous montez à cheval, je suppose; n'est-ce pas, Mac-Grégor? La voiture ne vous va guère, si je ne me trompe. J'ai fait seller mon poney rouan à votre intention.

— Merci, répond Mac-Gregor, mais, si vous ne le trouviez pas mauvais, je voudrais essayer de conduire votre attelage. Je n'ai aucune envie de galoper sur la grande route.

Sir Lancaster parut déconcerté.

— C'est très bien, dit-il (pendant que sa figure

disait : « C'est très mal »), comme il vous plaira.
Seulement ayez l'œil sur la jument de gauche ; elle
gagne la main très facilement, et elle ne se gêne
pas pour ruer. Ne m'en veuillez pas, miss Lestrange, si elle vous montre ses talons.

Pendant que les deux hommes échangeaient ces
paroles, Dolly avait fait son apparition. Elle était
debout dans l'embrasure de la porte, relevant d'une
main la jupe de son amazone, et frappant de l'autre
avec sa fine cravache la gracieuse bottine qui em-
prisonnait son pied cambré.

— Nell, me dit-elle, ne prenez-vous pas votre
manteau? Vous pourriez avoir froid au retour.

— Peut-être, répondis-je. Et me voilà montant
l'escalier quatre à quatre.

Dolly me suivit un instant, m'adressa une ou
deux observations sur ma toilette et redescendit.
Je perdis beaucoup de temps à chercher mon manteau. C'était à croire, comme je le soupçonnai
plus tard, que Dolly l'avait caché à dessein. Enfin
je le découvre au fond d'une malle, et je redescends en toute hâte. Ma sœur et Richard ont
disparu, tous les cavaliers sont partis; mais le
dog-cart est toujours là, ainsi que sir Hugues
Lancaster. Je demeure anéantie.

— Eh bien! que se passe-t-il? Je croyais monter en voiture avec le capitaine Mac Gregor.

Sir Hugues me regarda avec son large sourire
accoutumé.

— Oui, c'était arrangé, mais votre sœur a tout défait. Elle a dit à Mac-Gregor que vous étiez très peureuse à l'égard des chevaux et que vous n'osiez plus monter dans le dog-cart à cause de ce que j'ai dit de la jument. Mais, ne craignez rien, c'était une simple plaisanterie de ma part. La bête est aussi paisible qu'une vieille poulinière.

— Partons, dis-je, en me mordant la lèvre jusqu'au sang.

— Mac-Gregor a persisté un moment; mais elle lui a si bien affirmé que vous ne vouliez pas aller avec lui qu'il s'est laissé convaincre. Allons, montez... Prenez garde à la roue.

Mon cœur, comme celui de Nabal, se change en pierre dans ma poitrine.

Nous partons. Les juments bai-brun forment vraiment un attelage merveilleux, plein d'énergie et marchant avec un ensemble admirable sous la main qui les guide. Leur trot rapide nous emporte à travers la campagne semée de gracieux points de vue.

> Les parcs ombreux, les vieux châteaux
> De tous côtés bordent la route;
> Nous roulons sous la fraîche voûte
> Des marronniers et des ormeaux.

Seulement nous ne vîmes point de châteaux, parce qu'il n'y en avait point d'autres que Wentworth Park sur les terres des Lancaster. En revanche, nous aperçûmes de belles et bonnes fermes

avec leurs granges et leurs meules de foin, qui an-
nonçaient un propriétaire soigneux et ne négligeant
rien pour la prospérité de ses domaines. Sir
Hugues me montra toutes ces richesses avec complaisance à mesure que nous passions dans leur
voisinage.

— Voyez-vous ce fourré là-bas dans le ravin?

— Oui.

— C'est le meilleur couvert de tout le comté
pour le renard. Nous n'avons jamais manqué de
l'y lancer à la dernière saison.

— Ah !

Je suis d'une humeur horrible et j'ai juré à part
moi de ne répondre que par monosyllabes. Nous
roulons toujours. Les haies d'aubépines blan-
chissent sous leurs fleurs, les pommiers et les
acacias secouent le long du chemin une neige odorante, les merles chantent dans les taillis et le
cœur de sir Hugues chante avec eux à l'unisson.

— Jolie petite boîte, me dit-il, en m'indiquant
du bout de son fouet un charmant cottage abrité
comme un nid sous les cytises à grappes jaunes.
C'est là que j'élève mes chiens de renard et mes
lévriers.

Point de commentaire de ma part.

— Aimez-vous la chasse à courre?

— Non.

Le lieu de notre destination est une belle villa
appartenant à un certain lord qui possède tant

de domaines qu'il ne sait dans lequel résider. Celui-ci est comme un objet de curiosité qu'il en-
tretient par ostentation, pour le plaisir des visiteurs.
Les cavaliers, qui ont pris les chemins de traverse,
y sont arrivés avant nous, et notre charmant tête-
à-tête a déjà duré une heure trois quarts, quand
nous nous arrêtons à l'entrée du parc de Wilton-
Towers. La grille s'ouvre. Nous longeons une
belle avenue de chênes séculaires qui nous laissent
entrevoir par leurs échappées de ravissantes pers-
pectives; des pelouses immenses, des massifs
d'arbres verts et, çà et là, des groupes de cerfs et
de chevreuils qui nous regardent passer d'un œil
curieux.

Le rendez-vous est sur le bord d'un étang, peuplé de cygnes et de canards du Canada, plus remarquable par son étendue que par sa beauté.
Nous trouvons là nos compagnons légèrement dé-
contenancés et d'une humeur peu joyeuse. La
chaleur et la fatigue de la route semblent les avoir
alourdis; on dirait des âmes en peine errant sur
les bords du Styx. C'est comme un entr'acte, un
moment perdu avant le lever du rideau, et chacun
paraît attendre avec impatience que Bacchus vienne
réparer les forces et animer la réunion.

Le dog-cart s'arrête sous un châtaignier qui se-
coue sur nos têtes, au souffle d'une tiède brise,
ses longues fleurs semblables à des épis vert pâle.

— Attendez une seconde, me dit sir Hugues en

jetant les rênes à son groom, je vais vous aider à descendre.

Pour toute réponse, je saute étourdiment. La vivacité de mon élan me précipite sur le sol et je m'allonge dans une attitude peu gracieuse. Cinq ou six hommes accourent pour me relever, mais je suis debout avant qu'un seul m'ait tendu la main, ne conservant d'autres traces de ma chute que deux taches vertes à la place des genoux. Ces messieurs n'en font pas d'autres ; ils arrivent toujours quand on n'a plus besoin d'eux.

Un quart d'heure plus tard (deux grooms étant les *Dei ex machinâ*), une grande nappe blanche s'étend sur le gazon à l'ombre d'un chêne assez vaste pour abriter une douzaine de roi Charles [1]. Les fourchettes d'argent étincellent au soleil dont les rayons filtrent à travers le feuillage, tandis que les flacons, à la svelte encolure, rafraîchissent dans l'étang. Il y a dans l'air un vague parfum de sauce aux anchois, et les jeunes glands, du haut de leurs calices, voient s'étaler au-dessous d'eux un menu varié : poulets juteux et quartiers d'agneau plus juteux encore, homards écarlates entourés de vertes laitues, et une collection de friandises à remplir la boutique d'un pâtissier. Nous sommes tous accroupis autour de ce festin auquel chacun s'empresse de faire honneur.

1. Allusion à l'aventure du roi Charles II qui passa toute une nuit sur un chêne, pendant que ses ennemis le cherchaient.

— Fameux sauterne! s'écrie le gentleman sceptique, en élevant son verre. Je ne ne sais où Lancaster le prend, mais je n'en ai jamais su trouver
de pareil.

— Excellent! dit la veuve qui sirote avec délice
le liquide doré.

— A propos de sauterne, connaissez-vous le mot
de lord C***?

— Non, dites-le.

— Je ne sais si je puis, dit le facétieux personnage en se rapprochant de l'Artémise.

— Dites toujours.

Elle lui prête ses oreilles avec complaisance, et
je la vois rougir sous l'influence combinée du sauterne et du bon mot, que je suppose fort mauvais.

— Quel agréable poney, sir Hugues, que celui
que vous m'avez prêté! dit le jeune homme à la
taille de peuplier. On est dessus comme sur un
fauteuil. Est-ce que vous le montez à la chasse?

— Non, je suis trop lourd pour lui, mais c'est
une bête remarquable.

Cela va de soi. Il est convenu que toutes les
oies de Lancaster sont des cygnes.

— Voulez-vous de la *boutarde, biss Seybour*?
demande le jeune enrhumé... Atcha! atcha!

— Dieu vous bénisse! murmure miss Seymour.

Le banquet champêtre dure une heure et demie,
et l'intérêt de la conversation ne se ralentit point.
Je suis naturellement à côté de mon Automédon.

J'ai fait d'inutiles efforts pour me placer ailleurs ; mais on a l'air de s'entendre pour me laisser ce poste peu envié.

Sir Hugues boit de la bière en bouteille et partage ses petits soins entre les pigeons d'un pâté ouvert en face de lui et la colombe tout aussi muette placée à sa droite.

Quant à Richard, il ne s'occupe pas plus de moi que si j'étais à cent lieues. Ma sœur l'accapare tout entier ; ils se parlent perpétuellement à l'oreille et semblent s'isoler du reste de la compagnie. Je n'ai jamais vu de coquetterie plus infernale que celle de Dolly ; ses yeux noirs distillent, sous leurs paupières, un fluide empoisonné qui doit retourner la cervelle de l'homme le plus flegmatique. Je cherche vainement à saisir quelques mots de leur conversation ; je crois comprendre qu'ils font des projets pour le retour : ils veulent s'égarer pour revenir en tête à tête au clair de la lune. La jalousie s'empare de moi, mon dépit n'a plus de bornes ; si je m'écoutais, je jetterais mon assiette à la tête de Dolly. Mais il faut se contenir ; quel supplice ! Je me contente de tordre mon mouchoir entre mes doigts crispés.

— Qu'avez-vous donc, miss Eléonore ? me demande sir Hugues, qui ne cromprend rien à mon silence et dont l'appétit égale la loquacité ; on dirait que vous êtes dans les espaces.

Là-dessus je lui réponds avec humeur, et il s'engage entre nous deux une petite discussion qui attire l'attention générale, et dans laquelle je décharge ma colère sur le pauvre homme. Richard fronce le sourcil, j'entends ma sœur murmurer :

— Querelle d'amants! ils feront la paix au retour.

Mon Dieu! quand cela finira-t-il?

Le repas terminé, on part pour visiter le château. Autre supplice! Nous parcourons un kilomètre de galeries, où le propriétaire, grand amateur de peinture, a rassemblé les croûtes de toutes les écoles. Il faut admirer les pseudo-Raphaëls et les faux Titiens, les madones italiennes, les bambochades flamandes, les soi-disant portraits de Lely et de Kneller. Il faut parcourir la maison entière dont un intendant obèse nous fait les honneurs. Il nous montre la chapelle, la place où s'asseoit la famille, la place des femmes de chambre et des valets de pied. Il ne nous fait grâce d'aucun détail. Chacun admire les vitraux fastueux où saint Pierre et saint Paul, et je ne sais plus quels bienheureux du martyrologe étalent leurs manteaux rouges et leurs tuniques bleues.

Pendant tout ce temps, sir Hugues s'attache à moi comme l'inséparable compagnon de saint Antoine à son maître.

XVIII.

Le temps n'est qu'une parenthèse dans l'éternité, a dit quelqu'un. Qu'est-ce donc que notre vie, si ce n'est une parenthèse dans une parenthèse, et encore une parenthèse bien courte?

La vie humaine est un frêle esquif ballotté sur la mer de l'infini, une pauvre petite veilleuse qui s'éteint plus d'une fois avant d'être consumée! Et cependant que d'heures encore trop longues dans cette courte existence! Nous avons beau nous plaindre de la lenteur du temps, nos lamentations ne le font pas passer plus vite. Le cruel vieillard suspend son vol pour nous faire mieux souffrir, et ne semble avoir des ailes que quand nous voudrions l'arrêter.

Le sentiment que j'ai toujours eu de la rapidité de mon existence abrégea-t-il d'un mille le trajet entre Wilton-Towers et Wentwort Park, lorsque je me retrouvai sur le dog-cart avec sir Hugues Lancaster? Loin de là, il me semblait interminable. Interminables m'apparaissaient les fragments de route en ligne droite éclairés par la lune, plus interminables les tournants et les sinuosités ombreuses que nous parcourions au grand trot.

Je ne sais si c'était l'amour ou le champagne, ou les deux influences réunies, mais sir Hugues se montrait à mon égard démesurément tendre;

tendre au découvert, encore plus tendre dans l'ombre. J'étais sur les épines en songeant que les deux grooms assis derrière nous devaient rire de ses amoureuses platitudes.

— Quelle belle lune! on dirait un fromage de Chester.

Pouvais-je en croire mes oreilles? La blonde Phœbé, l'ami des poètes et des amants, l'astre des nuits invoqué par Roméo, que Milton voyait « se pencher derrière un rideau transparent, » la lune comparée à un fromage de Chester!

— Comme c'est poétique! dis-je avec ironie.

— Non, ce n'est pas poétique, je le sais. Je ne me mêle pas de poésie; je le ferais volontiers si vous deviez m'en aimer un peu plus.

Et ses yeux, qui s'illuminent sous leurs sourcils grisonnants, me lancent toutes les flèches de Cupidon.

— Serons-nous bientôt arrivés? lui demandai-je en regardant la patte d'oie qui se dessinait fortement sur ses tempes au clair de la lune.

— Arrivés! c'est à peine si nous partons. Nous n'avons pas encore fait quatre milles.

— Dieu! que cette route est longue!

— Qu'est-ce qui vous presse? moi, je me trouve si bien à côté de vous et ces chevaux vont si gentiment, que je resterais là toute la nuit.

Nous arrivons à une barrière de péage. Le gardien, encore endormi, descend dans le plus simple appareil, pour ouvrir la grille et la refermer derrière nous.

Un peu plus loin, la route côtoie le chemin de fer l'espace d'un demi-mille, ce qui est un voisinage peu agréable quand' on a des cheveaux ombrageux. Heureusement notre attelage est parfaitement tranquille, et il n'y a pas le moindre train à l'horizon. Le calme le plus profond règne autour de nous par cette belle nuit de juin; on n'entend d'autre bruit que le roulement de la voiture et le son cadencé produit par les sabots de nos quadrupèdes, qui frappent le macadam aussi dur que le marbre.

Tout à coup un sifflement aigu retentit derrière nous.

— Voilà le train qui arrive, dit sir Hugues; pourvu qne les juments ne s'emportent pas!...

Je me retourne et je vois la masse noire, avec ses yeux rouges, qui débouche d'un tunnel à la distance d'une centaine de toises. Elle arrive sur nous à toute vapeur, soufflant, mugissant, grondant comme un tonnerre. Les bai brun s'arrêtent court. Pendant deux secondes, elles restent immobiles, frissonnantes de terreur. Puis, au moment où le train nous dépasse, elles tournent sur elles-mêmes, aussi promptes que l'éclair, et s'élancent ventre à terre dans la direction déjà parcourue. Le timon, qui s'est brisé dans ce brusque revirement, laboure la terre et ballotte dans les jambes des chevaux, ce qui redouble leur terreur. Tout en courant, la jument de gauche lance de furieuses ruades; je vois luire ses fers à trois pouces de mon visage. Sir Hugues me dit d'une voix basse et saccadée :

— Du calme, Nell! Ne bougez pas!

Cette injonction est bien inutile. Cramponnée de toutes mes forces au rebord du siège, je suis tellement pétrifiée que je ne pourrais faire un mouvement. La course vertigineuse qui nous emporte ne se ralentit pas; les arbres, les maisons, les coteaux disparaissent avec la rapidité de la foudre. Nous approchons de la barrière que nous avons passée il n'y a qu'un moment.

— Damnation! crie Lancaster, la barrière est fermée.

Ne sachant plus comment arrêter ses chevaux, il s'arc-boute contre le garde-crotte et tire les rênes à lui dans un effort désespéré. Je vois s'enfler les veines de ses poignets vigoureux. Vaine tentative! Les juments galopent tête baissée, plus rapides, plus folles que jamais! Encore quelques secondes et nous allons nous écraser contre la barrière.

Soudain Hugues lâche la rêne gauche et donne un vigoureux à-coup à celle de droite. Je vois ce qui arrive, je tends les mains involontairement et je m'accroche à lui — je me serais accrochée à n'importe quoi. — Puis, sans savoir comment, je me retrouve la tête en bas, le long de la haie.

A peine remise de la secousse, je me redresse aussi promptement que possible et reprends la position pour laquelle la nature m'a créée. Je regarde sans rien voir, tant je suis étourdie; tout tourne autour de moi, mes oreilles bourdonnent comme s'il y avait, à chacune, un essaim de frelons.

J'aperçois enfin sir Hugues qui sort d'un buisson d'aubépines où il s'était fait un lit moelleux. Les juments, qui se sont retournées de nouveau, s'en vont de plus belle sur la route en traînant le dog-cart culbuté. L'un des grooms patauge dans le fossé; j'entends la voix de l'autre dans le champ voisin, qui demande s'il n'y a personne de mort. Sir Hugues se rapproche de moi en boitant.

— Êtes-vous blessée, Nell ? dit-il d'une voix anxieuse — plus de trace de champagne.

— Non..... je..... je ne crois pas..... il me semble que..... je vais mourir.

J'ai une vague souvenance de l'expression d'effroi que prit sa physionomie à cette annonce. Puis je crois me voir (ceci comme un rêve) tombant dans ses bras étendus, tandis que mon esprit s'en allait je ne sais où; là où les esprits s'en vont quelquefois, à la grande confusion des anciens et des modernes qui n'ont jamais pu donner à cet égard d'explication satisfaisante.

Quand mon esprit est de retour — je ne puis dire au juste combien de temps avait duré son absence

— je me sens prise d'une forte envie d'éternuer et mes yeux pleurent abondamment, ce qui ne m'étonne plus quand je vois sous mon nez un énorme flacon de sels dont les âcres senteurs chatouillent mon cerveau. Je le repousse et je regarde autour de moi. Je suis dans une chambre qui m'est inconnue ; une chambre d'auberge évidemment, qui sent le tabac vieilli et la bière éventée. Les murs sont tendus d'un affreux papier jaune à six pence le rouleau, et ornés de deux ou trois estampes coloriées représentant le duc de Wellington, en grand uniforme, et une bataille quelconque — Inkermann ou Waterloo — et, dans un coin, Adam et Ève à l'état de nature ; sur la cheminée, deux chiens de faïence et un vieux chandelier ébréché ; pour tout meuble, deux chaises de paille, et un fauteuil de crin.

Je suis moi-même étendue sur un sofa de crin qu'on dirait rembourré avec des cailloux. Une femme entre deux âges, assez proprette, se tient en face de moi, brandissant une bouteille d'eau-de-vie, et..... oh ! confusion ! horreur ! infamie !..... le bras de Hugues me soutient la tête, tandis que son vieux visage tout égratigné par les épines se penche sur le mien. Il a l'air d'une mère qui contemple son bébé.

— Vous sentez-vous mieux ? me demande-t-il avec anxiété.

— Merci, dis-je en me mettant sur mon séant.

Quand partons-nous ? La voiture est-elle réparée ?

— Réparée ! répond Lancaster avec un gros rire ; pas précisément. Si les traits ne sont pas brisés, elle doit être loin d'ici. J'ai envoyé Jackson à la recherche de ces vilaines bêtes ; mais je veux être pendu si je sais quand il reviendra.

Je fixe sur lui un œil hagard.

— Alors comment ferons-nous pour retourner au château ?

— Ah ! voilà le mystère. Ils n'ont pas le moindre véhicule à nous prêter dans cette bicoque. Smith (c'est le nom de l'autre groom) est parti à pied pour Wentworth, avec ordre de faire diligence et de nous ramener le brougham.

— Combien faut-il au brougham pour arriver ?

Hugues tire sa montre et calcule.

— Smith est parti depuis un quart d'heure, et il est dix heures cinq minutes. Il y a huit bons milles d'ici à Wentworth. Une heure et demie pour aller, mettons une heure pour le retour ; il sera ici dans deux heures et demie ou trois heures au plus ; à condition qu'il arrive là-bas. Il était un peu hors de ses esprits lorsque nous avons quitté Wilton, et je doute que cette culbute l'ait remis dans son état normal.

Le flegme jovial avec lequel sir Hugues déroule à mes yeux cette perspective achève de me confondre.

— Si vous n'étiez pas sûr de votre messager, pourquoi n'y êtes-vous pas allé vous-même ?

— Et vous laisser toute seule, n'est-ce pas ? Y pensez-vous ? réplique Lancaster, toujours agenouillé près de l'ottomane de crin.

Ni paroles, ni intonation, ni attitude ne sont perdues pour la bonne femme, à ce que je vois. Elle tousse légèrement et regarde ou fait semblant de regarder l'habit rouge et le chapeau à claque de Wellington. Tout à coup je me lève et, comme si la tarentule m'avait piquée, je me promène dans la chambre de long en large. Je sens d'horribles douleurs dans les jambes, et je commence à me demander si Hugues ne me laissera pas seule un instant pour me donner le loisir de me reconnaître.

— Madame prendra-t-elle quelque chose ? insinue l'hôtesse.

Madame refuse, mais le gentleman répond sans la consulter :

— Certainement, puisque nous ne partons pas de sitôt. Apportez du thé sur-le-champ et quelque chose à manger : des côtelettes, du jambon, des œufs, n'importe quoi. Avez-vous de bonne bière ?

Un Anglais laisse-t-il jamais sommeiller son culte pour la liqueur fermentée ? Naturellement l'hôtesse a de la bière excellente, de la bière admirable, du moins à ce qu'elle dit, et Hugues manifeste l'intention de se rendre au comptoir, pour la déguster. Ils s'éloignent enfin tous deux par un étroit couloir qui conduit à la salle commune, et ferment la porte derrière eux. Restée seule, je m'asseois près de la fenêtre, maudissant ma destinée, vouant aux dieux de l'enfer les locomotives et les chevaux de pur sang, tandis que je mets au jour les extremités de ma personne endommagées par la chute.

A peine ai-je compté les nombreuses meurtrissures de mes pauvres tibias, que l'hôtesse rentre dans la chambre avec les apprêts du festin.

— Le gentleman va revenir, dit-elle, me croyant impatiente.

— Fort bien !

— Il est allé sur la route pour avoir des nouvelles du groom, et de ces brutes de juments comme il les appelle. Êtes-vous remise, ma'm ?

— Oui, à peu près.

Elle étend la nappe sur laquelle elle met une théière de porcelaine et deux tasses ; après quoi elle recommence le feu.

— J'ai été si contente lorsque je vous ai vue ouvrir les yeux, m'am !

— En vérité ?

— Oui, à cause du gentleman. Le pauvre homme ! il avait l'air bien désolé... J'ai cru qu'il allait perdre la tête, poursuit la bonne femme, en jetant un regard furtif sur ma main gauche.

— Il aurait pu la perdre tout à fait, que ça m'eût

été bien égal, dis-je intérieurement. — Puis, tout haut : — Peut-être me croyait-il morte.

Morte, en effet, vous en aviez bien l'air, m'am. Ça m'a donné un coup de vous voir dans ses bras, aussi blanche que cette nappe, la tête pendant par-dessus son épaule et la bouche ouverte.

Je retombe dans mon mutisme. Mille vautours me déchirent le cœur. Moi dans les bras de Hugues, la tête pendante et la bouche ouverte ! Quel tableau ! et devant quels témoins ! les deux grooms, l'hôtesse, peut-être une servante d'auberge et une demi-douzaine de rustres en train de se griser !

Hugues revint après un quart d'heure de recherches infructueuses. Nous nous mîmes à table. Je lui versai son thé, tandis qu'il me servait une côtelette. Je n'avais pas la moindre envie d'y toucher, mais c'était du moins une diversion à ce tête-à-tête qui sentait horriblement la lune de miel. Quand l'hôtesse reparut pour enlever le couvert, elle nous trouva assis près de la fenêtre, regardant la lune et les groseilliers du jardin, comme deux amoureux qui devisent de choses tendres. Mon Othello me racontait tous les accidents qu'il avait subis par mer et par terre. Puis, en me rappelant ce dernier, dont je ne connaissais que trop les détails :

— Quelle frayeur j'ai eue, me dit-il, quand je vous ai vue dans cet état ! J'ai cru réellement que vous alliez mourir ; j'ai cru vous avoir tuée. Grand

Dieu ! qu'est-ce que j'aurais fait si c'eût été vrai !

— Ce que vous auriez fait ? vous auriez déposé *le corps* ici et vous auriez pris la poste pour aller annoncer la nouvelle à Dolly.

— Oh ! je n'aurais jamais fait cela.....

J'imagine qu'il avait envie de me peindre son désespoir éventuel ; mais je ne le mis pas sur la voie. Je me tus, et regardai de nouveau par la fenêtre, essayant de compter les groseilles naissantes, contemplant la lune et songeant à cette douce soirée que j'avais passée avec Richard près du moulin. L'hôtesse, qui n'avait plus aucun prétexte pour rester dans la chambre, se retira. Je regrettai de ne plus la voir ; sa présence était pour moi un patronage dans la position équivoque où je me trouvais ; sa conversation, quoique peu intéressante, ses allées et venues, le bruit de ses pas et le cliquetis des tasses faisaient diversion à mon ennui ; car, sachez-le, aimables lectrices, il n'est point gai pour une jeune fille de se trouver, à minuit, assise sur un sofa de crin, dans une chambre d'auberge, à côté d'un vieux barbon qui vous dévore des yeux et se rapproche un peu plus de minute en minute.

— Comment se fait-il que cette femme ne vous connaisse pas ? dis-je, uniquement pour rompre le silence qui devenait embarrassant ; elle vous appelle *le gentleman*.

— C'est tout simple ; il y a peu de temps qu'elle

est établie dans ce pays. Elle m'a paru fort intriguée de savoir quel est le lien qui existe entre nous. Ne l'avez-vous pas remarqué ?

— Non, car je me serais donné le plaisir de lui dire qu'il n'y en a aucun.

Nouveau silence, pendant lequel les bruits confus de la salle voisine pénètrent jusqu'à nous avec la fumée du tabac. On distingue les voix des buveurs et le gros rire de la servante qui répond à leurs lazzis.

— Quelle heure est-il? demande la pauvre Nell avec impatience.

— Onze heures et demie.

— Pas plus?

— Le temps vous paraît donc bien long, Nell? dit sir Hugues en glissant son bras derrière mon dos.

— Horriblement long. Ne m'appelez pas *Nell*, je vous prie, cela me déplaît.

Le calme se fait peu à peu dans la maison. Les buveurs retournent à leurs foyers et aux doux repos mêlés de coups de baguette que leur réservent leurs tendres moitiés. Les indigènes regagnent leurs couches. Hugues et moi nous sommes plus seuls que jamais, seuls avec les étoiles et avec leur mère, la nuit.

O nuit! charmante nuit! que tu es grave et solennelle! et que je t'aime! Je ne sais quelle est la plus belle, en vérité, d'une nuit calme ou d'une nuit d'orage. Il y a, de l'une à l'autre, toute la

différence d'un Dieu clément à un Dieu vengeur.
Que de fois, dans mes veilles, j'ai contemplé ces
radieuses étoiles qui donnent à la voûte céleste
l'aspect d'une immense prairie! Que je voudrais
avoir des ailes pour me plonger dans ces noirs
espaces et aspirer les trésors de délices qu'ils doivent recéler dans leurs profondeurs! La nuit n'é-
voque-t-elle pas tous nos souvenirs les plus chers?
N'est-ce pas l'heure où nous revoyons la figure de
nos morts bien-aimés? L'éclat du jour chasse ces
ombres pâles, mais la nuit nous les ramène et
nous les fait voir comme ils étaient lorsqu'ils ont
croisé leurs mains pour ne plus les séparer, en
appuyant leur tête sur le sein du Moissonneur. La
nuit, nous songeons, nous aussi, à notre départ,
nous prévoyons l'instant où l'ordre signé du grand
Roi nous appellera vers lui, nous recommandant
de dire adieu à tout ce qui nous est cher. La
nuit, nous sondons les blessures faites par les
agitations du jour, nous y versons le baume d'une
humble prière, nous réglons nos comptes avec
Dieu. Mais si nous voulons nous absorber en nous-
même, la solitude est la sorcière d'Endor qui doit
nous transporter dans ce monde surhumain; il
ne faut point de distractions, point de société
importune ni de fâcheux voisinage qui trouble
nos méditations.

Dans cette nuit abhorrée dont je parle, je n'étais
pas seule, hélas! bien que j'eusse donné mes deux

oreilles pour une heure de solitude, et l'homme dont je subissais la compagnie m'inspirait une indifférence approchant de la répulsion. Pauvre Hugues! il n'y avait pourtant en lui rien de répulsif, si ce n'est les efforts maladroits qu'il faisait pour me plaire. Notre cœur est ainsi fait. Dans le dépit que j'éprouvais contre Richard, j'aurais peut-être aimé sir Hugues s'il eût été moins tendre; mais j'avais beau me faire tous les raisonnements du monde, ses yeux de basilic ne me séduisaient point du tout.

Je le priai de déposer sa montre sur la table, ce qu'il fit de la meilleure grâce; puis j'arpentai la chambre, en consultant à chaque tour l'impassible cadran.

Vaine impatience! les aiguilles semblent figées. Que puis-je faire pour tuer le temps? Trois ou quatre livres sont rangés sur une étagère; j'en parcours les titres avec avidité: une Bible, un livre d'heures, les *Alarmes du pêcheur,* et la *Grande tribulation* de Cummings. Ce dernier s'applique on ne peut mieux à la circonstance. Qu'il m'effraie, qu'il m'amuse ou me déplaise, il me fera peut-être oublier la maudite montre ou son propriétaire plus maudit encore. J'en lis une demi-page, puis je retourne à ma marotte. Quelle heure est-il? je me lève et je regarde. Une heure et demie.

— Smith devrait être ici, ce me semble?

— Sans doute, répond sir Hugues; néanmoins

ce retard n'a rien qui m'étonne. Les domestiques devaient être couchés ; il aura fallu les réveiller et mettre les chevaux au brougham. Tout cela prend du temps.

Je m'asseois devant la table, sur laquelle j'étale le bouquin, et je me replonge dans la *Grande tribulation*. Les caractères sont si fins et la matière si épineuse que mes yeux se fatiguent horriblement. Je bâille deux ou trois fois et je m'endors.

Au moment où je me réveille, sir Hugues, la main étendue sur ses yeux en guise d'abat-jour, dresse l'inventaire de mes charmes.

— Vous pourriez bien regarder ailleurs, lui dis-je d'un ton bourru.

— Pourquoi, si j'ai du plaisir à vous voir ?

— Parce que cela me déplaît.

Je lui tourne le dos, et je feuillette le livre, sans m'apercevoir qu'il est tourné à l'envers. L'horloge de bois située dans la cuisine sonne deux heures. Tout dort dans la maison ; la preuve c'est qu'on ronfle au premier étage ; un chien aboie à la lune dans le lointain.

— Pourquoi me tournez-vous le dos ? reprend Hugues.

— Je vous ai dit que je n'aimais point à être regardée d'aussi près.

— Par moi peut-être ; vous n'en diriez pas autant si c'était le capitaine aux longues jambes.

Ce premier éclair de jalousie que je voyais

poindre dans le cœur de l'amoureux Mathusalem me mit hors de moi.

— Vous n'avez pas le droit de parler de la sorte, lui dis-je en me retournant vers lui. C'est une lâcheté de votre part.

— Une lâcheté! oh! le mot est dur; personne ne me l'avait jamais appliqué.

Va-t-il se fâcher? je le crains, tant sa figure s'est tout à coup assombrie. Mais non, le voilà qui se calme et reprend d'un ton résigné :

— N'importe, vous êtes privilégiée; vous pouvez me dire ce qu'il vous plaira.

Les chandelles de suif qui ont partagé avec l'astre des nuits l'honneur de nous éclairer n'ont plus que peu d'instants à vivre. Leur flamme tremble au vent du matin qui pénètre dans la chambre par la croisée toujours ouverte. Les étoiles s'effacent peu à peu, et

De sa pâle lumière
Déjà le jour naissant argente l'horizon.

— Cet idiot se sera perdu en route, dit Hugues dont les traits fatigués portent la trace de l'insomnie.

— Probablement; si vous aviez pris la peine d'y aller vous-même, nous serions rendus depuis deux heures.

Vous êtes ingrate, miss Éléonore; ne pouvez-vous me pardonner de n'avoir pas voulu m'éloigner de vous?

Ces paroles sont dites d'un air si humble et d'un ton si pénétré que je me sens prise de compassion.

Je m'approche de la fenêtre pour voir lever l'aurore. La fraîcheur de la brise, de cette brise matinale qui emporte tant d'âmes dans l'autre monde, me fait frissonner.

— Avez-vous froid? me demande sir Hugues d'un ton paternel.

— Un peu, lui dis-je, cette nuit de veille ne m'a point reposée de ma chute et je souffre beaucoup de mon bras. Je suis sûre qu'il est blessé.

Aussitôt, sans réfléchir à l'imprudence de cette action, je retire ma manche et je considère le membre endolori.

Qu'y a-t-il de plus gracieux, dans la nature et dans l'art, qu'un joli bras? Le mien n'était pas mal, je dois l'avouer; blanc, ferme et arrondi, avec de charmantes fossettes près du coude, il ressemblait à un beau marbre de Carrare qu'un dieu aurait animé par le contact de sa lèvre immortelle. J'y découvre une contusion et deux ou trois écorchures qui courent en lignes pourpres sur le blanc laiteux de la peau.

— Il me fait grand mal, dis-je, en regardant mon compagnon d'un air piteux, comme un chien qui a une épine dans la patte.

Les figures couleur d'acajou peuvent exprimer la pitié aussi bien que les visages d'albâtre; l'affliction de sir Hugues en était la preuve. Oh! bizarrerie de notre nature! Pourquoi ne tombai-je pas immédiatement dans les bras de cet honnête homme tel qu'il était là, poudreux, mal peigné, avec sa barbe grise de la veille, comme un ouvrier un jour de semaine? Tomber dans ses bras eût été acquérir du coup douze mille livres sterling de revenu, une maison à la ville et à la campagne; sans compter les toilettes, les équipages et tous les plaisirs à souhait.

— Pauvre petit bras! dit-il, si je pouvais le guérir avec mes baisers!

En disant ce mots, il s'incline; sa moustache effleure mon épiderme; mais il n'a pas le temps d'aller jusqu'au bout. Je retire mon bras vivement. Arrière les trois cent mille livres de rente! je préfère la pauvreté.

— Laissez-moi, lui dis-je, tandis que mes yeux lancent des flammes comme ceux d'une lionne en fureur. Ne comprenez-vous pas que je vous déteste?

Il pâlit. C'est, chez les hommes, le signe des émotions qui se manifestent chez nous par les larmes.

— Oui, murmura-t-il d'une voix concentrée, j'ai été lent à y venir; mais je ne comprends que trop bien à cette heure.

Le galant éconduit se retire dans un coin de la chambre, où il couve son ressentiment.

La maison s'éveille et s'ébranle, elle se ceint les
reins pour le travail du jour. La servante et le garçon d'écurie échangent leurs tendresses matinales
dans la cuisine. L'hôtesse arrive en traînant ses
pantoufles, les cheveux en papillotes, et demande
ce que nous voulons pour déjeuner.

Déjeuner ! grands dieux ! Allons-nous faire encore un repas en tête-à-tête ? Pendant que j'invec-
tive ma destinée, un bruit de roues se fait entendre.
Je me précipite hors de la maison et, toute éblouie
des rayons du soleil levant, j'aperçois un majestueux équipage qui s'arrête devant la porte. Je
reconnais le coupé et les chevaux vénérables qui
mènent tous les dimanches à l'église lady Lancaster et sa perruque jaune. Je retourne vers Hugues
en criant comme une folle : « Hourrah ! voici la
voiture ! » Jamais pauvre naufragé, mourant de
faim dans une île déserte, n'a salué avec plus de
joie l'apparition d'une voile.

Hugues contemple d'un œil ébahi mes démonstrations enfantines. Puis, il va gourmander ses
gens et savoir pourquoi ils ne sont pas arrivés
plus tôt. Il fulmine, il tempête ; jamais on ne l'a-
vait vu d'une telle humeur.

L'explication du retard était toute simple. Smith
avait perdu son chemin, comme son maître l'avait
deviné ; tout en le cherchant, il était tombé dans
l'auberge du Lion-Rouge où il avait passé deux
heures à se rafraîchir la mémoire. En conséquence,

il n'était arrrivé à Wentworth que fort avant
dans la nuit.

Sir Hugues m'installa dans la voiture et monta
sur le siège du cocher, à ma grande satisfaction.
Brave homme! Je crois que je l'aurais embrassé
maintenant.

Une heure plus tard, l'attelage conduit par son
maître nous déposait devant le perron de Wentworth. Personne n'était encore levé. Je me glissai
le long des couloirs solitaires, pour regagner ma
chambre, où je me jetai sur mon lit. Cinq minutes
après, je dormais profondément.

XIX.

Notre naissance n'est qu'un sommeil, un oubli.
L'âme qui fait mouvoir notre humaine machine,
Flambeau qui se rallume après s'être amorti,
N'a point en nous son origine.

Est-il vrai, comme l'affirment certains philo-
sophes, que nous ayons vécu sous d'autres formes
et dans d'autres êtres, antérieurement à notre vie
présente? Notre corps est-il le seul que notre âme
ait animé? ou bien n'est-il qu'une des nombreuses
demeures que cette âme est condamnée à habiter
jusqu'au jour où elle retournera vers son créateur?
Comment expliquer, autrement que par la préexistence, ces vagues resouvenirs de choses qui ne
nous sont pas arrivées, qui n'ont pas pu nous ar-

river dans le cours de notre vie actuelle? Nos âmes sont peut-être d'éternelles voyageuses qui se souviennent trop, pour n'avoir pas assez bu au fleuve Léthé. Lors même que ces réminiscences n'existeraient pas, on n'en pourrait rien conclure contre la croyance, un peu hasardée si l'on veut, de la transmigration. Nous souvenons-nous jamais des premières années de notre enfance? Notre mémoire a-t-elle conservé quelque impression de ces jours lointains où nous pleurions sur le sein de notre nourrice?

Dans le cas de cette préexistence, quelle destinée a été la nôtre dans le passé? quelle est celle qui nous attend dans l'avenir? Suivons-nous une marche progressive ou rétrograde, ou simplement uniforme? avons-nous été bêtes, hommes ou anges?

Le *docteur* de Southey assure, d'un ton moitié rieur, moitié sérieux, qu'il reconnaît dans la plupart de ceux qui l'entourent le caractère, les mœurs, et jusqu'à la physionomie de certains animaux; d'où il tire une conclusion facile à comprendre.

Tout le monde est plus ou moins à même d'en dire autant. Qui de nous ne pourrait désigner parmi ses relations deux ou trois pourceaux et autant de mules, sans compter les oies? Je ne parle pas des serpents et autres bêtes malfaisantes.

Si ma sœur Dolly a préexisté, elle a dû faire partie de la tribu féline; non sous la forme d'une chatte paisible et mignarde qui dort au coin du feu et fait le gros dos quand on la caresse, mais à l'état de tigresse ou de panthère. Il ne lui manque qu'une peau rayée ou mouchetée. Elle a gardé l'esprit de sa première condition, lorsqu'elle vivait dans les jungles et que, tapie dans les roseaux, elle guettait sa proie pour s'élancer sur elle et se repaître de son sang.

Mon sommeil se prolongea fort avant dans l'après-midi, jusqu'au moment où le soleil, éclairant la façade de la maison où ma chambre était située, vint darder ses rayons sur mon lit. Je restai pendant quelque temps entre le sommeil et la veille, ne pensant à rien, ne désirant rien, mais avec la sensation d'un affreux mal de tête et d'une chaleur insupportable. Le bruit de la porte qui s'ouvrait m'éveilla complètement. Quelqu'un s'approcha avec précaution et se pencha sur mon lit; ce quelqu'un c'était Dolly.

— Êtes-vous éveillée et remise de votre aventure? me dit-elle avec un chuchotement si moelleux que mon pauvre crâne, qui n'aurait pu supporter le moindre bruit, n'en fut nullement affecté. Dolly serait une excellente garde pour un malade, à la condition toutefois de ne pas lui verser du poison au lieu de tisane. Sa présence réveille toute mon irritation. Comment ose-t-elle se présenter devant moi après sa conduite de la veille! Non, point de trêve; guerre à outrance à Dolly !

J'ouvris les yeux et je la regardai fixement sans lever la tête du milieu de mes oreillers en désordre.

— Je ne veux plus vous voir ; vous mentez avec une impudence qui dépasse toutes les bornes.

— Ai-je menti vraiment ? dit-elle sans se déconcerter. C'est bien possible. On est souvent obligé de faire quelques mensonges, par-ci, par-là. Sans un peu de diplomatie, la vie ne serait pas supportable.

— Vous m'avez brouillée avec Richard, vous m'avez empêchée de monter en voiture avec lui, m'écriai-je, en haussant la voix d'un ton, ce qui redoubla ma migraine.

— Si Richard, comme vous l'appelez, m'a pardonné ce grand crime, ne vous semble-t-il pas que vous pourriez me le pardonner aussi ?

« Si Richard m'a pardonné... » Avais-je bien entendu ? Ces paroles aiguisèrent les poignards qui me traversaient le cerveau. Je roulai ma tête de droite et de gauche sur mes coussins.

— Quel était votre but ! en aviez-vous un ? ou bien avez-vous agi par pure méchanceté ?

Ma sœur s'asseoit en souriant sur mon lit. Elle comprend que nous allons avoir une longue explication et elle veut se mettre à son aise.

— Quelle folie vous avez faite de ne pas vous mettre dans votre lit ! Rien n'est plus malsain que de dormir toute habillée. Aussi vous en porterez la peine ; ce soir vous serez verte, ma chère enfant.

— Me ferez-vous l'honneur de répondre à ma question? repris-je avec impatience; est-ce par méchanceté que vous avez empêché Dick de me conduire en dog-cart à Wilton?

— Y pensez-vous? Il n'y a qu'un démon qui puisse agir par méchanceté, èt je ne le suis point encore, Dieu merci.

— Alors c'est que vous vouliez en faire votre cavalier.

Nouveau sourire; cette fois sourire de pitié, accompagné d'un haussement d'épaules.

— Me croyez-vous capable de courir après un homme qui n'a d'autre mérite que sa pauvreté et ses longues jambes? car, ne vous en déplaise, je ne vois guère rien de plus dans votre Dick.

— Voilà qui est étrange. J'ai cru remarquer hier que vous le regardiez d'un œil plus indulgent...

— Que voulez-vous? C'est la faute de mes yeux; le ciel qui les a faits est seul responsable de leurs écarts.

— Oui, vous avez des yeux admirables et très expressifs, je le sais, mais vous ne me ferez jamais croire qu'ils disent autre chose que ce que vous voulez leur faire dire. Avouez que vous avez été horriblement coquette avec Richard.

— Peut-être bien, je ne le nie pas.

— Alors expliquez-moi cette contradiction. Si vous faites si peu de cas de Richard Mac-Gregor, pourquoi vous donner tant de mal pour le séduire et me rendre malheureuse du même coup?

— Ma chère enfant, dit-elle en appuyant sa main sur mon front brûlant, pour une fois — peut-être la seule de ma vie — je n'ai point agi par égoïsme, sachez-le. Je n'ai aucune vue personnelle sur notre ami commun et je n'éprouvais aucun plaisir à trotter à côté de lui deux heures durant par un soleil torride.

— Je m'y perds. Expliquez-moi donc votre but, encore une fois, car je suppose que vous en aviez un.

— Voulez-vous un peu d'eau de Cologne? Certainement j'avais un but, poursuivit-elle après avoir baigné mes tempes avec son mouchoir trempé dans le liquide bienfaisant, et je vais vous le dire, si vous me promettez d'être raisonnable et de ne pas jeter les hauts cris comme vous le faites depuis un quart d'heure. Puisque vous tenez tant à le savoir, je voulais vous ménager un tête-à-tête avec sir Hugues, en vous faisant monter sur le dog-cart avec lui.

— Un tête-à-tête avec sir Hugues? Pour quelle raison, grand Dieu?

— Parce que je voudrais que ce tête-à-tête durât toute votre vie; parce que j'espère vous voir, un jour ou l'autre, porter le nom de lady Lancaster.

— Jamais! m'écriai-je les yeux en feu, en me redressant sur mon lit.

— Ah! c'est peut-être dur, vous préféreriez courir les garnisons avec Richard Longues-Jambes et une douzaine de petits Mac-Gregor suspendus à vos jupes.

Dolly respire doucement son flacon d'eau de Cologne; moi, je retombe sur mes oreillers, en dissimulant sous mes cheveux en désordre la rougeur que ces derniers mots ont amenée sur mes joues, et que je sens courir sur tout mon corps.

— Vous êtes sans pitié, murmurai-je.

— Eh! oui. Le sens commun est toujours impitoyable; mais qu'y faire? Tous vos rêves d'amour ne paieront pas les comptes de Roméo et Juliette.

— Que vous importe qu'ils soient payés ou non? laissez-nous être heureux à notre manière.

— Vous croyez? Encore une illusion. Êtes-vous bien sûre de Roméo? moi, je ne le suis pas autant que vous. Roméo aime les habits de Poole; il aime le jeu, le château-laffitte et les actrices. Il néglige un peu tout cela, pour le moment, mais vous êtes bien naïve de penser qu'il n'y reviendra pas; croyez-vous qu'il se contentera d'un pauvre petit logement et d'une servante, et qu'une épaule de mouton ou un pudding au riz lui suffiront pour son dîner, lors même que vos beaux yeux assaisonneront ce maigre régal?

Hélas! la logique de Dolly est irréfutable. Si Richard doit s'imposer tant de sacrifices, quelles compensations puis-je lui offrir en retour? Voilà ce que je me demande dans une muette angoisse.

— Je ne m'explique pas ce tendre intérêt, repris-je au bout d'un moment. Quand je me ferais enlever par le premier venu, ce vous serait fort indifférent, j'imagine.

— D'abord, ma chère, il ne me serait pas indifférent de voir les armes des Lestrange écartelées avec celles du premier venu. En second lieu, si je cherche à vous détourner du mariage dont il s'agit, ce n'est pas seulement dans votre intérêt, c'est parce que, en épousant un homme sans fortune, vous achevez la ruine de votre famille, tandis que vous pourriez la relever par une autre alliance.

— Je n'épouserai jamais sir Hugues, je mourrais de dégoût avant une semaine.

Dolly haussa les épaules.

— Que ne l'épousez-vous, vous, puisque vous êtes si éprise de ses charmes?

Cette question était quelque peu oiseuse. Je savais parfaitement que mon aimable sœur avait fait des efforts surhumains pour séduire sir Hugues Lancaster, et qu'elle n'y avait renoncé qu'en désespoir de cause.

— Certainement, et tout de suite s'il me voulait, répliqua Dolly, qui était en ce moment debout au milieu de la chambre et contemplait son image dans l'armoire à glace; ne voyez-vous pas, naïve enfant, que je vous parle en femme convaincue et toute disposée à mettre en pratique les conseils qu'elle donne? Suis-je, plus que vous, éprise du Lancaster? Nullement, c'est une vieille tête de bois ; mais supposez qu'il entrât dans cette chambre à la minute (oh! n'ayez pas peur, il n'est pas si mal élevé que cela), supposez qu'il entrât et qu'il me dît : « Miss Lestrange, voulez-vous m'épouser? » ou bien : « Dolly, voulez-vous être ma femme? » Je lui répondrais : « Oui, cher Hugues, à l'instant même, et avec plaisir. » Je lui jurerais amour, obéissance et fidélité ; ou plutôt, — avec un geste de dédain, — pas à lui, mais à ses 300,000 livres de rente, à son cuisinier français et à sa loge d'Opéra... et je tiendrais mon serment.

— Plût au ciel qu'il vous le demandât ! murmurai-je.

Une fois montée à ce diapason, Dolly poursuivit en s'échauffant, comme elle s'échauffait quand cela lui arrivait par hasard, c'est-à-dire avec une ardeur mesurée :

— Y a-t-il entre les trois mers un lord si vieux, si laid, si cacochyme, dans les bras duquel je ne voulusse tomber pour son argent? car, il faut que vous le sachiez, l'argent est un pouvoir, l'argent est un dieu !

J'écoutais avec stupéfaction, assise et les jambes pendantes sur le bord du lit.

— Un dieu! m'écriai-je, ce peut être le vôtre, ce n'est pas le mien. Quant au pouvoir, les femmes n'en ont que faire. Et d'ailleurs, l'amour vaut tous les pouvoirs du monde, parce qu'il les renferme tous, à mon avis.

— L'amour! Peuh! Qui est-ce qui croit aujourd'hui à cette vieille chimère après seize ans ou avant soixante?... Ce que vous appelez l'amour n'est qu'un égoïsme déguisé.

— Vous appelez égoïsme le sentiment qui nous fait donner notre vie tout entière à un autre? lui dis-je en pensant l'avoir clouée par cette objection.

— Certainement, répliqua Dolly, qui se mit à parcourir la chambre de long en large, ce n'est pas autre chose. Enfin, ma chère, que vous dirai-je? vous avez le choix entre deux partis. Prenez celui du sens commun, de ce sordide sens commun que vous méprisez, épousez sir Hugues, et vous relevez votre famille dont la décadence mine les jours de notre père. N'est-ce pas une honte que vous, qui faites profession de l'aimer tant, vous n'ayez pas songé à cela? Au contraire, écoutez la voix de l'amour, du noble, du poétique amour, jetez-vous à la tête de ce géant écossais; vous n'aurez ni fortune ni position, mais votre passion sera satisfaite. Vous posséderez cette luxuriante moustache et ces larges épaules, mais votre père mourra de chagrin.

En disant ces mots, elle ouvrit la porte, dont elle tenait la poignée depuis un instant, et disparut. Je la rappelai.

« Dolly, Dolly, revenez! » Mais elle ne m'entendit pas ou ne voulut pas m'entendre.

XX.

De même que Macbeth avait tué son sommeil, Dolly avait tué le mien. J'essayai de me rendormir pour échapper aux angoisses où m'avaient plongée ses dernières paroles. Vainement; ces angoisses ne firent que redoubler.

Je ressemblais à Oreste poursuivi par les furies. Les furies déchaînées contre moi par ma sœur étaient au nombre de trois, comme celles du malheureux Grec, savoir : la pauvreté de Dick, la jalousie de Dick envers sir Hugues, et son intrigue avec Dolly.

Je ne voyais pas qu'il était absurde de me tourmenter à la fois pour ces trois objets, attendu que l'un des trois était naturellement exclu par les deux autres; par exemple, si Dick se jouait de moi, que m'importait sa pauvreté? Si, d'un autre côté, Dick était jaloux de sir Hugues, il ne pouvait faire sérieusement la cour à Dolly.

Malgré cette évidence, Tisiphone, Mégère et Alecton s'acharnent après moi. J'ai beau les repousser, leurs trois têtes hideuses sont toujours là qui me narguent et se rient de mes tortures.

Au bout d'une demi-heure, qui me paraît un siècle, je saute à bas de mon lit, incertaine du temps qui s'est écoulé depuis mon retour. Je n'ai plus de montre, comme vous savez, cher lecteur;

mais j'entends le mouvement d'une horloge sur le palier. J'ouvre la porte et je regarde. Cinq heures. Encore une heure et demie jusqu'à l'heure de la toilette ! Descendons. La fortune aide les braves ; peut-être aurai-je la chance de rencontrer Dick dans quelque couloir, ou sur l'escalier, ou dans la salle de billard. Me voilà courant la maison comme une âme en peine, regardant de tous côtés, attentive au moindre bruit. Point de Richard !

Arrivée à la porte du salon d'été, je m'arrête pour écouter un instant, non par vaine ou indiscrète curiosité, mais dans l'espoir d'entendre quelqu'un de ces sons qui m'éveilleraient, — j'ai la folie de l'imaginer, — quand je serais morte depuis un siècle.

Mais les sons que je distingue ne sont point d'une nature délectable, du moins pour mes oreilles. Presque tous les hôtes féminins de la société de Wentworth sont réunis là par petits groupes. Chacune de ces dames est pourvue d'une tasse de thé ; elles arrivent sans doute de la promenade, à en juger par les ombrelles et les chapeaux rustiques jetés çà et là dans le vestibule. Lady Capel, la plantureuse vicomtesse, coiffée d'un magnifique bonnet de dentelle, taille des bavettes avec miss Seymour. C'est une consolation pour elle, j'imagine, d'avoir sous les yeux quelque chose d'aussi maigre. D'après ce que j'entends, elle a eu le poste d'honneur à la promenade, étant montée dans le sociable de lady Lancaster. Honneur et plaisir ne vont pas toujours de pair en ce monde, comme les frères siamois. Notre vénérable hôtesse, de son côté, est en train de chapitrer une vieille dame au sujet de quelque institution charitable. Lorsque je fais mon entrée dans le salon, elle se tourne vers moi avec une exclamation de surprise :

— Arrivez donc, chère enfant ; que je suis aise de vous voir ! Votre sœur nous avait tellement alarmées sur votre compte, que je craignais d'être privée de vous pour toute la soirée.

En disant ces mots, elle vient à moi et me tape amicalement sur la joue, comme elle l'eût fait à la Vénus hottentote, si son bien-aimé fils avait jugé à propos de lui jeter le mouchoir.

— Savez-vous bien, ma chère, que vous êtes l'héroïne du jour ? me dit lady Capel. Nous mourons toutes d'envie d'entendre le récit de votre aventure. Sir Hugues nous en a dit à peine quelques mots.

— Ah ! les hommes sont tous les mêmes, s'écrie une autre maigreur qui répond au nom de miss Gifford. Quand ils racontent une histoire, ils suppriment toujours les détails, c'est-à-dire ce qu'il y a de plus intéressant.

— Vous avez dû vous faire grand mal ; et puis quel embarras que votre situation ! ajoute miss Seymour de cette voix plaintive que la nature lui a donnée.

— Moi, j'aurais mis mes bottes de sept lieues et je m'en serais venue à pied.

C'est miss Gifford qui dit cela. Elle n'en aurait rien fait sûrement, car elle eût donné son chignon et même deux doigts de la main pour un tête-à-tête nocturne de cinq ou six heures avec le maître de céans.

Lady Lancaster ne perd pas cette occasion de vanter sa progéniture.

— Il est fort heureux, ma chère miss Lestrange, que vous ne vous soyez pas trouvée avec un autre de ces jeunes gens. C'était assurément une position embarrassante pour une jeune femme ; mais vous ne pouviez mieux tomber qu'entre les mains de mon fils.

La politesse m'ordonne de faire un signe de tête approbatif. Me voyant passée à l'état de lionne, je me décide à rugir un peu :

— Mon Dieu ! tout cela n'est pas fort intéressant. Le train a effrayé les chevaux ; ils se sont emportés et nous avons fait la cabriole. Je ne sais trop comment cela s'est passé ; je crois que je me suis évanouie. J'ai repris mes sens dans une chambre d'auberge.

— Où vous avez passé toute la nuit, n'est-ce pas ? demande miss Gifford.

— Hélas ! oui, dis-je en frissonnant au souvenir de cette nuit lugubre.

— Qu'avez-vous pu faire jusqu'au matin ?

— J'ai passé la moitié du temps à regarder la montre de sir Hugues ; l'autre moitié à lire un horrible livre sur la fin du monde.

Toutes ces dames rient, excepté lady Lancaster.

— Quel tableau ! C'est à faire dresser les cheveux. Et que lisait sir Hugues pendant ce temps ? demande encore miss Gifford ou toute autre.

— Il ne lisait rien.

— Il devait s'ennuyer plus que vous, alors. A-t-il fumé ? a-t-il dormi ?

— Je crois que non ; c'est-à-dire je n'en sais rien. Mais comment se fait-il que personne n'ait songé à nous et qu'on ne soit pas venu à notre rencontre ?

— On y est allé, répond lady Lancaster, mais non par la même route. Je ne comprends pas que mon fils ait voulu prendre celle-là, qui est plus longue de trois milles.

Moi, qui ne comprends que trop bien, je me baisse pour ramasser sous la table un mouchoir de poche imaginaire.

— Vous êtes-vous blessée dans votre chute ?

— Fort meurtrie du moins. Je suis noire et bleue des pieds à la tête.

—Ah ! mon Dieu ! je regrette de ne l'avoir pas su ; je vous aurais envoyé de l'arnica. Voyez-vous, ma chère, il n'y a rien de tel que l'arnica pour les contusions et les foulures. Je crains que vous ne puissiez guère danser ce soir ; car vous savez que nous avons un petit bal ?

— Un bal ! dis-je en dressant l'oreille comme le chéval de Job au son des trompettes.

— Oh ! une petite sauterie champêtre.

— Ne le saviez-vous pas ? me dit lady Capel ; nous avons passé la matinée, perchées sur des échelles, à placer des tentures, à faire des festons et des guirlandes.

— Il y a bien longtemps qu'il n'y a eu de bal dans la maison ; c'est un impromptu. Mon fils a pensé que cela amuserait la jeunesse.

— C'est fort aimable à lui, dis-je avec une vraie reconnaissance, tandis que mes yeux brillent comme deux lanternes de voiture.

Nous aurons peu de monde ; une dizaine de couples tout au plus. Presque tous nos voisins sont à la ville en ce moment.

— Les bals improvisés sont les plus agréables, soupire lady Capel. Seulement, il est bien difficile, à la campagne, d'avoir des danseurs.

— Ah ! ne m'en parlez pas, s'écrie lady Lancaster. Les jeunes gens d'aujourd'hui ne savent plus rester chez eux et s'occuper de leurs propriétés. Il faut absolument qu'ils aillent courir en France, en Égypte, en Palestine, je ne sais où... De mon temps, ce n'était pas ainsi. (Je le crois bien ; de son temps, il fallait trois jours pour aller de Londres à Paris.) Je considère cette humeur

vagabonde comme une des grandes calamités de
notre temps. Pour sûr, nous devons approcher de
la fin du monde.

La perspective d'un bal sans danseurs ne me
semble plus si réjouissante.

— Rassurez-vous, me dit lady Capel qui voit
mon air consterné, vous ne manquerez pas de cavaliers. Lady Lancaster a invité plusieurs officiers
du régiment des Écossais gris qui est en garnison
à Nantford.

— Vous oubliez mon fils, qui vaut un régiment
à lui tout seul ; c'est un danseur intrépide.

Cette observation était attendue. Il n'y a pas
une chose au monde où lady Lancaster ne juge
son fils très supérieur, depuis la pêche à la ligne
jusqu'aux mathématiques transcendantes.

— Combien avons-nous de cavaliers dans la
maison ? dit miss Gifford en comptant sur ses
doigts : sir Hugues un ; lord Capel..... Votre mari
danse-t-il, milady ?

— Quand il le faut absolument, mais je vous
engage à ne pas trop compter sur lui.

En ce moment, on sonne le premier coup du dîner.

— Ah! ciel! déjà! Je n'aurais jamais cru qu'il
fût si tard.

— Nous dînons à sept heures aujourd'hui, fait
observer lady Lancaster.

Là-dessus nous nous dispersons, et chacune de
nous va se faire belle pour les Écossais gris.

XXI.

Le bal doit avoir lieu dans la salle à manger, la grande salle étant dallée en pierre et lady Lancaster ne voulant pas démeubler son salon. Conséquemment, nous dînons dans la grande salle. Lady Lancaster se confond en excuses et requiert l'indulgence de ses hôtes pour cette partie du programme, ce qui veut dire que nous aurons un dîner de premier ordre, arrosé de vins exceptionnels, à la différence que ce sera une heure plus tard et dans une pièce non moins confortable que celle qui est destinée aux agapes quotidiennes.

Bénie soit la coutume qui force le maître du logis de donner le bras à la femme la plus élevée en rang pour la conduire à table! Je ne vois pas trop quelle est la société où je pourrais prétendre à cette distinction, si ce n'est celle d'une aumônerie ou d'une école de charité. Grâce à l'infériorité de mon rang, j'esquive donc, pour cette fois, la galanterie de sir Hugues. Cependant je ne suis pas encore hors de tout danger, puisque l'aimable amphitryon me réserve une place à sa gauche. Par une savante manœuvre, je lui échappe et le hasard me donne pour voisin le jeune homme aux têtes de mort, qui est du reste beaucoup plus gai que sa bijouterie. Il me parle de tout avec une verve infatigable : de Windsor et du Canada,

des courses, du patinage et de la chasse au coq
de bruyère. Dick est un peu plus loin, du même
côté de la table. En m'inclinant sur le dossier de
ma chaise, j'aperçois un collet d'habit et deux ou
trois boucles blondes. Mais ni ses cheveux ni son
dos ne m'apprennent rien de ce qui se passe dans
son intérieur. Je fais d'ailleurs une triste figure
à table, car je n'ai aucun appétit.

« Non, merci; non, merci ! »

Voilà ce que je ne cesse de répondre aux majestueux laquais en culotte courte qui me fourrent
sous le nez poisson, viandes et légumes.

— Est-ce que vous êtes en pénitence, miss Lestrange? me demande le petit jeune homme. C'est
vraiment un joyeux garçon, officier quelque part,
également prêt pour une invasion feniane et pour
une valse avec une jolie fille.

— Pourquoi? lui dis-je, en ouvrant mes grands
yeux.

— Parce que vous ne mangez pas. Vous avez
tort; ce n'est pas un mince exercice qu'une soirée
dansante. Croyez-moi, prenez des forces, si vous
voulez y résister.

Il faut convenir que le brave jeune homme prêche
d'exemple.

Néanmoins nos défenseurs ne peuvent con-
sommer éternellement. Vers dix heures, nous
sommes à peu près tous réunis dans le salon. Les
hommes se gantent; un vrai travail d'Hercule

pour le plus grand nombre. L'un de ces messieurs, qui a la prétention de porter des gants de femme, en a déjà déchiré deux paires. Les plus raffinés se retirent pour changer de cravate.

Les voitures commencent à arriver. Voici d'abord la famille Coxe. Des chevaux de pur sang, ou à peu près, qui ne peuvent stationner plus de trois secondes ; sur chaque panneau, un écusson large comme une assiette ; de grands laquais poudrés avec des cocardes : tel est l'attirail dans lequel les marchands de nos jours se montrent en public.

M. et Mme Coxe font leur entrée en se donnant le bras. Comme c'est un couple fort bien nourri, ils ne peuvent franchir la porte que de biais. M. Coxe porte son fameux gilet de velours cramoisi qui fait le désespoir de sa femme et de ses filles, à ce que dit Richard Mac-Gregor. Derrière le coq et la poule, s'avance toute la couvée ; l'aîné de la race avec son épouse, trois jeunes filles qui ont des noms de fleurs : Lily, Violette et Amarillys. Lady Lancaster les accueille avec une majesté qui n'exclut pas la bonne grâce.

Malgré mon peu de goût pour les vieilles femmes, je ne puis m'empêcher d'admirer la maîtresse de céans. Elle a l'air d'une reine recevant une députation de sa fidèle bourgeoisie. En dépit de tous ses travers, — sa manie de sermonner et celle de vanter son fils à tout propos, — elle est grande dame jusqu'au bout des ongles. Les Coxe peuvent bâtir des châteaux et acheter des terres, ils ne lui arriveront jamais à la cheville. Quant à sir Hugues, s'il n'a pas le grand air de sa mère, il possède, je l'avoue, une franche bonhomie qui met tout de suite les gens à leur aise.

— Comment allez-vous, mistress Coxe? Bonjour, miss Lily, dit-il en distribuant des poignées de main de droite et de gauche. Êtes-vous disposées, mesdemoiselles? Sachez que nous vous gardons jusqu'à demain matin.

Clic, clac! des coups de fouet et des grelots; c'est le break des Écossais gris. Ces braves guerriers, qui ne connaissent personne, pénètrent dans le salon, réunis en grappe, comme un essaim d'abeilles. Hugues les présente à sa mère, qui tend la main au colonel et adresse aux officiers une révérence qui fait presque tomber en pamoison un jeune et timide cornette.

Bientôt paraissent à la file les autres invités: les gens qui ne vont jamais à la ville; ceux à qui leur bourse ne permet d'y faire qu'un séjour d'un mois ou de six semaines et qui, conséquemment, ne sont pas encore partis. Papa et maman, garçons et filles, tout y est.

A dix heures et demie, Hugues, donnant le bras à lady Capel, passe dans la salle de bal. Chaque homme choisit la femme qu'il aime, ou celle à qui il a été présenté, ou toute autre enfin que les circonstances lui indiquent, et le cortège s'avance vers sa destination,

De tous mes souvenirs de jeune fille, il n'en est aucun de plus gracieux que le coup d'œil offert par la salle à manger de Wentworth avant le bal. Des tentures blanches et écarlates, des pavillons de marine, des guirlandes de verdure et de fleurs ont transformé cette pièce à la rendre méconnaissable. Cent bougies l'éclairent de leur douce clarté. Tout est parfums, lumière et murmures joyeux ; toutes les jeunes filles paraissent jolies, à l'exception de deux ou trois cas désespérés. Le plaisir brille dans tous les yeux, les engagements se forment, et les matrones en robes de toutes couleurs, semblables à des oiseaux des tropiques, s'assoient sur les banquettes, tandis que l'orchestre prélude par des accords plus ou moins harmonieux. Mon jeune voisin de table m'a invitée pour la première danse, qui, à son grand déplaisir, se trouve être un quadrille.

— Je n'aime pas du tout ces stupides danses en carré, me dit-il. C'est le plus mauvais compliment qu'on puisse faire à une femme que de l'engager pour un quadrille.

Sir Hugues fait le tour de la salle, en disant à chacun un mot gracieux. Finalement il arrive à moi.

— Vous êtes engagée pour la première valse, *naturellement?*

— Oui.

— Est-ce par quelqu'un dont vous puissiez vous défaire ?

— Oh ! non, non !

— Donnez-moi la suivante alors. Sommes-nous réconciliés ?

— Je ne sache pas qu'il y ait eu lieu.

— Fort bien, j'aime mieux ça. Ainsi je compte sur la deuxième valse.

Je viens de faire un affreux mensonge, je vous l'avouerai, chère lectrice. Que celle de vous qui n'a sur la conscience aucun péché de ce genre me jette la première pierre. Le fait est que je ne suis nullement engagée, mais que je garde cette valse pour quelqu'un qui ne se presse guère, hélas ! de la réclamer. Trois ou quatre hommes viennent successivement m'adresser la même requête et reçoivent la même réponse. Comme la plaintive Isabelle, je demande mon Robert à tous les échos, Robert ne paraît pas.

L'entr'acte qui suit le quadrille est plein d'animation. Les Écossais gris commencent à se naturaliser. L'*humble* Violette, dont le nom cadre mal avec ses allures, tient cour plénière dans un coin du salon ; ses bons mots n'arrivent point jusqu'à moi, grâce au jeune enrhumé qui m'honore de son voisinage. Son infirmité a changé de siège et il tousse maintenant à fendre l'âme.

— Vous devriez essayer des jujubes, lui dit la compatissante miss Seymour.

— Ne m'en parlez pas, j'en ai déjà avalé deux boîtes, répond-il de cet air consterné que prennent les hommes dès qu'ils ont mal au bout du doigt.

Mon danseur lui conseille brutalement d'aller se coucher et de boire de la tisane, assurant que s'il persiste à rester là, son catarrhe étouffera le bruit de l'orchestre.

— Je crains que vous ne me trouviez un peu importune, dit lady Lancaster à une jeune dame assise près d'une fenêtre ouverte ; mais n'est-il pas imprudent de s'exposer à l'air lorsqu'on est décolletée ?...

Je n'en entends pas davantage. Les violons, soutenus par le cornet à piston, entament les premières mesures de la valse. Mouvement général : ceux qui ne dansent pas se retirent dans les angles, les danseurs effarés cherchent leurs partenaires.

Mon cœur bat à me rompre la poitrine. Peut-être Dick ne peut-il me voir dans le coin où je suis assise ; je me lève et m'avance au premier rang du cercle formé par les spectateurs, tandis que mes jambes se dérobent sous moi.

Le grand cercle demeure vide un moment. Enfin la glace est rompue ; un couple aventureux s'élance, suivi d'un second et d'un troisième ; bientôt ce n'est plus qu'un tourbillon de gaze et de tarlatane, au milieu duquel les pieds mignons des valseuses paraissent et disparaissent, effleurant à peine le parquet glissant. J'enfonce mes ongles dans mes pauvres bras meurtris sans ressentir la douleur. Viendra-t-il? Ne viendra-t-il pas?

Soudain une trouée se fait dans le cercle, pour donner passage à un nouveau couple, et quel couple!

— Comment! que signifie? s'écrie Hugues qui s'est glissé derrière les survenants. Votre valseur vous a donc oubliée?

— Je..... je le crois, dis-je d'une voix tremblante.

— Allons, il n'y a pas grand mal, puisque je suis là.

— Non, non, dis-je en me détournant, laissez-moi, je vous prie.

Il insiste.

— Vous, faire tapisserie! Allons donc, est-ce possible?

Je n'ai plus le courage de refuser; ma voix même me trahit. Je me laisse entraîner, et nous voilà lancés en plein tourbillon. Hugues valse bien; il y met son cœur et son âme, comme à tout ce qu'il fait. Le grand secret de son inaltérable félicité est de ne faire rien à demi. Bientôt je commence à m'étourdir. Je m'arrête, et nous regardons nos voisins qui tournent sous nos yeux sans se lasser, au son du *Bacio*.

Les uns valsent en mesure, d'autres à contre-temps; quelques-uns sautillent comme des pois secs; ceux-ci ressemblent à des chevaux de carrosse qui trottent sur la grande route, tandis que ceux-là galopent à fond de train. Amaryllis Coxe, conduite par un grand diable qui n'a que des bras et des jambes, fond sur nous avec l'impétuosité d'un ouragan.

— Oh! pardon, vous aurais-je fait mal?

Un autre couple passe devant mes yeux qui se couvrent d'un nuage. Je me mords les lèvres jusqu'au sang. Dolly, en robe de tulle couleur de maïs, avec des grenades dans les cheveux, les lèvres entr'ouvertes et les yeux au plafond, s'abandonne mollement entre les bras de Richard Mac-Gregor. Dolly a une manière de valser tout à fait répréhensible selon moi. Ce n'ést pas sans doute l'opinion de son valseur, car ils paraissent fort satisfaits l'un de l'autre, à voir la souplesse et l'harmonie de leurs mouvements.

— Où étions-nous la nuit dernière à pareille heure? me demande sir Hugues d'un air tendre.

Désirant couper court aux réminiscences sentimentales, je demande à repartir. La danse se succède ainsi sans interruption.

Pendant ce temps, la galerie s'arrange du mieux qu'elle peut : les chaperons qui ne dorment pas soupirent après l'heure du souper; le vieux sceptique console la veuve en lui contant des anecdotes scabreuses; dans une embrasure de porte, un groupe d'hommes parle chevaux et décoche des épithètes flatteuses, en langue chevaline, aux jeunes personnes qui leur jettent vingt mètres de tulle au visage. Je suis quelque peu surprise de passer pour une beauté et d'entendre porter aux nues la *pouliche alezane,* car telle est la comparaison dont m'honorent ces messieurs du sport.

Dans le fait, j'ai eu plus de succès que je n'osais l'espérer ; j'ai été priée par tous les hommes, un seul excepté !

Dick, de son côté, a largement usé de ses jambes ; il a dansé avec les trois miss Coxe, — rien de plus naturel, puisqu'il est leur hôte, — avec miss Gifford, avec miss Seymour et une douzaine d'autres ; puis encore avec Dolly.

Je ne puis souffrir de les voir chuchoter ensemble, les yeux dans les yeux ; mon indignation redouble quand je pense à la façon dont elle le traite lorsqu'elle me parle de lui : « Mendiant écossais, capitaine Longues-Jambes ». S'il le savait ! Pourquoi ma sœur n'a-t-elle pas eu la petite vérole dans son enfance, elle aurait peut-être été une bonne et utile créature, cousant des gilets de flanelle pour les pauvres et, au lieu de me faire du mal, elle m'eût servi de confidente.

La chaleur devient insupportable, on ne respire plus, le parfum des fleurs dont la salle est ornée commence à devenir oppressif. C'est en vain qu'une jeune femme ouvre une fenêtre, une vieille la referme, avec cette haine du grand air qui est le propre des anciennes générations.

Tandis que les danseuses jouent de l'éventail et

que les hommes s'essuient le front, la salle du souper ouvre ses portes à deux battants. Les malheureux pères conscrits que leurs femmes et leurs filles ont traînés là derrière leurs chars, respirent enfin en songeant que leur tour est venu.

— Allons, mon vieil ami, dit sir Hugues en tapant sur l'épaule de lord Capel, soyez galant et brave, offrez votre bras à Mrs Coxe.

Lord Capel obéit en rechignant ; les jeunes cavaliers suivent son exemple ; on voit s'avancer vers le lieu du festin douairières sur douairières. Les musiciens n'ont pas attendu ce moment pour se rafraîchir, et je m'aperçois que le cornet à piston est ivre-mort.

Pour moi, délaissée par mes admirateurs, je suis seule, assise à l'extrémité d'une banquette, dans une attitude morne et pensive, comme un héron qui rêve au bord de l'eau.

— Est-ce que vous ne prenez rien ? me demande sir Hugues, qui vient de ramener le premier convoi des soupeurs.

Toute résistance est inutile, il faut céder encore une fois et m'asseoir au milieu de mes compagnes, qui dévorent à belles dents du poulet et des viandes froides, boire du champagne que je déteste, et revenir valser avec sir Hugues, qui ne me quitte que pour remplir ses devoirs indispensables de maître de maison.

La soirée se poursuit sans apporter de soulagement à mes chagrins. Déjà se manifestent dans le bal les premiers symptômes de décroissance. Le parquet est jonché de rubans, de roses effeuillées et de débris de gaze; les danseuses commencent à s'écheveler, la fraîcheur des premières heures a déserté leurs joues et leurs toilettes. J'ai toujours remarqué qu'il y a quelque chose de la bacchante chez une femme, à la fin d'une nuit de bal. Les hommes n'ont guère meilleure apparence, bien qu'ils supportent mieux la fatigue. Quant à eux, ils ressemblent, pour parler leur langage, à des chevaux qui viennent de fournir une longue course.

Vers la fin de la soirée, une lueur d'espoir, hélas! éphémère, vint luire à mes yeux, semblable au pâle rayon d'un soleil d'hiver qui se montre un instant, pour disparaître aussitôt derrière les nuages. Je danse un quadrille, — le dernier, — avec l'éternel, l'excellent, mais l'intolérable sir Hugues, et Dick me fait vis-à-vis contre son gré.

— Comment êtes-vous si cruel? lui dis-je d'une voix étouffée, lorsque nous nous rencontrons à l'avant-deux.

Mes yeux éloquents sollicitent une réponse. Dick me regarde avec hésitation, il est ébranlé, il va me revenir.

Tout à coup, ô rage! la voix impatiente de mon danseur retentit derrière moi.

— Eh bien, miss Nelly! miss Nelly! à quoi pensez-vous donc? nous avons manqué la figure.

Sir Hugues me saisit par la main et me ramène à ma place. C'en est fait! l'occasion est perdue.

C'est une erreur trop commune d'attribuer aux méchants les malheurs de notre existence. Ce sont presque toujours les bonnes gens, les imbéciles qui font tout le mal.

Comme nos désirs nous abusent! et que d'horribles déceptions dans la vie! me disais-je en montant l'escalier à la suite de lady Lancaster qui ramenait ses hôtes dans leurs chambres, après le départ des invités. — Hier encore, je regardais comme le bonheur suprême de me trouver dans un bal avec Richard, et maintenant. . . . .

. . . .

Je me réveillai le lendemain, brisée de fatigue et les membres aussi raides que ceux d'une poupée de bois. Il me semblait que j'avais une tonne de plomb dans la tête; mes yeux étaient tellement gonflés que je pouvais à peine les ouvrir.

Dolly, en peignoir blanc et fraîche comme un bouton de rose, venait d'entrer dans ma chambre.

— Bonté divine! quelle figure! Rachel pleurant ses enfants! Charlotte au tombeau de Werther! Agrippine penchée sur l'urne de Germanicus!... Je m'en doutais, c'est pour cela que je suis venue.

— Dolly! vous serez cause de ma mort.

— Bah! le jury se prononcera pour le suicide, dit-elle, en s'approchant de la fenêtre dont elle ouvrit les volets.

Puis, revenant à moi et me regardant avec attention :

— Ma chère enfant, vous avez encore plus mauvaise mine que je ne croyais. Tout le blanc de perle et tout le rouge de Londres ne vous rendraient pas présentable. Je ne vous conseille pas de descendre au salon.

— Je n'en ai pas envie non plus, répliquai-je en sanglotant. Allez, vous avez le champ libre. Achevez votre ouvrage. Moi, je vais rester seule..... et mourir de chagrin.

XXII.

Je ne sais si mon absence fit un grand vide parmi les hôtes de Wentworth, mais je ne parus ni au déjeuner ni au dîner. Je passai la journée entière dans ma chambre, me nourrissant de mon désespoir, régime peu substantiel, j'imagine, aux yeux de bien des gens. Ce ne fut que vers dix heures du soir que je songeai enfin à descendre. Si j'avais écouté la voix de la nature, j'aurais cherché dans mon lit un refuge contre les douleurs de mon occiput ; mais comme nous devions quitter Wentworth le lendemain, je ne voulus pas perdre la seule chance qui me restait de me réconcilier avec Dick.

A tout hasard, et au risque de voir éclater ma tête en deux, je pris une résolution soudaine.

Après avoir baigné mon visage dans l'eau froide, et tressé mes cheveux, je passai en toute hâte une robe blanche que je serrai autour de ma taille avec la première ceinture qui me tomba sous la main, et je descendis.

Craintive et muette comme une souris, je me glissai dans le salon jaune à la suite de deux grands laquais qui apportaient le thé. Presque tous les membres de la compagnie étaient réunis autour d'une table, absorbés par le plus stupide des passe-temps que l'homme ait inventés pour tuer son grand ennemi : un de ces jeux de société qui ont l'avantage d'occuper tout le monde, les douairières et les jeunes gens, les hommes mûrs et les vieillards, et au besoin les enfants à la mamelle.

Tous les joueurs parlaient, ou plutôt criaient à la fois de toute la force de leurs poumons, les uns se querellant à propos de jetons, les autres lançant des œillades derrière les piques et les carreaux, ceux-ci trichant sans scrupule, au grand déplaisir de ceux-là.

— Sympathie, ou antipathie ? criait sir Hugues, de sa voix de stentor, à une anguleuse personne assise près de lui.

— Oh! je dis toujours antipathie, répond la voisine, c'est plus sûr.

— Moi, je préfère la sympathie, soupire miss Seymour à un jeune pasteur anglican qui regarde dévotement les clavicules de la jeune dame par-dessus ses lunettes d'or.

— Douze pour la sympathie !

— Douze pour l'antipathie !

— Vous me devez trente-six jetons.

Ces gracieuses exclamations et autres sembla-bles, variant du *forte* au *fortissimo*, étourdirent mes oreilles, déjà pleines de bourdonnements, lorsque j'entrai dans le salon. Mon premier regard fut pour chercher Dick. Il n'était point parmi les joueurs ; mais j'y aperçus Dolly.

Ma sœur n'était plus cette maligne et sarcastique personne que j'avais vue quelques heures aupara-vant, ni cette effrénée coquette qui semblait avoir juré de faire tourner la tête à Richard. Elle était devenue une candide enfant, une douce et modeste Marguerite, et l'on cherchait entre ses doigts la fleur oracle que les cœurs naïfs aiment à consulter.

L'innocent auteur de cette métamorphose était un jeune lord du coton, doué d'un nez charnu et d'un menton en retrait, qui semblait vouloir jouer le rôle de Faust, autant que les jeunes hommes d'aujourd'hui peuvent vouloir quelque chose.

Dolly était plongée tout entière dans ses spécu-lations enfantines.

— Je suis heureuse de vous avoir pour partner, disait-elle au jeune millionnaire ; vous avez tant de chance que vous allez faire ma fortune.

Encore une nouvelle comédie !

Tout cela m'intéressait fort peu, en définitive ; mes préoccupations se portaient ailleurs. « Où est Richard ? me demandais-je. Est-il mort ? s'est-il couché ? » Mes yeux flottèrent de tous côtés sur la mer jaune sans le découvrir. Je pensai soudain au petit salon contigu dont la porte était ouverte.

En pénétrant dans cette pièce, j'aperçus une tête blonde nonchalamment appuyée sur le sommet d'une dormeuse.

Je m'approchai ; c'était bien lui. L'œil perdu dans le vague, il tenait sur ses genoux un livre tourné à l'envers, et semblait s'ennuyer avec la conscience que tout bon militaire met à remplir ses devoirs.

— Je vous cherchais, lui dis-je d'une voix mal assurée.

— Vraiment ! C'est bien aimable à vous, fit-il en se levant d'un air cérémonieux.

L'ironie est une arme difficile à manier, à moins d'être parfaitement maître de soi. Je m'aperçus avec plaisir que Dick s'en servait maladroitement.

— Je suis venue faire la paix avec vous, reprisje, si vous le voulez.

— Avez-vous demandé l'agrément de sir Hugues ? dit-il d'un ton plein d'amertume.

— Que voulez-vous dire ?

— Il me semble que c'est assez clair.

Nous nous regardâmes un instant avec une

sourde irritation. Toutefois la mienne ne pouvait tenir longtemps.

— Oh ! Richard ! m'écriai-je, comme Dolly vous a trompé !

— Pardonnez-moi, c'est vous qui êtes dans une erreur profonde. Dolly, je veux dire votre sœur, n'a fait que vous excuser. Elle a tout mis sur le compte de votre jeunesse et de votre humeur changeante.

— Vous appelez cela une excuse ? c'est infâme ! Une telle noirceur ne m'étonne pas de sa part. Moi, changeante ! grand Dieu ! Tenez, poursuivis-je, au comble de l'exaltation, voulez-vous le savoir ? ma sœur a menti effrontément.

Le beau dragon mordit sa moustache d'un air farouche.

— Il ne suffit pas d'accuser les gens de mensonge, il faut le prouver.

— Vous ne me croirez donc pas si je vous affirme qu'elle a menti avant-hier, en disant que je voulais monter dans le dog-cart avec sir Hugues ? Elle sait bien que je le hais, cet homme ; elle sait qu'il me fait horreur, et que c'est, à mes yeux, l'être le plus épais, le plus lourd, le plus insupportable qui soit sous le ciel. Dites plutôt..... dites, achevai-je en sanglotant, que vous ne m'aimez plus.

Il y eut un moment de silence. Le front de mon adorateur se rasséréna.

— Est-ce vrai, Nell ?

— Je vous le jure. Suis-je une menteuse comme Dolly?

— Sur votre honneur?

— Sur mon honneur.

— Sur votre âme?

— Sur mon âme.

— Ainsi, vous ne vouliez point rester seule avec lui dans la voiture? en êtes-vous bien sûre?

— Encore une fois, non. J'étais tellement furieuse de me voir condamnée à ce tête-à-tête, que je n'ai pas dit trois mots à Hugues jusqu'à Wilton ; mais cet homme-là est si obtus qu'il ne s'en est seulement pas douté. Comment avez-vous pu croire à une pareille fable? cela passe toute compréhension.

Tandis que je parlais, le noble et mâle visage de Richard exprimait à la fois le bonheur et la confusion.

— Mais non, dit-il, rien de plus naturel au contraire que de préférer un millionnaire à un pauvre diable qui n'a pas deux liards à frotter l'un contre l'autre.

— Croyez-vous donc que j'estime un homme au poids de son or? J'aurais honte de moi et de mon pauvre père s'il en était ainsi.

En ce moment, il y eut une nouvelle explosion de clameurs dans le salon jaune.

« Il a triché! il a triché! — Voulez-vous vendre votre main? — Une demi-couronne. — Non, trois schellings..... j'ai perdu. — Quelle chance! »

— Sortons, Nell, voulez-vous? dit Richard en me prenant la main. On ne s'entend pas dans cette Babel.

Je le suivis sans résistance et nous nous dirigeâmes vers la véranda sur laquelle donnait le grand salon. Le mur de la façade disparaissait sous une végétation luxuriante. Roses blanches et rouges, bignones, glycines et clématites mêlaient leurs branches et leurs fleurs en grimpant le long du treillage. La nuit éclairait tout cela de cette lumière tendre et moelleuse qui fait de la nuit un jour féminin. Quel moment! et que j'étais heureuse entre les bras de mon bien-aimé, tantôt appuyant mon front sur sa poitrine, comme le soir de notre premier rendez-vous, tantôt levant les yeux pour m'enivrer de son regard.

— Je suis un jaloux bien stupide, n'est-ce pas? me dit-il, tandis que ses baisers pleuvaient sur mes lèvres, comme les fleurs en automne, au vent du soir.

— Oui, mon Richard, c'est vrai.

— Me pardonnez-vous? Nell.

— Vous ne le mériteriez pas, car vous êtes bien méchant.

— Si méchant que je sois, m'aimez-vous un peu plus que le Lancaster?

— Vous le savez.

— Quelle petite folle! Dire qu'elle préfère un pauvre mendiant à un nabab, et que, si elle voulait, elle aurait un titre demain.

— Vous dites exactement comme Dolly. Au fait, vous avez peut-être raison tous deux. Lady Lancaster, cela sonne assez bien..... Mais Nelly Mac-Gregor sonne encore mieux, ajoutai-je, en voyant un éclair de haine briller dans ses yeux.

— Oui, Nelly Mac-Gregor, répéta-t-il en me serrant plus fort sur son cœur, vous le serez bientôt, si votre père y consent.

Je ne sais quel poëte a dit :

> La nuit est propice au mystère
> Et la lune, du haut des cieux,
> Paraît s'incliner vers la terre
> Pour regarder les amoureux.
>
> Quand tu fais luire sur le monde
> Tes rayons qui n'embrasent pas,
> De quel œil, ô charmante blonde !
> Vois-tu les amours d'ici-bas ?

De quel œil voyait-elle, ce soir-là, les deux insensés qui dévoraient en une demi-heure un bonheur assez grand pour défrayer toute une vie ? Songions-nous alors à celui qui a dit : « Votre bonheur n'est point ici-bas ? » Le vent de la nuit qui soufflait sur nous, tiède et parfumé, emportait peut-être quelque âme frissonnante vers la terre lointaine.

Nous restâmes ainsi longtemps, muets et ravis.

— Oh ! Dick ! murmurai-je, je voudrais mourir maintenant. Je ne serai jamais aussi heureuse.

— Mourir, vous ? Pauvre enfant ! Vous êtes à peine au seuil de la vie. . . . .

En ce moment, notre amoureux dialogue fut interrompu par la voix de stentor que je connaissais trop bien.

« Mac-Gregor ! Mac-Cregor ! » où êtes-vous ?.... Où diable est-il allé ?

Mac-Gregor ne bougeait pas plus que le perdreau surpris dans un sillon par le chien d'arrêt.

Bientôt nous vîmes sortir du salon une tête grise et un corps trapu qui s'avancèrent sous la véranda.

— Ah ! vous étiez là ! dit sir Hugues, d'un ton qui accusait une surprise peu agréable.

— Oui, mon cher. Que voulez-vous ? Vous faites un tel vacarme avec votre jeu que nous sommes venus nous réfugier ici pour y causer en paix. N'est-ce pas, miss Eléonore ?

Je balbutiai un oui inintelligible, et je m'esquivai, laissant mes adorateurs se disputer ma possession, soit en combat singulier, soit par la voie du sort, à leur choix.

XXIII.

Je ne sais pourquoi je m'amuse à raconter ainsi complaisamment ma pauvre petite histoire. Personne la lira-t-il jamais ? Pourquoi étaler aux yeux d'autrui les secrets d'un cœur extravagant ? On dit que l'amour se reconnaît parfois chez les autres. Quelqu'une de mes lectrices retrouvera-t-elle dans les miennes, ses pensées, ses aspirations, ses folies? M'aimera-t-elle davantage pour être aussi folle qu'elle et pour l'avouer avec tant de franchise?

La vieille calèche jaune, traînée par les deux victimes de la pousse et de l'éparvin, chemine lentement le long d'une côte. Le soleil de juin brille par intervalles sur la route poudreuse; çà et là un gros arbre intercepte ses rayons et les retient dans ses branches touffues; sur la porte d'une chaumière, un marmot aux cheveux jaunâtres mange une tartine de miel dont il se barbouille les joues, et frappe des mains en apercevant la voiture; la ménagère jette du grain à ses pigeons; au fond du jardin, les abeilles bourdonnent autour de leur ruche de paille. Nous retournons à Lestrange; Wentworth est déjà à trois milles derrière nous; je songe aux jours qui viennent de s'écouler et je souris.

Je vois encore le groupe réuni sur le perron du château pour nous dire adieu: lady Lancaster en robe de moire feuille morte se penchant pour m'embrasser (je sens même sa barbe qui me pique) et me disant, d'un ton maternel: «J'espère que nous vous reverrons bientôt, ma toute belle;» Dolly tendant sa petite main potelée à sir Hugues, comme si elle était au désespoir de le quitter; Dick appuyé contre la porte et m'envoyant un doux sourire sous sa grosse moustache blonde; tout autour, un soleil radieux, des feuilles verdoyantes et l'azur d'un beau ciel d'été. Dick part aujourd'hui

même pour rejoindre son régiment à Cork (heureuse, heureuse ville de Cork!), mais il m'écrira et
je lui répondrai. Voilà bien assez de matériaux
pour construire un château en Espagne ; aussi
suis-je en train de l'édifier, au balancement de la
calèche qui m'endort.

« Cher bien-aimé! cher bien-aimé! que je vous
aime! » redisent vingt fois mes lèvres, doux
refrain cher à mon cœur. Mes mains croisées
derrière ma capeline de voyage soutiennent ma
tête pensive, et mes yeux à demi clos se perdent
dans l'immensité de la voûte bleue que je contemple
dans une muette extase.

Etait-ce sa beauté que j'aimais! L'aimerais-je
autant s'il était laid et disgracieux ? Et si sa
beauté venait à disparaître, est-ce que mon amour
s'en irait aussi? Oh! non, non. Dût-il perdre les
bras et les jambes, voire le nez et les oreilles, il
n'en serait pas moins mon Dick bien-aimé, mon
idéal, mon noble roi Olaf.

Tout en rêvant ainsi, je traçais dans mon imagination un petit tableau, un tableau à deux personnages sur un fond discret: une chambre de
caserne, fort simple naturellement, — car notre
position ne nous permettrait pas de nous loger
ailleurs, — sans rideaux, avec un tapis de feutre
dans le milieu et une nappe en toile bise sur la
table. Un bon feu dans la cheminée, un fauteuil
auprès, et dans le fauteuil, Dick en uniforme, —

car je partageais le goût des jeunes pensionnaires
pour l'uniforme, — moi, assise à ses pieds sur un
tabouret, les bras appuyés sur ses genoux, regardant tour à tour son visage et ses décorations
(mon héros en avait trois) et lui adressant de petits
discours pleins de tendresse, comme j'en ruminais
si souvent, sans avoir jamais le courage de les
lui adresser.

Chose étrange ! Dans mes heures de solitude,
j'étais éloquente comme Ulysse ou Burke ; mais
quand j'étais près de lui, son regard me fascinait
tellement que je devenais muette. Ce serait bien
différent quand nous serions mariés. Je ne con-
naîtrais plus cette sotte timidité qui paralysait tous
mes moyens et je pourrais lui dire tout mon amour.

Puis la scène changeait. Dick ne faisait plus
partie des personnages. Je trônais dans le fauteuil
à sa place, entourée d'une petite cour d'officiers
de tout grade, colonels, majors et capitaines, se
pressant autour de moi avec une respectueuse
admiration. Comment soutiendrais-je cette position
difficile? Saurais-je accueillir leurs hommages
sans compromettre ma dignité et me montrer
aimable sans coquetterie ?

Mariée à dix-neuf ans ! Quelle destinée! Un vrai
roman. Je ne m'appellerais donc plus miss Lestrange ! Mrs Mac-Gregor, Nelly Mac-Gregor, le
capitaine et Mrs Mac-Gregor ! Je l'écrirai sur mon
calepin en arrivant, pour voir si cela fait bien.

Je suppose que mes lèvres s'agitèrent visiblement tandis que j'articulais, à voix basse, mon nom et celui de mon futur mari, car Dolly, qui n'avait pas ouvert la bouche depuis notre départ de Wentworth, se tourna vers moi et me dit de sa voix doucereuse :

— Est-ce que vous faites vos prières?

— Pourquoi? demandai-je, contrariée de voir interrompre mes rêveries.

— Vous remuez les lèvres comme une personne qui prie Dieu.

— Point du tout; je parlais toute seule, ce qui est plus agréable que de prier Dieu.

Insensée! Je le croyais alors; je ne le crois plus aujourd'hui.

Je détournai la tête et je regardai les nuages qui passaient sur les champs de blé, changeant leur vert doré en vert sombre, ou les merles qui picotaient des cerises dans les jardins de ferme situés le long de la route.

— Je gage que l'on pense à son amoureux, poursuivit ma sœur.

— Justement, répliquai-je d'un ton bref.

J'étais décidée à ne plus souffrir aucune impertinence de Dolly; mon mariage allait me permettre de regarder les vieilles filles d'un air protecteur.

— La petite Nell joue avec sa poupée. Une grosse poupée avec une perruque frisée et de longues jambes.

— Je ne vois pas ce que cela peut vous faire, après tout.

— Oh! rien ; amusez-vous tant qu'il vous plaira, ma chère ; vous n'en aurez plus autant d'envie quand vous serez à l'aumône.

— Toujours la même chanson, m'écriai-je avec impatience. Vous, vous vendriez votre âme pour de l'or.

— Mon Dieu, oui. Je ne vois pas trop le bien que me fait mon âme, et je lui donnerais congé de grand cœur, à la condition de garder mon charmant petit corps bien vêtu, bien nourri, et pourvu de tous ses aises.

Ce langage me révoltait ; mais comme, vrais ou faux, les sentiments de ma sœur m'étaient indifférents, je ne voulus point engager de discussion. Nous retombâmes dans le silence, gardant une sorte de trêve armée, jusqu'au moment où nous aperçûmes notre vieux toit cher aux hirondelles, et la fumée bleue qui sortait de ses cheminées.

Les croisées de la bibliothèque donnaient sur la principale façade du château. En passant devant ces croisées, je me penchai pour envoyer des baisers à mon père, qui nous souhaitait la bienvenue. Je ne sais quelle impression triste me causa ce premier coup d'œil ; son visage me parut fatigué et jauni comme une feuille de novembre. Pauvre visage, si noble et si doux! que de fois il m'apparaît dans mes songes, tel que je le vis ce jour-là, encadré par les roses grimpantes et les clématites! A peine hors de la voiture, je courus jeter dans les bras du cher vieillard ma substantielle personne; il supporta bravement le fardeau.

— Eh bien, fillette, me dit-il avec un sourire triste, plus triste que des larmes, as-tu vu beaucoup de monde, et fait quelque belle conquête? C'est bien ennuyeux, n'est-ce pas, de venir retrouver sa vieille maison et son vieux père?

— Assurément, vous dites vrai, méchant père; je ne serais pas revenue si je n'avais su que le coq de Cochinchine devait être mis à mort demain et si je n'avais voulu lui dire adieu..... Voyons, père, ajoutai-je, en passant mon bras sous le sien, allons voir les poules et les porcs, et je vous conterai tout chemin faisant.

Nous nous dirigeâmes doucement vers la basse-cour, où je trouvai le réveille-matin qui grattait le fumier, entouré de son sérail, sans prévoir le sort qui l'attendait. Puis, tout en échangeant des civilités avec messieurs les pourceaux, je déroulai le fil de mes aventures : comment nous avions fait un pique-nique sur l'herbe, et comment au retour j'avais fait la cabriole dans un fossé; comment j'avais passé la nuit dans une chambre d'auberge en compagnie de sir Hugues et de la *Grande Tribulation;* les menus de tous nos dîners, les belles robes que portait lady Lancaster et le succès que j'avais eu au bal; je racontai tout en détail. Je ne cachai même point à mon auteur que le vénérable Crésus, le désirable, l'envié, le pourchassé sir Hugues Lancaster, était prisonnier de mes beaux yeux. Ici la voix me manqua, et je jetai du grain aux poulets.

— Ainsi, me dit mon père avec une douce gaîté, vous allez devenir une grande dame, miss Nelly ? Vous ne voudrez plus voir votre père, je suppose, quand vous serez lady Lancaster.

Ce petit brin d'information l'avait tout à coup rajeuni. Le pauvre homme semblait moins triste, moins courbé ; il se relevait comme une plante à demi séchée sous une ondée bienfaisante.

— Mais, cher père, insinuai-je, en m'appuyant sur le mur de la porcherie, j'ai dit seulement que sir Hugues était amoureux de moi ; je n'ai pas ajouté que je l'aimasse, ce qui est une autre paire de manchettes.

— Lancaster et Lestrange, poursuivit le vieillard d'un air pensif sans faire aucune attention à mes paroles, Lancaster et Lestrange, cela rappelle l'ancien temps.

Évidemment, l'alliance des deux noms lui plaisait. Je frissonnai en songeant combien la réalité s'éloignait de ses désirs.

— On dirait qu'il vous tarde de vous débarrasser de moi, lui dis-je, en arrachant un lichen qui s'était logé entre deux pierres. Pourquoi voudriez-vous que je me marie avec sir Hugues ?

— Pourquoi, chère enfant? parce que je me demande chaque jour avec angoisse ce que tu deviendras quand je n'y serai plus, quand j'aurai rejoint ta petite mère, — ce que Dieu veuille, ajouta-t-il en se découvrant. — Pourquoi? parce que te voir établie à ton niveau, voir le vieux tronc reverdir, Lestrange reprendre son rang dans le comté, ajouterait dix ans à mon existence..... Oui, sur mon âme, j'en vivrais dix ans de plus.

Que faire? ruiner d'un mot ses espérances? lui dire que j'aimais un homme sans fortune, sans position, sans avenir? Je n'en eus pas la force.

Nous rentrâmes dans la maison; mon père souriant, presque heureux; moi pensive et livrée aux plus sombres perplexités. Les poules picotaient et caquetaient gaiement dans le fumier, les porcs s'endormaient, repus, sur leur litière; pour moi seule toute joie avait disparu.

XXIV.

On me reprochera, je le crains, de peindre avec trop de minutie les détails de ma vie intime, à l'instar des peintres hollandais. C'est peut-être un tort. J'aurais voulu adopter une autre manière; faire des esquisses vigoureuses et hardies, dans le genre de Turner[1], éclairées çà et là par quelques

1. L'un des peintres les plus féconds et les plus originaux de

points lumineux; mais je n'y réussis point: chaque peintre a son faire, dont il ne peut guère s'écarter une fois qu'il l'a adopté. Le lecteur voudra donc bien user d'indulgence pour mes tableaux de chevalet, s'ils lui rappellent trop fidèlement les peintures de Gérard Dow et de Téniers.

Voici encore un intérieur à la manière flamande:

La chambre à coucher de Dolly. C'est un petit sanctuaire d'innocence et de pureté où, rien qu'à le voir, on doit s'estimer heureux d'être admis. Une étroite couchette, dont la blancheur virginale serait digne d'abriter le sommeil de sainte Agnès; sur la cheminée, des fleurs champêtres dans des vases blancs; le long des murs, des gravures de dévotion, deux ou trois photographies d'après Ary Scheffer, et des textes de la Bible illustrés.

Dolly est assise devant sa toilette, peignant ses beaux cheveux noirs qui tombent sans ondulations sur ses épaules, comme ceux d'une sirène; moi, dans l'embrasure d'une fenêtre, où je respire négligemment les roses blanches d'une jardinière. Nous nous livrons, comme deux bonnes sœurs, à une de ces causeries intimes qui précèdent le coucher. La scène se passe une semaine environ après notre retour de Wentworth.

— Je regrette, dit ma sœur en nouant les barbes de son bonnet de nuit, qu'on raconte certaines

l'école anglaise, mort il y a vingt ans. Il se distinguait par la puissance et la singularité de ses effets.

histoires autrement qu'elles ne se sont passées.

— Que voulez-vous dire? demandai-je d'un air distrait.

— Mrs Smith m'a rapporté des commérages absurdes qui courent le pays sur votre aventure avec sir Hugues.

— Eh bien, qu'est-ce que cela me fait?

— Mon Dieu! j'approuve votre indifférence. Néanmoins il n'est pas agréable de penser que les domestiques furent témoins des tendresses que vous prodiguait sir Hugues pendant que vous étiez évanouie, et qu'ils en font des gorges chaudes dans le voisinage. Étiez-vous réellement évanouie?

— Voilà une question qui m'outrage, dis-je en secouant ma blonde crinière.

— Bah! où serait le mal, quand vous auriez un peu joué la comédie? Vous verrez, ma chère, que vous serez obligée d'épouser sir Hugues, ne fût-ce que pour imposer silence à ces méchants propos.

— Épouser un homme, parce que je suis tombée de voiture avec lui? Ce serait nouveau.

— Non, chère, ce n'est point à cause de la chute, mais parce que vous avez passé une nuit entière avec lui dans une auberge isolée. Voilà ce que tout le monde sait, et vous n'empêcherez pas qu'on en jase.

Là-dessus, Dolly, la bonne Dolly, ouvrit la Bible et lut dévotement une page.

— A propos, reprit-elle, avez-vous des nouvelles de Mac-Gregor ?

— Pas encore, dis-je avec répugnance.

— C'est étrange.

— Qu'y voyez-vous d'étrange ? répliquai-je d'un ton sec, il a dû être fort occupé en retournant à son régiment ; mais je suis sûre qu'il m'écrira.

Dans le fait, ma sécurité n'était qu'un mensonge. J'étais au contraire fort préoccupée du silence de Richard, qui se prolongeait outre mesure à mon avis.

— Fort bien, dit ma sœur ; si vous êtes satisfaite, je le suis aussi ; après quoi elle reprit sa lecture avec une pieuse attention.

Pourquoi, grand Dieu ! n'allais-je pas me coucher, au lieu de rester assise dans cette chambre, occupée machinalement à balancer ma pantoufle au bout de mon pied ? La nuit poursuivait son cours. Tout était calme au dehors ; à peine entendait-on quelque hibou crier dans les ormes.

Le livre de Dolly se ferma avec un bruit sec.

— Il me semble, dit-elle, que mon père est bien affaissé depuis quelques jours. Ne trouvez-vous pas, Nell ?

Ces paroles me tirèrent de ma torpeur. Je me levai, et me mis à courir de long en large, tandis que mon peignoir flottait derrière moi comme une toge.

— Dites-vous cela pour m'effrayer, ou le pensez-vous réellement ?

— On dirait, à vous entendre, que je fais mon métier de vous servir d'épouvantail.

Dolly s'approcha de la fenêtre. Son corps svelte, enveloppé dans ses blanches draperies, ressemblait à un lis qui s'incline sur sa tige.

— Ainsi, vous croyez mon père souffrant? repris-je d'une voix anxieuse.

— Si souffrant que, à moins d'un héritage ou de quelque autre événement inespéré, il n'a pas un an à vivre, je le crains; ces poursuites de créanciers, et puis son anxiété sur notre sort à venir, — je veux dire sur le *vôtre*, — sont autant de clous qui s'enfoncent dans sa bière.

Je me sentis défaillir.

— Dolly, demandai-je en lui serrant le bras avec force, croyez-vous que mon père serait content si je lui parlais de Richard?

— Content? Content de savoir que vous avez trouvé un homme assez magnanime ou assez insensé pour vouloir partager avec vous une existence de privations... et que vous renoncez à relever votre famille, quand vous le pourriez faire si aisément? Peut-être... essayez. Soyez prudente, néanmoins, je ne serais pas surprise qu'il en mourût de joie.

Là-dessus, elle s'agenouilla pour faire sa prière. Moi je me retirai dans ma chambre, où je méditai longtemps sur les injustices du sort.

Mon code de morale à moi, mon système des récompenses et des châtiments était d'une naïve

implicité. Je n'en connaissais pas d'autre que
celui qui est en vigueur dans les livres de contes.
L'enfant sage reçoit des gâteaux, le méchant reçoit
le fouet. Il me semblait souverainement injuste
qu'une jeune fille dont la vie, au point de vue des
méfaits, était une page blanche, eût à souffrir
d'aussi cuisantes douleurs. Pourquoi imposer un
pareil fardeau à ses faibles épaules? N'était-ce
pas mettre la charge d'un chameau sur le dos
d'une mouche? J'ignorais que nos premières douleurs sont toujours les plus vives, et qu'à mesure
que nous avançons dans la vie, notre cœur se
bronze contre l'adversité.

XXV.

Je m'étais endormie, pleurant comme la nuit
qui humecte la terre de sa rosée; je m'éveillai
souriante comme l'aurore. Mes chagrins, qui m'a-
vaient paru gigantesques à onze heures du soir,
prirent des proportions raisonnables à sept heures
du matin; les montagnes étaient devenues taupinières.

Dolly savait frapper les gens à leur endroit sensible; son jeu était naturellement de me faire
croire à l'infidélité de Richard et de m'alarmer sur
la santé de mon père. Je n'avais pas attendu les
observations de ma sœur pour remarquer l'af-

faissement dont elle parlait. Toutefois, en y réfléchissant, ces alarmes me semblaient prématurées. Le bien-aimé vieillard était très impressionnable à la chaleur et, chaque été, il subissait une crise pareille ; l'automne venu, il semblait renaître à la vie, comme ces arbres qui se couvrent d'une seconde verdure en octobre.

« J'ai vu deux pies, hier, me dis-je à moi-même ; c'est un bon augure. Je recevrai une lettre aujourd'hui. »

Pendant que je suis debout devant ma glace et que je plante de longues épingles noires dans ma chevelure, la cloche annonce la prière du matin. Je me hâte de descendre. Mon père, qui est toujours debout avant ses filles, fait sa promenade matinale ; Dolly n'est pas encore levée : c'est donc moi qui vais lire les prières.

Je m'asseois sur un vieux fauteuil de chêne, noirci par le temps, dont le dossier s'élève déplorablement en ligne droite. Il fallait que nos ancêtres eussent de la vigueur dans l'épine dorsale pour se servir de pareils sièges où il est impossible de s'appuyer. J'ouvre la vieille Bible reliée en veau sur laquelle, il y a vingt-deux et dix-neuf ans, mon père inscrivit les bienheureuses dates de la naissance de ses filles. En face de moi, les domestiques sont rangés sur un banc et, derrière eux, par les croisées ouvertes, j'aperçois la belle nature qui resplendit aux premiers rayons d'un soleil de juin.

C'est un long chapitre que celui dont je fais la lecture. Il relate les guerres des Hébreux sous Josué; comment le successeur de Moïse fit tomber les murs de Jéricho au son des trompettes et passa ses habitants au fil de l'épée; comment il défit Adonisébech et tailla son armée en pièces, ce qui ne l'empêcha pas de faire un nouveau carnage des autres peuples qui infestaient la terre de Chanaan. Il me semble que les Israélites devaient être las de massacrer ces pauvres indigènes.

Au plus fort de ces sanglantes annales, je jette un coup d'œil par la croisée et j'aperçois le facteur de la poste qui s'avance d'un pas traînant le long de l'avenue. Il arrive de meilleure heure qu'à l'ordinaire. Vite, achevons ma lecture. Mais je me suis perdue dans ce sanglant labyrinthe; il me faut chercher des yeux et tâtonner du doigt pour retrouver le passage où j'en suis restée. Enfin m'y voilà. Je termine le plus promptement qu'il m'est possible et, après avoir récité en courant les prières d'usage pour la reine et pour sa famille, pour le clergé, etc., j'arrive à l'*Amen* final. D'un bond, je me précipite à la porte du vestibule, ce qui est peu en harmonie avec la gravité des fonctions que je viens de remplir.

Le vieux facteur est reparti; mais il a laissé, comme d'habitude, le sac des dépêches suspendu à la porte; je l'ouvre d'une main fiévreuse.

Le *Times* et une brochure; deux ou trois lettres

de cette écriture cursive qui est le propre de la gent commerçante, à l'adresse de sir Adrien Lestrange. Pauvre sir Adrien ! Que je voudrais jeter au feu tout cet insolent grimoire ! — Un billet sur papier rose et deux autres épîtres pour miss Lestrange et... une lettre pour miss Éléonore Lestrange.

Une lettre ! Mais, hélas ! ce n'est pas la bonne. C'est une de mes tantes, excellente mère de famille, qui m'écrit pour m'annoncer que Jane a eu la rougeole et que George a été quarante et unième dans sa composition. Furieuse de ma déception, je jette la lettre, après l'avoir froissée, et je la foule aux pieds.

— Qu'y a-t-il ? demande Dolly qui survient, fraîche comme l'Aurore quand elle sort des bras du vieux Titon.

— Il y a tout, dis-je, au comble de l'impatience, en ramassant le papier que je lance à l'autre bout de la chambre.

— Vous n'avez pas de lettre !

— Non.

— C'est singulier. Avez-vous vu s'il ne s'en serait pas glissé quelqu'une dans ce Magazine ?

— J'ai fouillé partout.

— Peut-être ne lui avez-vous pas donné votre adresse (Comme c'était probable ! d'ailleurs avait-il besoin d'adresse ?). Peut-être est-il malade.

— Oh ! ne dites pas cela, m'écriai-je en pâlissant.

J'aimerais mieux croire qu'il m'oublie... ou plutôt non ; l'un m'effraie autant que l'autre. Mon Dieu, que je suis malheureuse !

— Pourquoi désespérer ? Vous recevrez peut-être une lettre demain.

Cette espérance ne me console pas ; je me laisse tomber sur un siège et je cache mon visage dans mes mains en sanglotant.

— Chut ! calmez-vous, voici mon père.

Ces paroles produisent en moi une révolution soudaine. Il n'est rien que je ne fasse pour épargner une douleur au cher vieillard. Je cours me jeter dans ses bras, et le remercier, en baisant son noble front, du bouquet qu'il m'apporte. Oui, tous les matins, été comme hiver, il m'apporte un joli bouquet. Pauvre père ! Ses fleurs sont toutes rafraîchies par la rosée du matin ; mais le vieil arbre incline sa tête flétrie, et j'ai bien peur qu'il ne la relève plus jusqu'à ce que Dieu le transplante dans un meilleur climat.

Quelques instants après, nous étions réunis tous trois autour de la table du déjeuner.

— C'est aujourd'hui le jour de la partie de croquet chez les Coxe, dit ma sœur ; il n'est pas besoin de partir avant quatre heures, ce me semble.

— Je n'irai pas, fis-je d'un ton résolu.

— Vous avez tort ; quand on accepte les invitations des gens, on leur doit bien quelques visites.

— Je ne veux pas y aller, m'écriai-je plaintivement, en tendant vers mon père une main suppliante qu'il serra dans la sienne.

— Oui, chère enfant, tu veux rester avec le vieux bonhomme, n'est-ce pas? Eh bien, tu resteras. Il y aura bien assez de monde sans toi chez les Coxe.

— Comme il vous plaira, reprit Dolly froidement. Tout est permis aux enfants gâtés. S'il y a quelqu'un de désappointé aujourd'hui, ce sera sir Hugues. J'aimerais autant rencontrer un ours dont on aurait enlevé les petits...

J'eus beau lui faire des signes pour l'arrêter; il n'était plus temps, le mal était fait.

— Est-ce que sir Hugues doit faire partie de la réunion? demanda mon père qui avait levé la tête aux dernières paroles de Dolly.

— Certainement, il arrive de Londres tout exprès pour voir... Amaryllis Coxe.

Le déjeuner s'acheva en silence.

— Je pense, Nell, dit mon père quand il se leva, que vous ferez bien d'aller chez les Coxe. Ce sont d'excellentes gens, et il ne faut point les blesser.

XXVI.

— Je suppose, dit ma sœur, lorsque nous entrâmes dans le parc des Coxe, que cela finira par un bal; car, s'il faut en croire M. Coxe père, ses filles ont une telle rage de danse que, quand elles n'ont pas au moins un bal par semaine, il faut absolument qu'elles sautent chez elles.

Au moment où nous mettons pied à terre, je vois un léger sourire — aussitôt réprimé — poindre sur les lèvres de l'intendant et des valets de pied, à la vue de notre équipage. — Insolents comme des valets de parvenus! — Mrs Coxe nous reçoit dans le salon blanc et or dont l'éclat n'est pas supportable avec le soleil. Son mari se confond en civilités, et nous engage à aller rejoindre ses *demoiselles* dans le parc où les parties de croquet sont déjà organisées.

Les fermiers, les gens d'église et les hommes de loi ont des fils et des filles, mais les lords du million ont des « messieurs et des demoiselles ». Dans le vocabulaire de M. Coxe, une chambre est un *appartement;* une maison est une *résidence* ou une *demeure;* une femme mariée une *dame* ou une *épouse.* Ce n'est pas qu'il ait l'intention d'être pompeux le moins du monde, mais il parle le langage de Manchester tout naturellement, comme un chien aboie. Sur cette gracieuse invitation, nous franchissons les portes vitrées, garnies de glaces sans tain d'une seule pièce; puis, de la terrasse ornée de vases et de statues, nous passons sur le turf du croquet, tondu aussi ras qu'un condamné, où les *messieurs* et les *demoiselles* de M. Coxe prennent leurs ébats en nombreuse compagnie.

Le jeu du croquet n'a pas besoin d'être relevé dans l'estime de mes lecteurs. Ce n'est certainement pas trop dire que de le classer parmi les plus belles inventions de l'esprit humain, y compris la poudre à canon et l'imprimerie. Son plus grand avantage est d'offrir aux deux sexes un terrain commun sur lequel ils se rencontrent sans sortir de leurs attributions respectives, c'est-à-dire sans être, les hommes trop efféminés, les femmes trop viriles. Inutile d'ajouter que, dans la partie dont il est question, il y avait beaucoup plus de femmes que d'hommes. J'ai rarement vu une partie de croquet où il n'en fût pas ainsi; car, si incomparable que soit cet exercice, tout homme qui n'appartient pas au clergé ne daigne toucher un maillet que lorsqu'il n'a absolument rien de mieux à faire.

Tous les hommes tant soit peu fashionables sont à la ville en ce moment. Lord et lady Capel paient naturellement leur tribut à la saison de Londres, ainsi que lady Lancaster. Les Écossais gris sont toujours à leur poste; car l'Angleterre a le droit d'attendre que ses enfants fassent leur devoir, et le devoir de ce brave régiment est de garder la cathédrale et les canons de Nantford contre l'invasion. Mon jeune ami de Wentworth, le lieutenant de Laney, est également de la partie, à son grand regret, j'imagine. Au lieu de montrer sa jolie tête aux fenêtres de son club, cet enfant mercenaire est de planton auprès d'un oncle goutteux dont il surveille l'héritage.

— Ammy ! Ammy ! Amaryllis, ma chère ! s'écrie Mrs Coxe au moment où nous paraissons sur le lieu de la scène — Amaryllis est maîtresse des cérémonies, et elle voltige de tous côtés dans une toilette parisienne qui fait ressortir ses belles formes. — Ammy, voici les demoiselles Lestrange qui viennent jouer avec vous. J'espère que vous pourrez les caser quelque part.

Amaryllis paraît fort perplexe. Il y a déjà cinq ou six parties organisées, et ce n'a pas été un mince problème à résoudre pour la belle organisatrice que de distribuer les quelques hommes disponibles dans les divers groupes de joueurs. Les ecclésiastiques de la paroisse et les habits rouges présents à la fête ont été dispensés avec la plus stricte économie, et néanmoins il n'en reste plus un seul sans emploi.

— Il reste mon frère Mortimer et moi, dit Amaryllis, ce qui n'est pas suffisant pour faire un arrangement convenable. Il y a bien encore sir Hugues Lancaster et M. de Laney, mais ils ne veulent pas jouer ; ils ont déjà refusé de se mettre de la partie, sous prétexte qu'ils ne connaissent pas le jeu.

— Si vous faisiez une nouvelle tentative, insinue Dolly de sa voix la plus douce ; peut-être qu'en les priant bien vous réussiriez à les persuader.

Amaryllis s'éloigne en secouant la tête d'un air

incrédule. Au bout de deux minutes, elle revient avec les deux patients qu'elle ramène d'un air de ❀ triomphe. Je puis, sans aucun amour-propre, m'attribuer ce changement de résolution, du moins pour ce qui regarde sir Hugues. Le digne baronet jouerait volontiers à tous les jeux, même à celui de la poupée, pourvu que ce fût avec moi.

— Vous voilà donc, beau réfractaire, dit ma sœur à sir Hugues en lui tendant la main ; j'ai cru que nous serions obligées d'aller vous supplier à genoux.

De Laney riposte pour les deux sur le même ton ; quant à sir Hugues, qui ne manie guère la plaisanterie, il se borne à me contempler d'un œil admirateur, comme un écolier qui tombe en arrêt devant une tourte aux fraises, ou un pourceau devant un chêne chargé de glands. Il faut avouer qu'il est bien bon, lui qui vient de passer en revue les plus belles femmes et les plus riches toilettes de Londres, de faire attention à une petite campagnarde en chapeau de paille.

— Comment nous arrangeons-nous ? demande Amaryllis..... Morty, cher, relevez un peu cet arceau.

Je frissonne déjà à l'idée du sort qui m'attend. Voulant éviter à tout prix d'avoir sir Hugues pour partner, je cours à de Laney, tout occupé en ce moment d'un petit bouquet d'héliotrophe et de géranium qu'il met à sa boutonnière.

— Voulez-vous que nous soyons ensemble? lui dis-je vivement.

— Voilà une proposition qui me flatte, répond-il; mais je vous préviens que vous aurez en moi un détestable partner. Je n'ai su de ma vie faire passer une boule sous un arceau.

— Qu'à cela ne tienne, je vous guiderai; je suis très forte à ce jeu-là. Miss Coxe, poursuivis-je en rougissant, voulez-vous que nous soyons tous trois, nous deux et M. de Laney?

— Mais non, cela n'ira point du tout, s'écrie Dolly, à qui cet arrangement ne paraît pas convenir; la partie ne serait pas égale. Laissez-moi prendre votre place et prenez la mienne; les forces seront mieux équilibrées.

Amaryllis vient heureusement à mon secours.

— Je crois, dit-elle, que la combinaison de miss Éléonore est la meilleure. Mortimer joue beaucoup mieux que moi; sir Hugues et M. de Laney sont à peu près de ma force, tout va donc pour le mieux.

Dolly a trop d'usage pour insister plus longtemps.

— Très bien, dit-elle, nous saurons mourir avec grâce, s'il le faut. M. Coxe ne m'en voudra pas si je lui fais perdre la partie.

M. Coxe junior porte des lunettes, et sa peau est tachetée comme celle d'un léopard, mais il a le cœur tendre comme les enfants de son âge.

Dolly, qui tient toujours quelque victime en réserve, a jeté pour le moment son dévolu sur le jeune Mortimer.

— C'est le bleu qui commence. Morty, donnez un maillet bleu à miss Lestrange.

La partie s'engage. Quant à moi, j'ai pris la ferme résolution de m'attacher à mon partner mâle, et il est bien décidé, dussé-je compromettre ma réputation de joueuse, que ma boule verte suivra la boule couleur chocolat de M. de Laney, dans sa bonne comme dans sa mauvaise fortune. Je ne quitterai pas mon jeune ami d'une semelle. Ce sera la première fois, j'imagine, qu'il aura joué le rôle de chaperon.

Tout en jouant, je cause gaiement avec lui.

— Je ne pensais plus vous revoir, lui dis-je; je croyais que vous étiez retourné à Windsor, rejoindre le régiment des gardes.

— C'était mon projet; mais l'homme propose et... l'oncle dispose.

— Cela ne doit guère vous amuser. Est-ce que vous resterez longtemps chez votre oncle?

— Jusqu'à ce que le bonhomme s'en aille dans le sein d'Abraham, ce qu'il ne paraît pas bien pressé de faire pour le moment.

Notre causerie continue sur ce ton en même temps que le jeu. Le terrain où nous jouons est le plus admirable que j'aie jamais vu pour le croquet. Il est aux autres terrains ce qu'était le paradis terrestre comparé à un jardin vulgaire. Uni et ferme comme un tapis de billard, aussi vaste qu'un champ de course, il s'étend à perte de vue au milieu des bois qui l'encadrent de toutes parts. Une belle fontaine dont le jet d'eau retombe dans une vasque de marbre ombragée par un groupe circulaire de tilleuls, occupe le centre de cette plaine gazonnée. Les belles joueuses, avec leurs toilettes blanches, bleues ou roses, semblent autant de fleurs animées qui décorent le tapis vert. Plus loin est une tente fort coquette qui doit, dit-on, abriter le soir même nos ébats chorégraphiques.

Au moment où nous sommes le plus échauffés par le jeu, quatre grands valets de pied apportent des glaces et des boissons rafraîchissantes sur de magnifiques plateaux. J'ai la satisfaction de voir que sir Hugues avale trois glaces coup sur coup, ce qui va sans doute calmer ses ardeurs.

— Il faut jouer serré; tâchez de l'envoyer le plus loin possible, dit ma sœur à son partner en parlant de moi. Elle doit jouer après vous.

Ceci est une brutalité fort inutile, puisque, de concert avec mon jeune grenadier, je cherche à gagner l'arceau le plus lointain, comme je l'ai résolu dès le commencement de la partie. Bientôt ma pauvre boule verte disparaît derrière les tilleuls, et je suis obligée de la suivre.

Tout à coup j'entends une voix trop connue murmurer derrière moi :

— On dirait vraiment que vous me fuyez; je n'ai pas encore pu vous dire un mot d'aujourd'hui.

Je me retourne et j'aperçois sir Hugues qui me regarde d'un air suppliant. Il paraît que les glaces n'ont pas produit leur effet.

— Chère miss Nelly, ma mère vous envoie tous ses compliments.

— Je lui suis fort obligée, dis-je avec embarras.

— Savez-vous que je suis arrivé de Londres cette nuit?

— Vraiment?

— Oui, je suis venu tout exprès pour... voyons, pour qui croyez-vous que je sois venu?

— Je ne sais, dis-je, en creusant le turf avec mon maillet.

Notre aparté est déjà l'objet de l'attention générale. Je m'aperçois qu'on chuchote; mon petit soldat espiègle tousse derrière son mouchoir.

— Ne le devinez-vous pas? reprend l'amoureux grison.

— Je n'aime pas les énigmes... Voulez-vous me laisser jouer, s'il vous plaît?

Je donne à ma boule un coup vigoureux qui l'envoie à un demi-mille, et je cours après elle de toute ma vitesse. Hugues me suit clopin clopant. Je m'amuse ainsi à l'essouffler, en lui faisant fournir une nouvelle course chaque fois qu'il veut reprendre son amoureux dialogue.

La partie se termine enfin. Malgré les efforts

héroïques d'Amaryllis, notre côté est battu. Il n'en pouvait être autrement, car j'ai fait une de ces folles courses à âne où l'on retient son baudet en piquant celui de son adversaire.

Après le croquet vient le luncheon, qui est un festin aldermanesque, un véritable dîner moins le nom. Surtout de table en argent ciselé, vaisselle plate, fleurs de serre, fruits exotiques et raisins monstrueux, rien n'y manque. La chère est digne d'une maison qui donne cent guinées de gages à son cuisinier. Néanmoins tout cela est triste et morne, peut-être à cause de la prédominance du beau sexe; une dizaine de femmes arrivent en groupe, faute de cavaliers. Moi, je suis conduite par le major *Trois-Étoiles* dans la salle à manger, où, il y a un mois à peine, je laissai tomber mon cœur dans l'assiette de Richard.

Ma voisine est Violette Coxe. Cette jeune personne a l'esprit très enjoué; c'est à la fois le loustic et la lionne de la famille. Elle fume des régalias et appelle les hommes par leur petit nom. Les amis de la maison l'ont surnommée mademoiselle *Sans-Gêne*. Figurez-vous le *nec plus ultrà* de l'étourderie et de la vulgarité, joint à un naturel excellent dans le fond, et vous connaîtrez l'aimable Violette.

— Contez-moi donc votre fameuse aventure du dog-cart, me dit-elle de sa voix la plus criarde. Il paraît que vous êtes restée la tête en bas et les pieds en l'air, jusqu'au moment où sir Hugues vous a tirée de cette position.

— Oh! taisez-vous! taisez-vous! lui dis-je, mourant de peur qu'on ne l'entende.

— Bah! ce n'était pas votre faute, quoiqu'on prétende que les chevaux ne se sont pas emportés du tout. Oui, ma chère, il y a de méchantes langues qui assurent que vous avez fait tout simplement une petite escapade avec le baronet.

— Quelle horreur! m'écriai-je toute rougissante, et avec des larmes dans la voix, qui a pu débiter un pareil conte?

— Je l'ai entendu dire l'autre soir à Wentworth par M. Leroy; vous savez, le gentleman qui parle toujours à l'oreille de la veuve. Je me souviens même que le capitaine Mac-Gregor le remit à sa place.

Mon pauvre cœur commence à battre avec force, et ses pulsations soulèvent la mousseline de mon corsage. Le nom que je viens d'entendre prononcer m'a fait oublier tout le reste. Voici peut-être une occasion de savoir des nouvelles de Dick.

— M. Mac-Gregor est retourné en Irlande, je crois, murmurai-je faiblement.

— Oui. Pauvre Richard! il a beaucoup souffert pendant la traversée; c'est un bien mauvais marin. Mais quel charmant garçon! Nous avons tous pleuré le jour de son départ. Amaryllis en a gardé le lit vingt-quatre heures. Ah! ne me parlez pas de ces anges destructeurs, on ne devrait jamais

les laisser sortir sans un écriteau avec cette inscription : « Dangereux ».

— Oui, c'est un fort bel homme. Vous avez
donc eu de ses nouvelles ? demandai-je du ton le
plus indifférent.

— Mon frère Mortimer a reçu une lettre de lui
ce matin ; et, ma foi, je l'ai ouverte et lue jusqu'à la
dernière ligne. Vous croyez que Morty s'est fâché ?
Pas du tout. Ce cher ami envoyait ses tendresses
à tout le monde. Comme c'est gentil ! n'est-ce pas ?

Ces paroles me causent un saisissement extrême.
Il n'est donc pas malade ! et il écrit à d'autres,
tandis qu'il m'oublie ! La salle à manger et les
convives exécutent autour de moi une valse effrénée ; je suis obligée de boire un verre d'eau pour
me remettre.

— Comment se trouve-t-il là-bas ?

— A merveille. Il prétend que Cork est une charmante garnison et qu'il y a de très jolies filles......
Ah ! bon Dieu ! qu'avez-vous ? Vous êtes pâle
comme la nappe. Est-ce que vous allez mourir ?

Hélas ! je ne meurs pas, quoique je préférasse
être morte. Oh ! Richard ! Mon beau, mon cruel
Olaf ! M'auriez-vous donc oubliée !

Ce mortel repas finit à la longue, et le bal commence sous la tente. C'est le même orchestre
qu'à Wentworth, la même et monotone succession
de valses et de quadrilles. Dieu sait si j'ai le cœur
à la danse ; mais tourner en cercle en traînant

les pieds, et avec un cœur de plomb, vaut encore
mieux que de rester assise et de subir l'éternelle
compagnie de sir Hugues. Je suis naturellement
forcée de valser avec lui.

A la fin d'une valse, il veut m'entraîner sur le
champ de bataille où j'ai été si honteusement
battue, du côté où les tilleuls étendent leurs ombres
noires, comme des nonnes couchées sur les dalles
du sanctuaire. J'allègue la fraîcheur du soir et
l'humidité du gazon. C'est en vain qu'il insiste,
assurant qu'il a quelque chose de très important
à me dire, je refuse de l'entendre. Cette nouvelle
lutte se prolonge presque autant que la partie de
croquet, et se termine par une bourrasque dans
laquelle je décharge toute mon irritation sur la
tête du baronet.

— Nell, me demanda Dolly, pendant que nous
retournions à Lestrange, sir Hugues vous a-t-il
offert sa main aujourd'hui ?

— Non, et j'espère que, s'il a un grain de bon
sens, il ne le fera jamais.

XXVII.

J'écrivais alors un journal de ma vie. Si je le
voulais, ami lecteur, je pourrais vous dire, jour
par jour, tout ce que je fis et pensai durant les six
mois qui suivirent. Mais je suppose que cette

lecture ferait bâiller le plus indulgent d'entre vous, si elle ne l'endormait. Je ne vous l'imposerai donc point, cher inconnu, et je franchirai dans ma narration un intervalle de six mois, de juin à décembre. La première peinture flamande que j'aurai l'honneur de vous présenter est un tableau d'hiver.

Mois cruels ! ils m'ont pris beaucoup et ne m'ont rien donné en retour. Ils m'ont trouvée riche d'espoir, d'amour et de pensées riantes, et m'ont laissée pauvre, dénuée de tout cela.

Je suis debout devant la croisée de ma chambre ; mes rideaux blancs frissonnent au souffle de la bise qui pénètre par-dessous la porte mal jointe ; le réséda est mort dans son vase vert, et les oiseaux ne chantent plus. Au dehors tout est sombre et triste. La nature semble couverte d'un voile de deuil. L'hiver n'a point revêtu son gracieux manteau d'hermine et sa parure de glaçons ; il s'est glissé honteusement sur notre hémisphère à la faveur de la pluie, des brouillards et de l'humidité. Les prairies ressemblent à des éponges, les routes à des mers de boue.

On dit qu'une Noël verdoyante engraisse le cimetière ; il est donc probable que la Noël qui approche peuplera le champ des morts.

De temps à autre, un furieux vent d'ouest se déchaîne sur le pays, cassant les branches des vieux ormeaux, enlevant des toits les tuiles et les tuyaux de cheminées. Je détourne mes yeux de cet aspect désolé, et je regarde dans la glace.

Est-ce bien là ce visage rose, frais et souriant, que j'ai vu dans cette même glace il y a six mois? La malédiction est tombée sur moi, comme sur les filles de Sion; « au lieu de beauté, ce n'est qu'un feu dévorant». Des joues creuses; une bouche dont les coins s'étirent vers le bas; deux grands yeux cerclés de noir, voyant tout confusément, comme à travers des larmes; des cheveux tressés avec négligence; une taille affaissée — cette taille autrefois si gracieuse et si souple, — voilà l'image qui reflète mon miroir.

Quelle est la cause de ces ravages? Pourquoi ma beauté s'est-elle flétrie dans sa fleur? Quelles douleurs, quelles angoisses m'ont apportées les longues heures qui se sont succédé pendant ces six mois?

Vous le dirai-je? La première, la plus poignante entre toutes, a pour objet l'auteur de mes jours. Mon père se meurt. Dieu me prend ce cher vieillard avec lequel je faisais de si douces promenades mêlées de tendres causeries et d'aimables petites querelles; ce tendre ami que j'aimais tant à lutiner quand je marchais à son bras, cueillant des fleurs sauvages dont j'ornais sa chambre à notre retour; cet être adoré dont la vie semblait tissée avec la mienne. Hélas! la chaîne et la trame doivent se séparer, car le souverain Juge a prononcé la sentence de rappel; celui qui a donné use de son droit en reprenant.

Quand cette horrible pensée entra dans mon esprit pour la première fois (c'était un soir, pendant ma prière), je me révoltai contre elle avec violence, et je suppliai le divin Maître d'éloigner de moi ce calice d'amertume. Mais, si fervente qu'elle fût, cette supplique ne fut point acceptée.

Chaque nuit, dans mes veilles, je lutte contre le hideux fantôme sans pouvoir l'éloigner, il est toujours là qui m'obsède. Je me dresse entre lui et l'objet de mes affections, pour que l'arme meurtrière n'arrive à son cœur qu'à travers le mien. Vains efforts! il m'écarte d'une main dédaigneuse, il s'avance vers sa victime; non furtivement, mais au grand jour, et avec tant d'assurance que chacun peut compter ses pas et marquer l'heure fatale.

Ainsi je vais perdre mon seul ami. Il va partir sans moi pour un long, bien long voyage, et après son départ, je ne sais comment je pourrai vivre, seule et sans lui. N'est-ce point assez pour faire mon malheur?

J'ai encore un autre chagrin, qui m'eût semblé le plus grand de tous, si le ciel ne m'eût réservé l'horrible épreuve que je viens de dire. L'homme que j'aimais, que j'aime encore, m'a abandonnée. Celui en qui j'avais foi, et dont l'affection m'eût été si nécessaire pour soutenir mon courage dans ces tristes conjonctures, ne se souvient plus de

moi. Malgré sa promesse, je n'ai pas reçu une
seule lettre de lui.

Pendant ces cruels six mois, je n'ai cessé d'attendre ; chaque jour j'ai guetté avec une mortelle
impatience l'arrivée du facteur, et chaque jour,
chaque arrivée m'ont apporté une déception ; douleur aiguë, dans le principe, comme un coup de
poignard, devenue à la longue une sourde et
constante peine. Et pourtant je lui ai écrit, moi ;
oh ! bien des fois : d'abord joyeusement, puis avec
tristesse, en lui faisant de doux reproches, puis
avec amertume ; mais toujours tendrement et sans
aigreur. Puis enfin j'ai cessé d'écrire, et je suis
tombée dans l'atonie du désespoir.

Dolly n'a point trop abusé de son triomphe, il
faut lui rendre cette justice. Elle s'est bornée à me
dire qu'elle m'avait avertie et qu'elle espérait
qu'à l'avenir j'écouterais mieux ses conseils ; mais,
en somme, elle s'est montrée compatissante et a
tenté de me consoler à son point de vue, c'est-à-dire
avec son éternel refrain sur les inconvénients
d'un mariage sans fortune et la vanité de l'amour,
et finalement en faisant donner son invariable
corps de réserve, sir Hugues Lancaster.

Et maintenant, mes amis, ne soyez pas trop
sévères pour moi ; ne me traitez pas de versatile,
ne m'accusez pas surtout de manquer de cœur, si
je vous dis que j'en vins insensiblement à me
tourner vers sir Hugues, non comme vers l'homme

de mon choix, — il m'était toujours également
odieux, — mais comme vers un joug que je devais
fatalement subir. J'avais envie de bien faire, Dieu
le sait! et je me croyais dans la voie du bien,
parce que je la trouvais rude. Hélas! n'est-ce
pas trop souvent la condition du devoir en ce
monde? Je voyais en moi une autre Iphigénie,
une seconde fille de Jephté, et je courbais la tête
sous ma destinée.

Le docteur assurait que l'absence de tout souci
prolongerait de quelques mois, peut-être de peu
d'années, la vie de mon père, et, pour conquérir
cet inestimable bienfait, j'étais décidée à me jeter,
corps et âme, dans les bras de sir Hugues, quand
ce corps et cette âme frissonnaient de tendresse à
la pensée d'un autre.

Depuis que je ne vous ai parlé de nos affaires,
elles sont tombées au plus bas. Les fils d'Israël se
sont abattus sur nous comme des sauterelles. Un
hideux personnage aux lèvres minces, au nez
crochu, une horrible face de juif, est venu dresser
l'inventaire de nos biens meubles. Pour ménager
notre amour-propre, et nous épargner l'odieuse
présence d'un étranger, le vieux Collins a été
institué gardien de la saisie.

Mon père ne pouvait déjà plus se mouvoir au
delà de ses terrains d'agrément.

« Je suppose qu'ils laisseront passer son cercueil », me disais-je avec amertume.

Les mémoires de fournisseurs et les lettres de créanciers pleuvaient sur nous comme grêle, et devant toutes ces rigueurs, nous restions sans défense, sans protection, sans espoir. Un vieillard mourant et deux pauvres jeunes filles pour faire face à tout cela ; songez un peu quelle situation ! Mᵐᵉ Smith m'avait dit la veille qu'il y aurait sûrement une exécution avant peu.

Une exécution ! comment mon père supporterait-il ce dernier coup ? lui si jaloux de l'honneur de sa maison ; lui qui, jusque-là, avait si soigneusement tiré sur sa détresse la couverture trouée qui ne dissimulait rien, hélas ! aux yeux d'un monde inquisiteur ! Y pourrait-il survivre ? Non, cette suprême catastrophe allait l'achever. Chose horrible ! c'était presque à désirer que la mort le prît avant qu'il en fût témoin.

Absorbée par ces réflexions, les mains crispées, l'œil perdu dans l'espace gris, je me prononce à moi-même l'inflexible arrêt: « Il le faut ! Oui, il le faut ! »

Tandis que je suis immobile dans cette attitude digne de lady Macbeth, la porte s'ouvre. Dolly entre d'un pas hâtif et sans frapper.

— Sir Hugues est en bas, dit-elle en hésitant, incertaine de savoir comment je vais accueillir cette information.

Déjà, deux ou trois fois, en pareille circonstance, j'ai fort mal reçu ma sœur et refusé de voir sir

Hugues. Aujourd'hui je me tais ; seulement mon visage devient encore plus sombre que d'habitude. Ma résolution est prise et je suis prête à l'exécuter.

La beauté de Dolly n'est nullement ravagée par le chagrin. Les larmes n'ont point terni l'éclat de ses yeux, ni creusé de sillons sur ses joues. A peine remarque-t-on sur ses traits une légère pâleur qui ne lui messied pas. Son extérieur n'est pas moins soigné qu'autrefois ; un peu plus simple peut-être dans sa mise, elle n'en paraît que plus jeune et plus gracieuse. Une robe de serge noire tout unie, semblable à un habit de cheval, fait merveilleusement ressortir la blancheur de son teint.

« Avec une garniture de crêpe, ce sera un joli deuil », s'est-elle dit en achetant cette robe.

Elle ne l'a point dit tout haut, mais j'ai deviné sa pensée, et je la hais pour cette atroce prévoyance.

— Pour l'amour du ciel, me dit-elle, en appuyant sa main sur mon épaule, soyez aimable pour lui. Il est notre seul espoir.

— Je le sais, dis-je d'un ton glacé.

— Ne vous moquez pas de lui, comme vous le faites toujours. Songez un peu à d'autres qu'à vous-même, si vous le pouvez.

Juste ciel ! Dolly me tenir un pareil langage !

— Je serai très aimable, soyez en sûre ; j'ai pris mon parti.

— Vous avez pris votre parti..... de l'épouser ?

s'écrie ma sœur transportée de joie. Quel bonheur, si s'était vrai !..... Voyons, chère enfant, il faut vous faire belle, ajouta-t-elle, en dénouant le ruban qui retenait ses cheveux pour en orner les miens.

Cet empressement m'irrite et je la repousse.

— Laissez-moi. Non, point d'artifice. Puisqu'il m'achète, je ne veux point le tromper sur la marchandise ; il la verra telle qu'elle est.

Là-dessus, je m'éloigne d'un pas ferme, quoique mes jambes puissent à peine me supporter. Avant que ma résolution ait eu le temps de se refroidir, je me trouve dans la bibliothèque en présence de mon futur ; je veux dire de mon acheteur.

Sir Hugues était debout devant la cheminée, le dos tourné vers le feu, sifflant entre ses dents un air favori. Évidemment il s'était arrêté chez nous au retour de la chasse, car il portait son habit rouge et ses bottes étaient tout éclaboussées, ce qui ne lui ôtait rien de son assurance et de sa bonne humeur habituelle. Dès qu'il m'aperçut, il cessa de siffler, et laissa tomber les basques de son habit.

— Comment va votre père aujourd'hui ? me demanda-t-il avec intérêt.

— Toujours à peu près de même, il ne va pas plus mal, Dieu merci !

Je me laisse tomber sur le sofa. Il me semble qu'on va me couper un bras ou une jambe et que

sir Hugues va faire les fonctions d'opérateur. Je
ne désire qu'une chose, c'est que ce soit bientôt
fini. Oh ! si je pouvais prendre une dose de chloro-
forme et ne me réveiller qu'une fois le membre
amputé, le mariage accompli !

Les flammes se tordent en spirale dans le
foyer ; en attendant que l'opération commence,
je les regarde d'un œil fixe, et je contemple leurs
reflets sur les chiens en acier poli qui ornent le
garde-feu.

— Vous avez bien maigri depuis que je ne
vous ai vue.

C'est ainsi qu'il entre en matière. Nous y voilà.
Le chirurgien ôte son habit et retrousse les
manches de sa chemise.

— Ce n'est pas étonnant, dis-je, les veilles et
les chagrins n'engraissent pas.

— Plût au ciel que je pusse prendre la moitié
de vos chagrins ! Oui, Dieu sait si je le désire ; le
voulez-vous ?

Ces simples paroles et le ton affectueux dont il
les prononce me bouleversent ; mes nerfs sont
devenus très irritables depuis quelque temps. Je
tire mon mouchoir ; mon visage subit les tiraille-
ments précurseurs d'une effusion lacrymale, et je
finis par éclater. Mon nez rougit, mes paupières
se gonflent ; toute ma personne offre l'image de la
désolation.

— Laissez-moi partager votre douleur, je vous

en prie ; elle sera plus légère quand nous serons
deux à la porter.

En disant ces mots, il s'assied auprès de moi.
Je le regarde en face, à travers mes pleurs, et je
suis aise de voir que nous sommes en pleine
opération.

— Entendez-vous par là que vous voulez m'é-
pouser ? lui dis-je à brûle-pourpoint.

— Sans doute ; vous savez que je le désire depuis longtemps. Consentez-vous ?

Ici une légère pause pendant laquelle ma pensée
retourne à la tête blonde et à ces yeux pleins de
passion qui avaient l'air si sincère et qui étaient
si faux en réalité. Puis, je dis lentement et à
demi-voix :

— Volontiers, si vous voulez me prêter..... me
donner.... de l'argent.... beaucoup d'argent....
Oh ! Seigneur ! Seigneur ! qu'est-ce que je dis là !

Mes sanglots recommencent de plus belle ; je
me sens si dégradée que je n'ose plus lever les
yeux sur lui.

Hugues demeura un instant sans parole, puis
il reprit avec une expression attristée :

— Tout ce que je possède est à vous, jusqu'à
mon dernier schelling ; vous n'avez pas besoin de
m'épouser pour cela.

— Si j'accepte votre argent, je dois vous épouser ;
il ne peut en être autrement.

Et, en effet, cela me semblait naturel ; inflexible

comme un marché. Sir Hugues, lui, ne goûtait
point cette façon d'arranger les choses; il lui
était dur de penser que sa fortune, ses terres, sa
maison, pesaient plus dans la balance que son
aimable personne et son tendre cœur. Il se rap-
procha de moi et me dit avec passion :

— Vous ne voulez donc point essayer de m'aimer ?

— Si, j'essaierai, je vous le promets, murmurai-je en me faisant violence.

Le son de ma voix démentait mes paroles, tant
je souffrais du voisinage de cet homme.

— Nous pourrions être si heureux ! poursuivit-il
d'une voix plaintive. Je suis bon diable, après
tout, point difficile à vivre. Je n'ai pas eu une seule
querelle avec ma mère depuis vingt ans. La pauvre
femme est un peu revêche quelquefois, mais elle
vous aimera comme sa fille, croyez-le.

— Eh bien, soyons heureux, lui dis-je avec fer-
meté, en mettant ma main dans la sienne.

L'amputation est terminée, ou à peu près, et
je vis encore. Alors je suis recueillie dans les
bras du vieux Céladon, pressée contre l'habit
rouge, embrassée, dorlotée, comblée de caresses
et d'adjectifs; jusqu'à ce qu'enfin je m'arrache à
ce débordement de tendresse et, courant dans ma
chambre, je me jette sur mon lit, où je m'abandonne à mon désespoir, en appelant de toutes
mes forces l'infidèle Mac-Gregor.

XXVIII.

Sir Hugues avait dû renoncer de bonne heure à la poursuite du renard, dans cette mémorable matinée, car il était à peine deux heures de l'après-midi lorsqu'il remonta sur son double poney de chasse pour aller rendre compte à sa mère de ses prouesses et lui dire quelle heureuse fiancée il venait de conquérir. Nous avions donc encore le temps, mon père et moi, de faire notre promenade journalière, si différente, hélas! de ce qu'elle était autrefois.

Aucune puissance humaine ne pouvait contraindre mon père à suivre le régime d'un malade, surtout à garder le lit. Chaque jour il voulait se lever, descendre à la bibliothèque, s'asseoir dans son même fauteuil et se livrer à ses mêmes lectures; mais, chaque jour, la toilette devenait plus longue et la descente plus pénible; chaque jour ses forces diminuaient, et je voyais avec douleur le frêle vaisseau de cette précieuse vie s'en aller de plus en plus à la dérive sur la mer inhospitalière de la mort. Le cher vieillard ne se faisait point illusion sur sa destinée; il savait que le sablier de son existence se vidait avec une effrayante rapidité, et que le dernier grain de poussière allait bientôt, en tombant, marquer l'heure finale. Néanmoins, en dépit, ou plutôt à cause de

cette conviction, il trouvait plus de charme que
jamais dans la contemplation de là nature.
L'aspect des arbres dépouillés, les vents tempé-
tueux et les pâles rayons du soleil de décembre
lui causaient une indicible joie.

C'est ainsi qu'il advint que deux êtres unis par
un amour sans bornes, et qui devaient bientôt se
séparer, ne manquèrent pas un jour de se promener ensemble, gravement, et avec un bonheur
d'autant plus amer qu'ils en voyaient arriver le
terme à grands pas.

Nos promenades s'étendirent d'abord jusqu'aux
limites de nos dépendances; nous visitions le
jardin, la cour de la ferme et le petit bois. Bientôt
il fallut renoncer au bois, dont le terrain en pente
éprouvait trop cruellement les forces du pauvre
invalide; il fallut dire adieu aux grands chênes,
aux églantiers et aux genévriers qui croissaient
sous leur abri séculaire.

Une semaine plus tard, la cour de la ferme fut
abandonnée pour une semblable cause. De jour en
jour la promenade devenait plus courte, la fin
plus rapprochée. Quelle torture de suivre pas à pas
un être adoré sur les bords du gouffre qui l'attire,
sans pouvoir lui tendre la main pour le retenir !

Dans l'après-midi qui fut témoin de mes fian-
çailles, nous nous traînions ainsi lentement le
long des allées sablées, autour des pelouses veuves
de leurs fleurs, nous arrêtant à chaque pas pour

reprendre haleine. Mon père était enveloppé dans
son grand pardessus (lui qui ne sortait jamais
qu'en petit habit !) ; moi, mon bras placé sous le
sien, je soutenais sa marche incertaine, m'efforçant
de dissimuler l'appui que je lui prêtais.

— Il me semble que vous marchez un peu
mieux aujourd'hui, cher père.

— Tu trouves, Nell? Je ne suis pourtant pas
un grand voyageur.

Nous nous arrêtâmes un instant à regarder les
gazons spongieux et la terre brune détrempée
par la pluie.

— Si ce temps doux continue, nous verrons
fleurir les crocus avant un mois.

— Moi, je ne les verrai plus, dit mon père
simplement.

Mes yeux s'obscurcissent à ces mots. Hélas ! il
ne dit que trop vrai ! Je serai seule désormais à
voir les calices dorés des crocus. Je me tais et je
dévore mes larmes. N'ai-je pas toute ma vie
devant moi pour pleurer?

— Ce n'est pas le jour de s'attrister, cher père,
j'ai des nouvelles à vous apprendre.

— Des nouvelles, fillette ! tu es donc comme les
Athéniens, qui passaient leur temps à demander
et à raconter ce qu'il y avait de nouveau.

— Oui, père, et de bonnes nouvelles, poursuivis-
je avec effort, comme si mes paroles m'eussent
étouffée, et qui vous réjouiront, j'en suis sûre.

Nous nous étions remis en marche et nous avancions lentement sous les tilleuls dont les bras de squelette semblaient toucher le ciel gris.

— Il y a longtemps que les bonnes nouvelles ont oublié le chemin de notre maison, dit le vieillard avec un soupir. Voyons, parle.

— Sir Hugues Lancaster est venu aujourd'hui...

Mon père s'arrêta soudainement et appuya ses deux mains sur la pomme de sa canne.

— Ah! c'est donc de lui qu'il s'agit? fit-il en me regardant.

Je devins toute rouge.

— Oui, père, il m'a demandé si je voulais l'épouser... ou c'est moi qui le lui ai demandé, je ne sais pas au juste. Bref, nous sommes tombés d'accord, et... tout est convenu.

— Dieu soit loué! Il y aura donc quelqu'un qui prendra soin de ma petite Nell quand je n'y serai plus !

— Eh bien, vous ai-je menti? N'est-ce pas une bonne nouvelle? m'écriai-je en jetant mes bras autour de son cou, tandis que je riais d'un rire sinistre.

— Très bonne assurément, fit-il d'une voix rajeunie; maintenant que le sort de ma chère fille est assuré, et qu'elle va reprendre son rang dans le monde, je puis chanter mon *Nunc dimittis*.

— A quoi me servira de porter la tête aussi haut qu'Aman, si vous n'êtes pas là pour jouir de mon élévation? m'écriai-je.

En ce moment l'avenir se déroula aux yeux de mon âme désolée : vingt, trente, peut-être quarante années d'horreur et de servitude ; autant de siècles à passer avec sir Hugues et sans mon père. Quelle perspective !

Oh ! que ne puis-je mourir de consomption, comme cette jeune fille que j'ai vue hier ! Heureuse enfant qui s'en va doucement vers la tombe avec cette toux sèche qui fait hocher la tête aux médecins !... « Le... du présent mois, est morte, au château de Lestrange, Éléonore, seconde fille de sir Adrien Lestrange. » L'ingrat Richard lirait cette annonce dans le *Times*. Il en pleurerait de remords ; puis il partirait pour la guerre, — une de ces guerres fantastiques dont j'avais toujours une provision dans mon répertoire mental, — et il mourrait, couvert de blessures, en baisant ma photographie.

Telle était maintenant la forme lugubre de mes châteaux en Espagne. Une mort pittoresque, voilà la seule chose que j'ambitionnais.

— Nell, reprit mon père, interrompant ma rêverie au moment où j'assistais à l'agonie de mon bien-aimé sur un champ de bataille imaginaire, te souviens-tu du temps où je te lisais le *Roi Lear* ?

— Oui, murmurai-je, revenant, non sans quelque peine, à la réalité ; vous m'appeliez même votre petite Cordelia.

— Très-bien, chère. Tu sais que lorsque le vieux

roi vient de mourir, le fidèle duc de Kent dit ces
mots à ceux qui essayent de le rappeler à la vie :

« Ne troublez pas son âme, laissez-le partir. C'est
« le haïr que vouloir l'étendre plus longtemps sur
« la roue de cette dure vie. »

— Oh ! père ! père ! lui criai-je en me jetant à
son cou, emmenez-moi, prenez-moi avec vous. Pourquoi me laisser seule dans cette vallée de larmes ?

— Chut ! chut ! petite folle, dit-il en me tapant
sur la joue, que dira votre fiancé si vos couleurs
s'en vont et si les pleurs ternissent l'éclat de vos
beaux yeux ? Dieu sait mieux que nous ce qu'il
nous faut, Nell. Soumettons-nous à sa volonté.

La promenade s'acheva en silence. Quand je
ramenai dans la bibliothèque le pauvre vieillard
fatigué, il me répéta ces paroles :

— Dieu sait ce qu'il nous faut. Soumettons-nous.

Hélas ! il avait beau dire, la soumission était
au-dessus de mes forces.

XXIX.

Ta vie est un supplice, une éternelle peine,
Dit au fond de mon cœur une secrète voix.
Plutôt que de traîner une si lourde chaîne,
Ne vaudrait-il pas mieux être morte cent fois ?

Y en a-t-il un parmi vous qui, dans certains
moments de son existence, n'ait pas entendu cette

voix lui adressant la même question? Et n'a-t-il
pas répondu : oui, cent fois oui?...

Les âmes les plus résignées ont ainsi des heures
de défaillance et de désespoir où elles voudraient
maudire à la fois leur création et leur créateur.
Qui n'a passé par ces rudes épreuves? Qui n'a
pas, plus ou moins, répété les imprécations de la
femme de Job s'irritant de la patience de son mari
et accusant le ciel de tous ses malheurs?

Parfois on serait tenté de croire que quelque
démon tient les rênes du monde dans ses mains
crochues, démon malfaisant qui se plaît à inventer
de nouvelles souffrances et des douleurs inouïes
pour torturer nos corps et nos âmes. Chaque désir
que nous formons semble éloigner l'objet désiré,
tandis que nos craintes rapprochent ce que nous
redoutons. Si nous prenons un journal, c'est pour
y lire des faits sinistres: meurtres, suicides, catastrophes, ou des annonces lugubres, telles que
prospectus de funérailles économiques. Nous nous
prenons alors à penser que le monde se détraque,
qu'il n'est que confusion et dissonance.

Cependant il y a une morale, un enseignement
divin qui nous disent que tout est passager dans
ce monde, nos douleurs comme le reste. Pour
celui qui le croit, tout s'explique et se rectifie,
l'harmonie prend la place du désordre. Dans cette
longue suite de siècles, qui virent le vieux globe
tourner sans cesse autour du soleil, y a-t-il un

seul exemple d'une créature rebelle aux lois de
son instinct? De même qu'une voix mystérieuse
murmure à l'hirondelle qu'il est temps de traverser
les mers pour venir chercher le printemps dans
notre hémisphère, de même un instinct plus noble,
approprié à notre nature plus élevée, nous ordonne,
lorsque notre hiver est fini, d'ouvrir nos ailes
pour nous envoler vers la terre lointaine où règne
un printemps perpétuel, terre promise où nous
attend un bonheur sans mélange, où tout ce qui
était tortueux est redressé, tout ce qui était rabo-
teux aplani. Mais les grands chagrins sont comme
les chaînes de montagnes qui bornent notre horizon
et nous dérobent la vue de ces champs fortunés

> Où le gazon disparaît sous les fleurs,

de ces rivages odorants tout peuplés d'orangers
qu'une mer bleue caresse éternellement de ses
vagues amoureuses. Nous savons qu'ils existent,
mais nos yeux sont impuissants à franchir la distance qui nous en sépare.

Pour moi, au milieu des angoisses qui m'as-
saillaient de toutes parts, il me semblait que j'étais
prisonnière dans quelque étroite et sombre vallée,
une espèce de gouffre entouré de hautes montagnes
qui m'empêchaient de voir le soleil. En vain j'es-
sayais de grimper jusqu'au faîte de ces sinistres
barrières, mes ongles s'usaient sur leurs flancs
granitiques ; je me voyais condamnée à errer dans

cette noire solitude, jusqu'à l'heure où, la lampe
de ma vie s'éteignant, j'y mourrais de terreur et
d'abandon, comme une Vestale enterrée vivante.
L'héroïsme que je croyais avoir déployé en me
dévouant pour mon père, — héroïsme qui m'élevait
dans ma propre estime au niveau de la fille de
Jephté, — ne me consolait point.

Le sacrifice eût-il été à refaire, je n'aurais pas
hésité, loin de là ; mais je n'en étais pas moins
malheureuse et je me croyais en droit de maudire
le sort qui ne me laissait point de refuge entre
deux partis également désespérés.

Un jour, Dolly entrant dans ma chambre, de ce
pas furtif et silencieux propre à la race féline
dont elle avait la perfidie, me trouva couchée par
terre et arrosant le tapis de mes larmes.

— Êtes-vous morte, Nell ? demanda-t-elle tran-
quillement ; dans ce cas, je ferai prévenir le
coroner.

— Morte ! répliquai-je sans bouger, plût au
ciel ! je serais moins à plaindre.

— Vous pensez encore à votre grosse poupée de
cire, probablement. Est-ce donc pour la pleurer
que vous êtes venue vous réfugier ici ?

— Quand ce serait, dis-je en rejetant en arrière
les longues boucles de mes cheveux d'or, je ne
vois pas ce que vous auriez à dire ; ne suis-je pas
chez moi ?

— C'est honteux, ma chère, d'avoir si peu de

courage. Je ne comprends pas que vous vous chagriniez ainsi pour ces longues jambes. Si un homme m'avait joué un pareil tour, je me serais vengée de la belle façon ; je l'aurais poignardé dans le dos, ou empoisonné tout au moins, en mettant une pincée de strychnine dans son café ; mais se défigurer ainsi à pleurer, allons donc ! c'est de la duperie.

— Voilà de beaux sentiments, en vérité ; mais je suis sûre que Richard ne m'a point joué le tour que vous dites : il ne m'a point trahie, je le sais. Il y a là-dessous quelque méprise, quelque machination peut-être, et je découvrirai la vérité quand il sera trop tard.

— Soit, mais il ne s'agit pas de cela actuellement, j'ai un message pour vous.

— Un message ! Je voudrais que vous vinssiez m'annoncer que je vais être pendue, ou que vous allez l'être. Je ne sais, à vrai dire, lequel des deux je préférerais.

— Merci de cette incertitude ; mais je ne crois pas que vous ayez envie de sentir le moindre bout de chanvre autour de votre cou d'albâtre.

— C'est ce qui vous trompe, la mort me semblerait mille fois plus douce que le destin que je subis.

Sur quoi je recommençai à gémir.

Dolly courut à ma table de toilette, puis revint vers moi avec la cuvette dans laquelle elle avait versé quelques gouttes d'eau.

— Cessez vos lamentations, reprit-elle d'un ton impérieux. Le destin dont vous vous plaignez, c'est vous qui l'avez voulu. Vous avez fait votre lit, c'est pour vous y coucher. Sir Hugues est en bas qui vous attend. Il a bien le droit de venir maintenant, puisque vous l'avez accepté. Levez-vous, et tâchez de vous rendre un peu présentable avant d'aller le rejoindre.

Rappelée à moi-même par ces dures paroles, je reprends ma lourde croix, et tout en fléchissant sous son poids, je répare tant bien que mal le désordre de ma toilette; je baigne mes yeux gonflés, en regardant dans la glace mon visage défiguré que je trouve encore trop beau pour le livrer au minotaure.

Un quart d'heure après, je suis dans la bibliothèque, assise devant le feu, côte à côte avec sir Hugues sur le sofa de velours vert.

Son bras entoure ma taille, et sa moustache grise chatouille rudement mes joues. Mais pourquoi m'en plaindre? ne suis-je pas sa propriété? n'a-t-il pas le droit de me caresser à sa guise, de me presser sur son cœur autant qu'il lui plaira? ne m'a-t-il pas achetée? Pour une paire d'yeux du plus bel azur, pour deux lèvres vermeilles garanties bon teint, pour tant de livres de chair fraîche, il paie sans marchander une belle somme; si donc il ne peut user de sa marchandise, le pauvre homme se dira volé. Je supporte tout cela

avec le plus grand flegme. Bientôt néanmoins la
situation devient un peu trop brûlante.

— Ouf! qu'il fait chaud! dis-je en m'échappant
des bras de mon propriétaire; ce feu est intolérable!

— C'est vrai, opine sir Hugues, on y pourrait
rôtir un bœuf; voulez-vous que nous éloignions
le sofa, mon amour?

Le sofa éloigné, la situation n'en est pas plus
fraîche, car ce maudit bras qui me presse toujours
la taille me brûle comme un tison.

— C'est gentil, n'est-ce pas? d'être assis comme
ça l'un près de l'autre, me murmure-t-il à l'oreille.
Ce sera toujours ainsi quand nous serons mariés.

Quand nous serons mariés! Juste ciel! Que
sera la pièce, si tel est le prologue?

— Mon Dieu! repris-je timidement au bout
d'une pause, j'aimerais mieux être seule sur une
chaise; vous me serrez trop.

Ce disant, je vais m'asseoir dans un coin de la
chambre, pour respirer en liberté.

— C'est donc toujours de même? vous m'aviez
pourtant promis d'essayer de m'aimer.

— J'y fais ce que je puis, je vous jure, donnez-
moi un peu de temps.

— Du temps! c'est bientôt dit; je n'en ai pas
beaucoup à donner, moi, ajoute-t-il en se mirant
dans la glace. Pendant que vous ferez vos réflexions, je deviendrai trop vieux pour qu'une
femme veuille de moi.

Je ne réponds rien, étant tout à fait de son avis.

— On dirait, à vous entendre, poursuivit-il en venant se planter devant moi les bras croisés, que je suis bossu, ou borgne, ou contrefait. Que trouvez-vous en moi de si répugnant?

— Quelle folie! vous ai-je dit jamais rien de semblable? et ne comprenez-vous pas qu'on ne peut s'éprendre d'une personne au commandement? Je vous ai dit que j'essaierais, et je le ferai, croyez-le. Ayez seulement un peu de patience.

— Oh! de la patience, j'en ai, Dieu merci. Je ne prétends pas semer et recueillir en un jour. Mais avouez que vous la mettez bien à l'épreuve, cette patience. Chaque fois que je viens vous voir, on dirait que vous m'aimez un peu moins.

Pour toute réponse, j'inclinai sur ma poitrine ma tête honteuse.

— Voyons, chère enfant, reprit mon fiancé avec douceur, mais d'une voix émue, si vos efforts ne doivent aboutir qu'à me supporter tout juste, dites-le. Je suis assez fort pour subir un mécompte, et j'avoue d'ailleurs que je n'ai point tout ce qu'il faut pour captiver l'imagination d'une jeune fille. Dans tous les cas, il vaut mieux s'expliquer avec franchise, que de faire notre malheur mutuel pour toute la vie.

Immobile sur ma chaise, je restai longtemps sans paroles, regardant d'un œil fixe les chiens du garde-feu, et me demandant si je ne le pren-

drais pas au mot. Ce serait passer de l'air étouffant
d'une prison à la pure atmosphère des champs...
Mais ce serait aussi ouvrir la porte au noir cortège
des juifs, presser l'accomplissement de cette horrible *exécution* prédite par Mme Smith, c'est-à-dire
tuer mon père. Non, j'ai juré de me sacrifier
pour lui, j'irai jusqu'au bout, je boirai le calice
jusqu'à la dernière goutte.

— Je vous ai donné ma parole, m'écriai-je d'un
ton solennel; pourquoi doutez-vous de moi?

Il rougit de plaisir, malgré ses dix lustres.

— C'est fort bien; toutefois, ma chère Nell,
réfléchissez tant qu'il en est temps; si vous ne
m'épousez que pour ma fortune.....

—Niaiseries... allez-vous recommencer? Je serai
votre femme, vous dis-je, et je suppose qu'en y
mettant chacun un peu du sien, nous ne nous en
tirerons pas plus mal que d'autres.

C'est ainsi que je parlai, tout en pâlissant
sous les lèvres de sir Hugues; mais je murmurais
à part moi: « Plût au Ciel que je mourusse avant
le jour fatal! »

XXX.

Un cruel holocauste va s'accomplir. Un petit
agneau blanc, orné de bandelettes, s'avance vers
l'autel, au son de la flûte et du tambour. Le boucher
suit avec son coutelas; et le pauvre agneau, qui

sait où on le mène, pousse des bêlements plaintifs.

Est-il besoin de donner la clef de cette allégorie ?
Je suis l'agneau, Hugues est le boucher, Dolly
représente le joueur de flûte et me conduit au sacrifice, qui n'est autre que mon mariage. Cet
événement ne m'était jamais apparu que dans un
lointain vague, comme la mort et le jugement
dernier ; et maintenant, voilà que j'y touche.
L'heure cruelle va sonner.

Un jour, sir Hugues, qui commençait à craindre
que sa colombe ne roucoulât jamais bien fort,
insinua timidement qu'il n'y avait plus de raison
pour différer le mariage, et qu'il y avait au contraire d'excellents motifs pour le hâter. Si timide
que fût cette insinuation, je jetai les hauts cris et
qualifiai de barbare l'empressement de mon futur.
Pouvais-je songer au mariage quand mon père se
mourait ? Cela se passait le matin, et le soir mon
père me répétait les paroles de sir Hugues.

Il avait fallu renoncer à la promenade journalière ; le pauvre vieillard ne quittait plus son
fauteuil de cuir. J'étais constamment assise à ses
pieds sur un tabouret, baisant ses mains affaiblies
ou les arrosant de mes larmes, comme la Made-
leine aux pieds du Sauveur.

— Sir Hugues est vraiment un homme parfait,
me dit mon père ; je suis heureux de voir qu'il
aime tant ma fille chérie. Je voudrais te voir
mariée, Nell.

— Déjà? fis-je en sanglotant.

— Oui, pour que tu eusses une consolation quand je ne serai plus.

— Triste consolation! Cependant, ajoutai-je en appuyant ma tête vénitienne sur le bras de son fauteuil, si cela doit vous faire tant de plaisir, je me marierai demain. C'est ainsi que l'arrêt fut prononcé; ainsi que:

« La reine appuya son cou blanc sur le billot, et doucement attendit le coup fatal. »

Tout était prêt; les bans publiés, le ministre averti, l'anneau acheté, et nous devions être unis, aütant que la cloche, le rituel et les cierges pouvaient nous unir. Je dormis la veille de mes noces, comme dorment, dit-on, les condamnés à mort, et j'eus un rêve, un rêve fleuri. J'étais dans un jardin tout peuplé de belles fleurs, blanches, rouges et azurées, au milieu desquelles j'apercevais Richard, avec sa noble stature, son port majestueux et sa belle tête blonde entourée d'une auréole de gloire. Il me faisait signe d'aller à lui, et moi, les bras tendus vers cette chère vision, je lui criais d'une voix ardente : « Me voici, mon Richard! me voici, attends-moi. » Je m'éveillai là-dessus, n'embrassant que le vide. Hélas! c'était la dernière fois que je me réveillais Nelly Lestrange.

« Ceci est mon jour de noces. »

Quelle jeune fille n'a prononcé ces mots avec un trouble plein de charmes, un ravissement mêlé d'effroi! Quant à moi, je n'éprouvais rien de semblable. De tels sentiments n'existent pas pour celle qui subit une destinée inexorable; qui, aimant un homme de toutes les forces de son être, se voit livrée aux embrassements d'un autre.

Rien ne fut plus triste d'ailleurs que mon mariage. Il n'y eut ni fêtes, ni réjouissances, ni concours d'amis. Le bruit des instruments ne retentit pas dans les salles du vieux château. Ce n'était pas le moment de se réjouir quand le chef de l'antique race, le dernier des Lestrange, descendait rapidement vers la tombe. Cette cérémonie n'était, dans l'esprit de chacun, que le prélude d'une autre plus solennelle et plus triste. Seul un vieil oncle, ancien colonel et célibataire égoïste, s'arracha à ses habitudes confortables et à sa vie de club, pour venir, en plein hiver, au milieu des brouillards et de la pluie, me conduire à l'autel.

Onze heures était le moment fixé où le pauvre petit agneau devait tendre sa gorge au coutelas, la noble martyre monter au bûcher. Durant toute la matinée, Dolly et Mme Smith s'escrimèrent à ma toilette, construisant et démolissant, ajoutant une épingle par-ci, un ruban par-là. Moi, je les laissai faire avec une immobilité de statue. Quand elles eurent mis la dernière main au grand œuvre, agrafé ma robe blanche et posé mon voile de tulle, je ressemblais à une perce-neige, sans en excepter la froideur et l'insensibilité.

Le visage que me renvoyait mon miroir était
fort pâle, mais il ne manquait pas de grâce. Il
n'était point défiguré par les larmes; j'en avais
tant versé que la source en était tarie. Mes grands
yeux bleus, voilés par la tristesse, et mes cheveux
d'or heureusement disposés autour de mon front,
donnaient un merveilleux éclat à ma mélancolique
beauté.

« Je vaux mon prix, » murmurai-je avec amertume.

L'heure venue, je me trouvai, je ne sais trop
comment, au bas de l'escalier, puis dans l'arche
vénérable qui était depuis longtemps notre seul
véhicule. — Je veux parler de la calèche jaune
que le lecteur n'a sans doute pas oubliée. —
Pendant le trajet du château à l'église, je regardais
devant moi sans rien voir, tandis que mon oncle,
assis en face de Dolly, lui débitait des fadeurs de
l'ancien régime, qui faisaient pâmer d'aise mon
auguste sœur, toujours prête à recevoir les compliments du premier venu.

Le temps est à la neige. De gros flocons s'amon-
cellent sur les arbres et dans les champs. Il n'y a
point d'horizon aujourd'hui, pas la moindre échap-
pée de vue; le ciel et la terre se confondent dans
une teinte grise.

Arrivés à la grille, nous mettons pied à terre.
Mon oncle me donne le bras et me conduit par
l'étroite allée sablée, où une demi-douzaine de

gamins et trois vieilles femmes au nez violet sont
réunis pour voir ce joyeux spectacle. Un pâle
linceul de neige, troué çà et là comme le manteau
d'un mendiant, recouvre les monticules du cimetière, et je frissonne pour mes morts familiers qui
dorment dans la froidure.

Sir Hugues, mon sir Hugues, qui était maintenant à moi seule (quelle joie!) nous attendait à la
porte de l'église avec son meilleur ami, le jeune
lord du coton. Sir Hugues, en habit bleu, cravate
bleue, figure bruno-écarlate, le tout merveilleusement assorti, tenait à la main un énorme bouquet
de fleurs de serre qu'il me présenta, tandis que
lord Stockport, seigneur d'un grand nombre de
fabriques, en offrait un plus modeste à Dolly. Je
remerciai froidement et je pris la gerbe fleurie
sans songer même à la respirer.

Nous nous avançâmes vers l'autel: sir Hugues
se mit naturellement du mauvais côté, et il fallut
le pousser pour le faire placer à ma droite. Alors
Mr Bowles, dont le nez était plus rouge que l'aile
d'un flamant et dont les longues dents claquaient
comme des castagnettes, ouvrit son livre, et se
mit en devoir d'enchevêtrer les cordons du nœud
gordien. Je n'écoutai guère son exhortation. Mes
yeux allaient de sir Adrian Lestrange, qui dormait
à ma droite sous le marbre blanc, au marbre noir
qui recouvrait sir Brian à ma gauche. L'un était
mort à vingt-six ans, l'autre à vingt-quatre,

d'après les inscriptions. On ne vivait pas longtemps dans notre famille.

« Je vous requiers, et vous ajourne au jour du
jugement, alors que les secrets de tous les cœurs
seront révélés, » dit le révérend Mr Bowles.

Bien qu'il lût au galop et à travers son nez,
la solennité de l'adjuration me frappa. Un froid
glacial courut dans la moelle de mes os et pénétra mon cœur, à ces graves et solennelles paroles.

A la question sacramentelle : « Prenez-vous pour
légitime épouse cette femme ici présente ? », sir
Hugues répondit fermement, d'une voix de basse
qui fit retentir les voûtes. Quand mon tour vint,
je murmurai un *oui* inintelligible, semblable au
dernier soupir d'une mourante.

C'est ainsi que sir Hugues de Vère me prit pour
sa compagne « jusqu'à la mort » ; ainsi que moi,
Éléonore Lestrange, je le pris pour mon époux, de
mauvaise grâce et bien malgré moi. Alors Hugues
mit à mon doigt crispé l'anneau d'or, signe d'un
odieux esclavage ; et les cloches sonnèrent, et nous
étions indissolublement liés, et je compris que je
ne pouvais plus arriver à mon bien-aimé qu'à
travers le crime ou la mort.

La cérémonie terminée, et Mr Bowles nous ayant
félicités aussi intelligiblement que le lui per-
mettait son râtelier, nous signâmes nos noms :
Hugues de Vère Lancaster d'une main assurée,

moi en caractères illisibles; puis Hugues m'amena
dans son coupé qui l'attendait à la porte.

« Dieu mesure le vent à la brebis tondue », dit
le proverbe. Grâce au ciel le trajet ne fut pas
long; je ne prononçai pas une parole pendant tout
le temps qu'il dura. Si j'avais ouvert la bouche,
ce n'eût été que pour éclater en sanglots.

Mon père nous attendait dans la grande salle.
Il avait mis, pour me faire honneur, son vieil
habit des dimanches, devenu trop large, hélas!
pour son pauvre corps amaigri.

Je me jetai dans ses bras en criant :

« Embrassez-moi, père. Je suis toujours votre
chère Nelly. »

Mon père tendit la main à sir Hugues avec ce
noble et gracieux sourire qui lui était habituel;
mais si triste, cette fois, qu'il ressemblait à un
soleil couchant d'automne :

— Elle a été la joie de ma vie, lui dit-il. Les
bonnes filles font toujours de bonnes épouses.
Vous la rendrez heureuse, n'est-ce pas?

— Je vous le promets, dit Hugues d'un ton solennel.

Noble ami! je dois l'avouer, il a tenu son serment.

XXXI.

Je dois maintenant reléguer dans leur boîte les
couleurs riantes de ma palette, car elles ont dis-

paru de mon existence. Plus de laque, ni de carmin,
ni d'outre-mer. Les quelques tableaux que j'ai
encore à vous présenter sont aussi noirs que ceux
de Rembrandt, moins cette chaude lumière et ces
vives teintes de feu qui les éclairent.

Je n'avais mis qu'une condition à mon mariage :
c'est que Hugues retournerait seul à Wentworth,
et me laisserait à Lestrange pour soigner mon
père jusqu'à, — je n'avais pas exprimé l'horrible
éventualité qui me menaçait, tant je l'éloignais
moi-même de ma pensée, — j'avais dit seulement
« jusqu'à la fin ». Mais, triste destinée ! je m'étais
sacrifiée pour prolonger la vie de mon père, et il
mourut le surlendemain de mon mariage.

C'est ainsi que, dans cette vie de déceptions,
nos desseins sont plus d'une fois déjoués, nos com-
binaisons renversées. J'ai déjà dit avec quelle obstination le cher vieillard avait refusé jusque-là de
se laisser traiter comme un invalide ; mais il vint
un jour où il dut céder à l'épuisement de ses forces.
Cet esprit si vigoureux subit les défaillances de la
chair. Une puissance supérieure l'avait vaincu.

Couché sur son lit de douleur, il soutenait sa
dernière épreuve avec un courage et une patience
héroïques. Je passai de longues heures, assise
près de lui, tenant sa main dans les deux miennes,
comme pour disputer sa proie à la terrible faucheuse.

Tout était triste dans cette chambre où se jouait

le drame de la mort. La neige, qui battait silen-
cieusement les vitres, s'amoncelait sur le mur
d'appui; le balancier de la pendule annonçait la
marche trop rapide du temps, et cette courte journée d'hiver s'en allait à grands pas vers son
déclin.

— C'est fini, ma pauvre Nell, me dit le vieillard
d'une voix faible. Je suis comme un vieux coursier
qui n'a plus de souffle.

J'ouvris la vieille Bible de ma mère, toute semée
de marques au crayon, traces d'une main chérie.
que je n'avais jamais baisée, et je lui en lus quelques passages. Il me remercia doucement, mais
il ne put suivre longtemps ma lecture. C'est une
rude tâche que de mourir, mais la tâche est plus
rude encore pour celui qui assiste à cette suprême
lutte et qui sent sa propre vie s'éteindre avec celle
d'un autre. J'écoutais, le cœur plein de désolation,
ce souffle qui devenait de plus en plus faible, de
plus en plus embarrassé, et l'impression que je
recevais de cette agonie m'oppressait tellement
moi-même que je ne respirais plus.

Le jour s'éteignit, la neige tomba plus épaisse
et l'obscurité devint complète. Mᵐᵉ Smith entra
sans faire de bruit, m'apportant une tasse de thé,
et s'en retourna avec de grosses larmes sur ses
vieilles joues. Il n'y en avait point sur les miennes!
Puis vint le docteur, qui me dit à voix basse et
avec une figure allongée que le malade s'en allait.

Comme si je ne l'avais pas su! Il prescrivit une potion que je ne voulus pas lui donner, suppliant le docteur de ne le point tourmenter et de le laisser mourir en paix. Rien ne m'était odieux comme de voir cet étranger, corbeau de mauvais augure, venir croasser autour de mon cher mourant.

Je restai seule dans ce tête-à-tête que j'aimais, hélas! si différent d'autrefois. La nuit venue, le vent se leva avec des gémissements plaintifs, la neige tourna au grésil et crépita contre les carreaux. Il me semblait qu'il était dur de mourir par une nuit aussi affreuse; bien dur pour une pauvre âme d'être lancée, frissonnante, dans ce vide noir et glacé. Je l'aurais vue partir avec moins de regret par une de ces belles nuits d'automne, où l'on croit voir s'ouvrir les portes du ciel dans les profondeurs azurées.

Insensiblement le malade tomba dans une sorte de stupeur. Celui qui fait bien toutes choses lui enleva le souvenir du passé, la conscience du présent, les craintes de l'avenir; ses dettes, ses chagrins, il oublia tout; tout jusqu'à la présence de sa fille bien-aimée qui, agenouillée près de son lit, étouffait ses sanglots dans les couvertures.

La nuit poursuivait son cours, les flambeaux allongeaient leurs mèches lugubres. Bientôt le vent s'apaisa et il se fit un grand silence. J'étais toujours à genoux, tenant la main qui se refroidissait déjà, les yeux fixés sur ce visage si vieux, si délabré, mais si calme. Avec une sombre ardeur j'en contemplais chaque trait, j'en étudiais les plis, les creux, les contours émaciés pour les avoir gravés dans mon cœur quand il ne m'en resterait plus que le souvenir.

La respiration s'affaiblit encore un peu plus. Parfois elle s'arrêtait, pour reprendre, à peine sensible, au bout de quelques secondes. Enfin elle cessa vers la quatrième heure ; un hôte que nul n'avait appelé venait d'entrer dans la chambre. Je me levai dans une calme et solennelle émotion et je me penchai sur le corps.

« Il est parti ! » me disais-je, lorsque soudain ses yeux se rouvrirent en brillant d'une joie ineffable, comme s'il eût vu le ciel. Oh ! mon père, Dieu veuille que ce soit ! Puis les paupières s'abaissèrent de nouveau. Il n'était plus !

Le tombeau des Lestrange fut ouvert et le dernier du nom y descendit pour retourner à la poussière, suivant la commune destinée. J'espère que, quand je mourrai, on m'enterrera près de lui ; je voudrais, quand sonnera la trompette du jugement, me réveiller dans ses bras. Loin de son antique maison, loin de ses livres qu'il aimait et de sa fille chérie, on l'emporta ; mais ce n'était plus lui, ce n'était plus qu'un corps dans une bière. Comme il passait sous les ormes à l'ombre desquels nous nous étions si souvent promenés, la neige blanchissait le drap noir et fouettait mon visage.

J'aurais dû pleurer, ce me semble, en un pareil
jour, pleurer comme Dolly, comme Mme Smith et
tous les domestiques, qui versèrent des larmes à
faire pitié. Mais point ; je n'en avais aucune envie :
au lieu de douleur et de désespoir, je n'éprouvais
qu'un engourdissement qui m'ôtait jusqu'à la
pensée.

Le corps traversa le cimetière pour entrer à
l'église ; puis on le descendit dans la fosse béante.
Tandis que, rangés tout autour, nous lui disions
le dernier adieu, la neige recouvrait déjà l'inscription du cercueil, qui disait comment sir Adrien
Lestrange était mort le trente et unième jour du
mois de décembre 186... Après quoi nous nous
retirâmes, mornes et silencieux ; moi comme une
créature qui n'espère plus rien ici-bas.

XXXII.

Je me souviens avec amour
De la maison qui m'a vu naître ;
De la croisée où, chaque jour,
Je voyais le soleil paraître.

Jamais il ne me fit défaut
Dans ma riante destinée ;
Jamais il ne parut trop tôt
Pour une trop longue journée.

Les temps sont changés, le jour fuit
Sans me laisser une espérance.
Je voudrais, hélas ! que la nuit
Eût emporté mon existence.

Quand le soleil reviendra dorer la petite croisée
où j'avais coutume de saluer chaque matin son
apparition, il n'y trouvera plus Nelly Lestrange.
Il cherchera vainement la jeune fille qu'il a vue
grandir, et qui, dans les belles matinées de juin,
lui souriait au milieu des prairies, les pieds dans
la rosée. L'insoucieuse, la folle Nelly Lestrange,
la joyeuse architecte des châteaux en Espagne a
disparu, non seulement de sa chambre, mais du
monde.

On l'a enterrée hier dans cette chambre mortuaire
où le dernier des Lestrange a rendu son âme à Dieu,
et il ne reste plus à sa place que Nelly Lancaster.

Me voici seule près du lit vide de mon père,
baisant de mes lèvres décolorées les coussins qui
ont supporté sa tête mourante. Le Ciel, dans sa
pitié, m'a rendu le don des larmes. Après la mort
du cher vieillard, j'ai coupé une mèche de ses
cheveux gris si clairsemés, et maintenant je contemple ce précieux souvenir, qui me rappelle si
vivement le bien-aimé défunt, que je crois encore
le voir et entendre sa voix.

Il est deux heures de l'après-midi et, à l'exception
des domestiques, je suis seule dans la maison.

Hugues n'est point encore revenu de Wentworth,
où il doit m'emmener, et Dolly est partie. Pendant
toute la matinée, Dolly a parcouru le château,
recueillant par-ci par-là quelques bribes de porcelaine ou d'argenterie. Elle n'y a aucun droit, bien

qu'elle assure que le « pauvre cher papa » lui ait fait don de ces objets, et qu'elle ne puisse supporter l'idée de les voir mis en vente ; mais lorsqu'une maison est livrée à la confusion par la mort de son propriétaire, un petit larcin est bien excusable,

Elle est partie depuis une demi-heure, pour s'en aller en visite chez quelqu'un de ses nombreux amis, et son départ a donné lieu à une scène des plus touchantes. Elle a serré la main des domestiques et pleuré un peu, pas assez toutefois pour paraître défigurée à la station du chemin de fer. Quant à moi, assise sur le parquet avec mon laisser-aller habituel, bien que je sois maintenant une grande dame, je verse des ruisseaux de pleurs, en contemplant la précieuse mèche.

La porte s'ouvre et je vois paraître Mme Smith, qui me dit timidement :

— Mílady, sir Hugues est de retour.

Cette appellation me paraît si étrange qu'il ne me semble point que ce soit à moi qu'elle s'adresse. Mme Smith fait quelques pas dans la chambre et répète :

— S'il vous plaît, milady, sir Hugues est en bas et désire vous parler.

Je la regarde d'un air surpris, puis je me lève et je me jette dans ses bras en lui disant :

— Ne m'appelez pas ainsi ; appelez-moi toujours miss Nell.

— Volontiers, répond la digne femme en baisant

mes joues décolorées, tandis qu'elle arrange mes cheveux en désordre; mais, chère miss, il n'est point raisonnable de vous affliger de la sorte. Essuyez vos yeux et descendez, sir Hugues vous attend.

— Non, rien ne presse; qu'il me donne encore une demi-heure.

Mme Smith me regarde d'un air désapprobateur.

— Eh bien, non, vous ne devez point le faire attendre. C'est votre mari, et le meilleur homme que je connaisse depuis que nous avons perdu sir Adrien.

Je me laisse persuader et je descends. Hugues est au bas de l'escalier et sifflote entre ses dents, selon son habitude.

— Grand Dieu! chère Nell, s'écrie-t-il du plus loin qu'il m'aperçoit, quelle figure vous avez!

— Je n'y puis rien, dis-je d'un ton revêche. Me blâmerez-vous de pleurer après la perte que j'ai faite?

— Écoutez, mon amour, le Ciel m'est témoin que je marcherais sur la tête d'ici à Wentworth pour vous éviter un chagrin; mais à quoi sert de s'affliger éternellement? Il faut se soumettre à la volonté d'en haut..... Votre devoir est accompli, reprit-il après un moment de silence, et votre présence ici n'est plus nécessaire. Quand voulez-vous partir?

— Déjà partir! je voulais pourtant dire adieu à mes souvenirs d'enfance.

Hugues baisse les yeux et tiraille sa moustache.

— Les journées sont courtes dans cette saison, dit-il ; il faut deux heures d'ici à Wentworth, et je ne voudrais pas mettre les chevaux en sueur ; d'ailleurs ma mère serait inquiète si nous n'arrivions pas pour le dîner. Avec votre permission, je vais donner l'ordre d'atteler.

— Je suis à vos ordres, lui dis-je en remontant pour faire mes préparatifs.

— A propos, Nell, vous avez deux voitures ici, le coupé et le double dog-cart. Laquelle voulez-vous prendre ?

— Oh ! pas le dog-cart, m'écriai-je, avec un geste involontaire de répugnance.

— Pourquoi ? il ne fait pas froid ; le temps s'est fort radouci.

— Non, ce véhicule me rappelle un jour néfaste.

Parole imprudente et qui suffisait pour mettre à l'épreuve la patience du meilleur mari. Sir Hugues supporta bravement l'allusion, qui pouvait d'ailleurs se rapporter à l'accident dont le lecteur doit se souvenir.

— Ce ne sont plus les mêmes chevaux, dit-il. Vous n'avez rien à craindre ; le dog-cart ne peut pas s'emporter tout seul.

Je compris qu'il ne lui souriait point de faire un trajet de quatorze milles dans une voiture fermée, en tête à tête avec une femme en pleurs.

— Comme vous voudrez, lui dis-je, cela m'est indifférent.

Me voilà donc à côté de lui sur ce dog-cart qui m'est odieux, puisque je le regarde, à tort ou à raison, comme une des causes déterminantes de ma destinée. La température a subi, depuis le matin, un de ces changements assez communs dans notre climat, si fécond en surprises désagréables. La neige s'est fondue sous l'influence d'une douce brise du sud-ouest; l'air est aussi chaud qu'au mois d'avril, on se croirait dans un bain de vapeur.

Tandis que la voiture roule, je jette un dernier regard sur ces lieux qui me sont chers à tant de titres. Les vieux toits de Lestrange disparaissent derrière les ormeaux, le clocher se confond avec la teinte grise de l'atmosphère et les ifs du cimetière se dessinent vaguement sous le manteau diaphane qui les recouvre.

«Adieu, cher père, adieu!» dis-je intérieurement, et mes larmes redoublent sous mon voile de crêpe.

Durant les cinq premiers milles, Hugues me laisse à mes tristes pensées. Il se contente de parler à ses chevaux ou à son groom, et ne s'occupe nullement de la statue voilée qui est assise auprès de lui.

Bientôt la statue lève son voile et renferme son mouchoir, le réservoir des pleurs étant épuisé. On allume les lanternes, et nous roulons dans l'obscurité, interrompue de loin en loin par la fenêtre éclairée d'un cottage qui brille sur les bords de la route.

Encouragé par le retour du beau temps, mon époux rassemble ses rênes dans sa main droite et passe son bras gauche autour de ma taille. Je suis la femme légitime de sir Hugues; ainsi les grooms ne doivent rien trouver d'étrange, cette fois, dans le procédé. Je crois découvrir néanmoins qu'ils en sont quelque peu divertis.

— Allons, chère petite femme, dit mon seigneur et maître, un peu de courage. Ce qui est fait est fait. Les choses ne vont jamais si mal dans ce monde, qu'elles ne puissent devenir pires.

Comme il achève cette consolante maxime, le cheval sous la main s'effarouche et fait un écart. Le bras se retire, à ma grande satisfaction.

« Là! là! tout beau, Revolver! » fait sir Hugues.

Pour moi, j'aurais plutôt envie d'exciter le peureux quadrupède que de le calmer.

La glace rompue, mon mari continue la conversation, dans le but charitable de me distraire.

— Je suppose, Nell, que la pauvre Dolly est maintenant arrivée au terme de son voyage.

— C'est probable.

— Combien de temps va-t-elle rester là? savez-vous?

— Non.

— Que deviendra-t-elle après son retour?

— Je ne sais.

Et le son de ma voix dit assez clairement: « Je m'en inquiète peu. »

— Pauvre fille! c'est bien triste pour elle de n'avoir pas un coin du monde où se réfugier!

— Bah! elle a des amis par centaines.

— Sans doute, mais on ne peut pas vivre toujours chez des amis. C'est ce que nous disions ce matin, elle et moi, avant son départ. Nous avons eu ensemble une longue conversation, et je vous jure que jamais l'avenir d'une personne ne m'a plus préoccupé que le sien.

— Elle ne vous a donc pas communiqué ses projets?

— Non, elle semblait vouloir me demander mon avis. Voulez-vous que je vous dise celui que je lui ai donné?

— Comme il vous plaira.

— Au fait, j'aurais dû vous consulter préalablement, dit Hugues avec un certain embarras; mais je me croyais si sûr de votre approbation..... Si j'ai prévu quelques difficultés c'est plutôt du côté de ma mère. La digne femme n'a pas le caractère très égal, et elle n'aime guère les nouveaux visages.

— Quel est donc cet avis? demandai-je d'un ton anxieux.

— Tout simplement qu'elle vienne vivre avec nous jusqu'à son mariage, ce qui ne sera pas long, j'imagine.

— Ah! fis-je avec une froideur glaciale.

Décidément sir Hugues avait raison quand il disait que les choses ne sont jamais si mauvaises qu'elles ne puissent devenir pires.

— Ne goûtez-vous pas cet arrangement? Il me paraît si naturel entre sœurs, surtout entre deux sœurs orphelines.

— C'est bien aimable à vous, en vérité.

— Mon Dieu! Nell, ce n'est pas seulement mon intérêt pour elle qui m'a suggéré cette proposition; j'ai beaucoup pensé à vous, et voulu vous donner une compagne que j'ai crue plus agréable que toute autre. Ma mère ne saurait vous être d'une grande ressource, vu la disproportion des âges, et je serai forcé de vous laisser souvent seule; j'ai mes fermes, vous savez, et la chasse trois fois par semaine.....

Je me tais. Hugues paraît fort déconcerté de mon indifférence au sujet d'une combinaison dont il attendait merveille.

— Fort bien, dis-je au bout de quelques minutes, et qu'a-t-elle répondu?

— Oh! vous ne pouvez-vous figurer sa reconnaissance. La pauvre enfant m'a remercié à genoux, ajoutant que c'était un bienfait inappréciable pour une créature sans asile, et que, du reste, elle ne nous serait pas longtemps à charge. Je ne sais ce qu'elle a voulu dire; elle a sans doute quelqu'un en vue.

Pour le coup, je n'y tiens plus. Le tableau me paraît si comique, que je puis à peine retenir mon hilarité. Dolly tombant aux pieds de sir Hugues qui en est tout confondu et qui s'empresse de la relever ! Si elle avait réfléchi que je ne pouvais manquer d'en être instruite, elle se serait probablement abstenue de cette petite scène de mélodrame.

Cet entretien nous conduisit à Wentworth. La dernière fois que j'avais jeté les yeux sur le perron au bas duquel Hugues venait de me déposer, Dick était appuyé contre la porte. Toutefois je ne m'arrêtai point à ce souvenir ; je suivis mon mari dans la bibliothèque, où je fus reçue par une femme en grand deuil. Je lui suis gré de cette attention délicate.

Lady Lancaster me serra sur son cœur en me disant d'un ton solennel, mais affectueux :

« Ma chère fille, soyez la bienvenue. »

Hélas ! c'était désormais la seule personne qui pût m'appeler sa fille !

XXXIII.

On dit qu'un des plus grands bienfaits à nous octroyés par la Providence est la faculté de l'oubli, la facilité avec laquelle nous acceptons les choses et les événements. Pour moi, il me semble que ce qui aiguise la pointe de nos douleurs c'est la

pensée qu'il viendra un temps où nous ne la res-
sentirons plus. C'est une dure destinée pour tout
être humain que de disparaître de la vue de ses
proches ; mais disparaître de leurs cœurs n'est-ce
pas bien plus cruel ? Pauvres morts ! si vite oubliés !

Tant que leur souvenir reste présent dans notre
pensée, tant qu'il vit avec nous et que nous vivons
avec lui, le jour et la nuit, dans la maison et
dans la rue, au milieu du bruit et du silence, il
semble que nous gardons une portion d'eux-
mêmes, qu'ils sont encore près de nous et ne
nous ont pas quittés.

Mais on dirait que l'oubli est une condition inflexible de notre nature. Pour tant qu'on s'obstine
à nourrir la douleur, à la tenir en haleine, elle
finit par s'user, comme le crêpe du deuil. Ne vous
est-il point arrivé, mes amis, en voyant quelqu'un
rire et causer gaîment à la suite d'un grand chagrin, de vous écrier : Qu'il est oublieux ! et que
j'agirais différemment !

Eh bien, à votre tour, vous subissez la loi commune. Au bout d'une semaine ou deux, vous vous
surprenez à causer et à rire ; le fleuve de votre vie
recommence son cours paisible, comme s'il n'y
avait pas là, près de vous, une tombe fraîche.

« Loin des yeux, loin du cœur. » Cette maxime
est vraie, et de plus naturelle. Nous ne pouvons
penser toujours à ce que nous ne voyons pas.
C'est là ce qui fait que nous songeons si peu au

ciel et que nous nous en formons une idée si
incomplète. Les vivants remplissent peu à peu le
vide de notre cœur, et l'action du temps finit par
apaiser nos maux, comme la vague, après des
siècles, creuse les rochers de granit.

Un mois s'est écoulé depuis mon entrée à Wentworth ; sombre et triste mois d'hiver, illustré par
la neige et le givre. On ne parle déjà plus du
mariage de sir Hugues Lancaster ni de la mort
de sir Adrien Lestrange. D'autres gens se sont
mariés et sont morts depuis, et d'autres sujets
ont succédé à ceux-là dans les entretiens du
monde. Il y a eu une vente publique à Lestrange ;
les vieux meubles en chêne sculpté et les tapisseries de haute lisse ont été adjugés au dernier
enchérisseur. Les parvenus de Manchester et de
Liverpool se sont partagé les dépouilles des anciens
preux, et rien n'est pitoyable comme les salles
du manoir dépouillées de leur antique parure.
Hugues a acheté pour moi le grand fauteuil de
cuir, où je suis assise à cette heure ; j'espère que
j'y mourrai.

Quant à moi, j'ai été transplantée de Lestrange
à Wentworth et je n'en suis pas morte. Je suis
une plante plus vivace que je n'aurais cru. Je ne
passe pas mes jours à pleurer, je ris même quelquefois lorsque je surprends quelque ridicule dans
mon mari et dans ses appartenances, ce qui n'est
point rare. Je mange, je bois et je dors, je me

querelle de deux jours l'un, à peu près, avec ma belle-mère, et Dieu me donne l'énergie de malmener Hugues toutes les fois que l'idée m'en prend. Est-ce à dire que je suis résignée à mon sort et que je commence à m'y accoutumer? Nullement.

J'aurais pu me consoler à la longue de la mort de mon père. Rien de plus naturel que de voir les enfants survivre à leurs auteurs; mais ce dont je ne pouvais prendre mon parti, c'était l'inutilité de mon sacrifice. Mon père, que j'avais voulu sauver, avait succombé sous le poids de ses misères. J'avais brisé mon existence, fait le malheur de ma vie en pure perte. Que serait-il arrivé de pire si j'avais épousé Dick? Rien, et j'aurais du moins été heureuse. Ainsi, je me voyais, avec une sourde rage, victime d'un guet-apens que j'attribuais à la fatalité, quoiqu'un secret pressentiment m'eût dit plus d'une fois qu'il avait une cause moins impersonnelle.

Malgré tous mes efforts, je n'avais pu vaincre la répugnance que m'inspirait mon mari. Le digne homme me témoignait pourtant une bonté excessive; il m'aimait autant qu'il pouvait aimer aucune créature en ce monde. J'avais beau me reprocher mon injustice et me dire qu'il n'y avait pas de sa faute si sa nature était triviale et vulgaire, on n'est pas toujours maître de ses sentiments. Je suis sûre qu'il appréciait mes qualités et ne voyait pas mes défauts. En somme, il était bien aise d'avoir

sous les yeux un joli et frais visage qui fît diversion à la figure jaune et ridée de sa vieille mère.
Je l'aurais mieux supporté s'il n'avait abusé de la
tendresse conjugale, et je me faisais une violence
extrême pour en accueillir les démonstrations
avec les égards que je leur devais.

Comment les éviter d'ailleurs ? J'étais son bien,
sa propriété, je lui appartenais au même titre que
sa jument alezane dont il était si fier, et il avait
aussi bien le droit de me serrer la taille, — sa
manie favorite, — que de caresser la crinière de
Betzy. Je me prenais à souhaiter quelquefois qu'il
transférât ses amitiés à quelque autre objet,
fût-ce ma camériste ; je n'en aurais été nullement
jalouse. J'enviais souvent le sort de cette dernière,
qui pouvait aimer l'homme de son choix et quitter
la maison le jour où elle serait lasse d'y demeurer.
Moi, j'étais rivée à ma chaîne pour toute ma vie.

Mes tribulations ne se bornaient pas là. J'avais
cru d'abord que les paroles sacramentelles qui
avaient consacré notre union banniraient de mon
cœur, par une sorte de vertu cabalistique, la
pensée de tout autre homme que sir Hugues.
J'avais entendu flétrir le femmes perverses, qui
ne concentrent pas toutes leurs affections sur
leurs maris, et j'espérais bien que je ne serais
pas de celles-là.

Erreur ! Je découvris bientôt, à ma honte, que
j'étais du nombre des brebis galeuses. Depuis que

je portais le nom de lady Lancaster, je pensais à
Richard Mac-Gregor beaucoup plus que lorsque
j'en avais le droit, en ma qualité de Nelly Lestrange; j'y pensais jour et nuit, non avec le propos
délibéré de mal faire, non comme le cœur coupable qui soupire après le fruit défendu, mais parce
que je n'avais point d'autre asile où me réfugier
dans le vide de mon existence, et que la vie monotone de Wentworth me livrait sans défense aux
rêves de mon imagination. Le remords que j'en
éprouvais ne contribuait pas peu à mon malheur.
Le monde m'apparaissait comme un vaste chaos
où tout ordre était renversé, où les hommes s'agi-
taient pêle-mêle, sous l'empire d'une fatalité bru-
tale qui les poussait vers un gouffre final, noire
géhenne où tout allait s'engloutir.

Je passais toutes ces matinées d'hiver, assise
sur une chaise en bois doré, vêtue, des pieds à la
tête, de soie noire et de crêpe, dans le salon jaune
où chaque meuble me parlait de *lui,* tandis que
ma belle-mère tricotait des bas pour son bien-aimé
fils. La conversation roulait invariablement sur le
même sujet, c'est-à-dire sur sir Hugues, lady Lancaster n'en connaissant pas de plus intéressant.
Elle me racontait les anecdotes les plus apocry-
phes touchant la beauté de son fils quand il était
enfant; comment il avait pris la rougeole et comment il s'en était guéri; combien de fois il avait
failli se rompre le cou à la chasse, que sais-je?

elle ne me faisait grâce d'aucun chapitre de son histoire.

Dans l'après-midi, nous montions en voiture et, toujours accompagnés de notre vénérable mère, nous allions faire des courses dans les environs ; ou bien, quand ce n'était pas jour de chasse, je me promenais dans les dépendances avec sir Hugues, visitant les écuries, écoutant la généalogie de ses chevaux.

Quelquefois, rarement, quand je pouvais m'échapper, je jetais un manteau sur mes épaules et, coiffée de mon plus vieux chapeau, je m'en allais courir dans le parc, heureuse de vaguer en liberté, comme au temps où j'étais jeune fille.

Le soir, autour de la table à ouvrage, j'échangeais avec ma belle-mère des riens fastidieux ou des propos aigredoux. Hugues, après m'avoir plus ou moins caressée suivant son humeur, s'endormait dans un fauteuil et ronflait consciencieusement.

Un soir, après le dîner, nous étions réunis tous trois dans le salon : lady Lancaster, la douairière, frottant l'une contre l'autre ses éternelles aiguilles; Hugues éveillé, mais lisant le *Times* en guise de narcotique ; la jeune lady Lancaster brodant sans aucun plaisir des pantoufles pour son seigneur et maître, tandis que ses yeux allaient du fils à la mère, et qu'elle murmurait à part soi :

— Ah ! que je suis lasse de vous deux ! et que je voudrais m'en aller d'ici !

La voix de Hugues rompit le silence :

— Ma mère, vous rappelez-vous Mac-Gregor ?

— Lequel Mac-Gregor, mon cher enfant ? Il y en a beaucoup. Il y a l'ami de votre pauvre père, sir Malcolm, et le général Mac-Gregor.....

— Il ne s'agit pas de ces vieilles perruques. Celui dont je parle est un grand et beau jeune homme qui était ici l'année dernière, le jour de notre bal.

— J'y suis. Il renversa une tasse de café sur ma robe de satin lavande, et je fus obligée de changer le lé. Je me rappelle fort bien ce jeune homme, et je crois même avoir remarqué qu'il était fort attentif pour Dorothée Lestrange.

— Vous rappelez-vous le numéro de son régiment ?

— Le 6ᵐᵉ dragons, dis-je en intervenant, avec une émotion que j'avais grand'peine à dissimuler. Qu'y a-t-il ?

— Oh ! rien, ma chérie, ce régiment a reçu l'ordre de partir pour l'Inde.

Je demeurai un instant anéantie ; puis je me levai et je sortis avec une telle précipitation que je faillis renverser le maître d'hôtel qui apportait le thé. Ce grave fonctionnaire en fut tout déconcerté.

Le lendemain, sir Hugues et sa mère devaient aller dîner et coucher dans une maison du voisinage. Mon grand deuil me dispensait naturellement de les accompagner, aussi fus-je bien heureuse quand ils eurent tourné le dos. J'avais supplié ma belle-mère de ne pas rester à cause de moi, comme elle avait paru vouloir le faire, et elle était partie, charmée, avec *son garçon,* comme elle l'appelait.

« Dieu soit loué ! » m'écriai-je, lorsque, debout sur le perron, je vis disparaître les lanternes de la voiture au bout de l'avenue, car il faisait déjà nuit. Alors je retournai dans le salon et, me laissant tomber sur un fauteuil, je me livrai tout entière à mes rêveries.

« Il part pour l'Inde ! Il part pour l'Inde ! »

Ces mots ne cessaient de retentir à mon oreille depuis vingt-quatre heures, et maintenant il me semblait les entendre répéter par le balancier de la pendule... Pour l'Inde ! ce climat de feu, où il pouvait laisser la vie ! et je ne le verrais plus ! Il ne s'agissait pas d'un an, ni de deux, ni de vingt ; c'était pour toujours ! Et je ne saurais jamais pourquoi, ni pour quelle autre femme plus belle et plus aimable il m'avait abandonnée !

Une pensée folle traversa mon cerveau. Je voulais aller le trouver, lui demander pourquoi il avait été si cruel, le supplier de m'emporter avec lui dans cette terre lointaine du soleil. Que m'importait d'être criminelle ? Mon père n'était plus là pour me maudire. Mon cerveau s'exaltant de plus en plus, je fus prise d'une sorte de vertige. Il me

semblait que la meilleure chose à faire sur cette
terre de malheur était de saisir le bien présent
sans se préoccuper de l'avenir. Je comprenais la
morale effrénée des Épicuriens: «Mangeons, bu-
vons, épuisons tous les délices; qui sait si nous
vivrons demain?» Pour moi, j'appelais la mort
avec frénésie. S'il y a quelque part une justice
éternelle, m'écriais-je dans mon délire, pourquoi
mon châtiment est-il plus lourd que mes fautes?
Je demande si peu! Ce n'est pas le bonheur que
je sollicite, mais seulement la fin de mes peines;
une mort douce, un prompt anéantissement. Oh!
coucher ma tête dans la poussière, non entre les
planches d'un cercueil, mais au sein de la terre
odorante, où la fièvre qui me brûle s'apaiserait,
où je m'endormais jusqu'à ce que mon corps re-
tournât à la terre, et que mon esprit..... ah! mon
esprit! s'endormirait-il, lui?

Le feu brûlait joyeusement, les bougies répan-
daient une douce clarté; les meubles étaient rangés
avec méthode le long des murs, dans leurs housses
de toile perse; tout enfin autour de moi respirait
le calme et le bien-être; néanmoins j'étouffais
dans cet intérieur. Je courus à la porte vitrée que
j'ouvris, et je m'avançai sous la vérandah. La nuit
était orageuse; un vent tiède chargé de pluie
faisait courir de gros nuages dans le ciel. Je restai
longtemps debout sur les marches de pierre, respi-
rant le grand air avec délices, et baignant mon

front embrasé dans le lierre humide qui serpentait autour des piliers de la vérandah.

— C'est ici, me disais-je, qu'il me donna son dernier baiser ; ici qu'il me prit dans ses bras, en me jurant qu'il m'aimait !

Il y eut un moment de calme entre deux rafales ; la lune se dégagea des nuages qui la voilaient, le sable humide des allées scintilla comme une poussière de diamants.

Tout à coup je vis s'agiter à quelques pas un laurier de Portugal, puis paraître un homme qui s'avança vers moi.

XXXIV.

Ai-je besoin de dire quel était cet homme ? Je l'ignorais moi-même au premier abord. Pendant une seconde je demeurai pétrifiée de terreur. Mais je le reconnus bientôt, et une joie subite, immense, indicible m'inonda.

— Je rôde par ici comme un voleur, dit-il quand il fut près de moi. J'ai vu partir votre mari et j'étais résolu à vous voir avant de m'en retourner.

A ce moment, la lune se voila de nouveau et l'obscurité devint profonde. Un flot de lumière qui vint du salon éclaira sa grande taille et me le fit voir trempé par la pluie, les habits et les cheveux en désordre, les traits hagards. Mon second sentiment fut celui de la pitié.

— Est-ce vous, Dick? m'écriai-je. Est-ce bien vous?... Mais vous ne pouvez rester là, mouillé comme vous êtes...

Je rentrai dans le salon en lui faisant signe de me suivre. Il hésita d'abord, puis il pénétra après moi dans l'appartement.

Nous restâmes debout et muets chacun d'un côté de la cheminée, nous regardant l'un l'autre d'un œil égaré, par-dessus l'abîme qui nous séparait. Ce fut Dick qui parla le premier.

— Oh! Nell! Nell! qu'avez-vous fait?... moi qui vous aimais tant!

Ces paroles firent monter le sang à mon front et à mes joues. Hélas! en le voyant j'avais tout oublié.

— Comment osez-vous parler ainsi, m'écriai-je avec véhémence, vous qui m'avez trahie, abandonnée, vous qui ne m'avez pas donné signe de vie pendant six mois, qui n'avez même pas répondu à mes lettres!

Je m'arrêtai, suffoquée par l'indignation.

— Que voulez-vous dire? fit-il d'un air surpris, les mains tendues vers le feu, tandis qu'un nuage de vapeur s'élevait de ses vêtements. Je n'ai reçu de vous qu'une lettre dans laquelle vous m'adjuriez de ne pas vous répondre.

— Une lettre où je vous adjurais de ne pas me répondre? m'écriai-je confondue.

— Sûrement, la voici; elle ne m'a pas quitté un seul jour depuis que je l'ai reçue.

Il tira son portefeuille de sa poche et y prit une lettre qu'il me présenta. Je la parcourus des yeux ; l'écriture ressemblait à la mienne, sauf qu'elle était plus nette et plus ornée. Je cherchai la signature, il n'y en avait point. Voici le contenu de cette lettre :

« Très-cher ami,

« Je suis assise devant ma table pour vous « écrire, ce qui me paraît un peu étrange, mais « en même temps, je vous l'avoue, très agréable. « Ne soyez pas fâché contre moi ; j'ai tout dit à « mon père ; vous savez si je l'aime et s'il est « possible de lui rien cacher. Il s'est mis d'abord « en grande colère, disant que je m'étais couverte « de honte. Néanmoins, à force de prières et de « supplications, j'ai réussi à le calmer ; j'ai même « obtenu de lui que, si nous demeurions l'un et « l'autre dans les mêmes dispositions pendant un « an, il consentirait à nous entendre. Seulement « il exige que nous demeurions tout ce temps « sans nous voir et sans nous écrire. J'ai fait tous « mes efforts, comme vous l'imaginez, pour le « faire revenir sur sa décision, mais il est resté « inflexible. C'est bien dur, n'est-ce pas, mon « doux Richard ? Je ne puis m'empêcher de pleurer « quand je songe à ce qu'il y a de cruel dans une « telle privation. Mais qu'y faire ? Il faut se sou- « mettre : après tout, une année est bientôt passée,

« songez comme nous serons heureux alors. Adieu,
« très-cher, que Dieu vous conduise !

« Toujours à vous,

« N. L. »

« *P.S.* — Je vous adjure, au nom de notre
« amour, de ne pas me répondre. C'est la plus
« grande preuve de dévouement que vous puissiez
« me donner. Mon père ne manquerait pas de voir
« votre lettre, et il pourrait en résulter de fâ-
« cheuses conséquences. Adieu encore, adieu ! »

— Je n'ai jamais écrit cela, lui dis-je en me
retenant d'une main convulsive au marbre de la
cheminée, pour ne pas défaillir ; c'est un faux. Je
reconnais là la main de Dolly.

— Quoi ! vous n'avez pas écrit cette lettre ?

— Jamais ! Je vous en ai écrit mille autres où
je vous disais... ce que je vous avais déjà dit de
vive voix, et vous reprochais votre silence.

— Je ne les ai jamais reçues, dit-il en pâlissant.

Nous nous regardâmes encore, immobiles,
comme si la foudre fut tombée à nos pieds.

— Quel motif a porté votre sœur à commettre
une telle infamie ? reprit Richard.

— Je ne comprends que trop, m'écriai-je en tor-
dant mes mains de désespoir. Elle voulait me faire
épouser cet homme... et elle y est parvenue ; oh !
Dieu !

Je me laissai tomber sur l'ottomane qui était

derrière moi, et j'étouffai mes sanglots dans les coussins.

— Quel démon que cette créature! cria Richard en frappant le marbre de son poing. Si elle était là, je lui arracherais les membres un à un, quoique ce soit une femme... Par le ciel! je le ferais.

— Quant à moi, si ma haine et ma malédiction peuvent lui faire quelque mal, elle est certaine de posséder l'une et l'autre.

En parlant ainsi je me jetai sur le parquet et mes larmes coulèrent avec une nouvelle abondance.

Lui, pendant ce temps, demeurait immobile, le coude appuyé sur la cheminée, contemplant mon désespoir d'un œil morne. Il n'essaya point de me consoler. Pauvre ami! il n'en avait pas la force. D'ailleurs n'étais-je pas la femme d'un autre? C'était à sir Hugues de sécher mes larmes, non à lui.

Ainsi notre malheur, malheur sans remède aujourd'hui, est l'effet d'une méprise! reprit-il, comme s'il eût parlé pour lui seul.

En ce moment, le timbre de la pendule sonna dix heures. Je me levai et me rassis sur l'ottomane. Au dehors, le vent et la pluie sévissaient contre les vitres; mais la tempête qui grondait en moi était encore plus violente.

— Je n'y puis plus tenir, dit Richard, au comble de l'émotion. Il faut que je parte ou je deviendrais fou. Nell! je m'embarque demain pour l'Inde. Dites-moi un mot de pitié, un seul, avant de nous séparer. Oh! Nell! Nell! vous m'apparteniez avant d'être à lui.

Ces paroles me jetèrent dans un trouble extrême. J'oubliai l'honneur, la vertu, le respect de moi, tout, jusqu'à l'existence de Hugues.

— Ne partez pas, m'écriai-je en courant à lui ; ne savez-vous pas que je vous aime et que je ne puis vivre sans vous ?

Je saisis de mes mains crispées la manche de son habit, et je laissai tomber ma tête sur son épaule.

— Moi! dit-il d'une voix saccadée, rester en Angleterre et vous voir la femme d'un autre! Non ; ce serait un enfer... Laissez-moi partir, ajouta-t-il en me repoussant, tandis que ses traits bouleversés attestaient la lutte qu'il soutenait contre lui-même.

— Eh bien, si vous partez, lui dis-je en me jetant dans ses bras, je veux partir avec vous. Au nom du ciel, emmenez-moi !

Alors il me serra sur son cœur. Nous nous étreignîmes longuement, avec toute l'énergie de la passion et du désespoir... Puis il me repoussa de nouveau.

Enfant, vous ne savez pas ce que vous demandez. Me croyez-vous assez vil pour perdre la seule femme que j'aie aimée?

Mais je ne voulais rien entendre. Je me suspendis à son cou et je m'y attachai, résolue à mourir plutôt que de me séparer de lui. Mes cheveux se déroulèrent sur son épaule, et je restai ainsi, abandonnée entre ses bras, n'ayant plus conscience de moi-même.

Lui, plus fort que moi, se raidit contre le danger, serrant les dents et retenant son souffle. Ce fut une rude épreuve.

—Emmenez-moi, emmenez-moi, répétais-je dans mon égarement.

— Non, dit-il, cessez de me tenter. J'aimerais mieux vous tuer que de vous voir partir avec moi. Pensez-vous que je veuille vous mettre au niveau des femmes qui sont l'écume de la société? Oh! Nell! vous devez être bon ange ; ne me forcez pas à vous avilir.

Ces paroles salutaires, mais cruelles, pénétrèrent en moi comme un poignard. Je demeurai silencieuse et inerte, toujours appuyée sur son cœur ; la folie qui avait un instant troublé mon âme, se calma peu à peu.

— Je suis bien misérable, murmurai-je ; ne me méprisez pas, Dick, pour cette mauvaise pensée.

— Moi, vous mépriser! chère Nell! Si vous pouviez lire dans mon cœur et voir les tortures qu'il souffre de vous quitter !

Il pleurait en disant ces mots, et moi je recueillais ses larmes avec mes lèvres; larmes sublimes qui ne déshonoraient point sa virilité.

Nous restâmes ainsi longtemps, échangeant de tristes paroles et des caresses plus tristes encore, et, chose étrange! il me semblait puiser dans ce douleureux entretien la force nécessaire à mon sacrifice.

Minuit sonna.

— Partez maintenant, lui dis-je; partez, j'ai du courage.

Comme il me donnait son dernier baiser, un nuage passa sur mes yeux et je m'évanouis dans ses bras. . . . .

. . . .

Quand je revins à la vie, haletante et brisée, je me trouvai étendue sur l'ottomane, les cheveux dénoués, dans mes longues draperies noires. Les bougies touchaient à leur terme, le feu s'éteignait dans la cheminée.

Je jetai un regard éperdu autour de moi.

Il était parti, et j'étais seule, — seule pour toujours.

XXXV.

Hugues et sa mère revinrent le lendemain, vers les quatre heures de l'après-midi. Les feuilles sèches qui jonchaient la terre tourbillonnaient au souffle du vent, et les branches nues des vieux arbres se heurtaient avec des craquements sinistres. De la fenêtre de mon boudoir, je vis le grand coupé de famille s'avancer majestueusement à travers le parc.

Hugues, drapé dans son coachman brun, faisant les fonctions d'automédon ; dans l'intérieur de la voiture, notre respectable mère, aussi raide que ses aiguilles à tricoter, et sa femme de chambre ; sur le siège de derrière, le valet de chambre et le valet de pied ; tout le monde y est. Qu'ils soient les bienvenus.

J'avais passé la nuit entière à pleurer sur l'ottomane du salon, écoutant la pluie et l'ouragan, et suivant du cœur Richard Mac-Gregor, qui cheminait par cette affreuse nuit.

Quant à Dolly, c'était à peine si j'y avais pensé d'abord. Elle avait semé et elle allait recueillir ; son travail diabolique allait recevoir son salaire. Quoi de plus naturel !

Non, ce ne sera pas ! m'écriai-je tout à coup dans un accès de rage. Ce ne sera pas, avec l'aide de Dieu.

J'étais résolue d'aller trouver Hugues et de lui dire tout. Jusque-là j'avais été fausse et deshonnête envers lui ; je voulais être enfin franche et loyale dans ma révolte. Assez longtemps j'avais navigué sous de fausses couleurs ; désormais j'arborerais mon pavillon de corsaire.

« Oui, j'irai à mon mari et je lui conterai mon histoire dans son entière vérité, sans lui déguiser ma félonie, sans en rien omettre ; je lui dirai comment je me suis jetée dans les bras d'un autre, en le conjurant avec larmes de m'emmener hors du toit conjugal. Puis je lui dévoilerai, — car le reste ne devait être que la préface nécessaire de cette révélation, — je lui dévoilerai l'infamie de ma sœur, le faux en écriture qu'elle s'est permis envers moi ; exploit qui l'aurait menée à la potence il y a cent ans. »

Qu'en adviendrait-il ? Hugues me chasserait de chez lui sans aucun doute. Il me semblait impossible qu'il en fût autrement. Je voyais déjà le geste de mépris de la vieille femme, éloignant de mon contact sa lourde robe de moire antique, et jetant sur moi un œil courroucé ; cet œil dont les Pharisiens regardaient autrefois les pécheresses que le Sauveur accueillait dans sa divine miséricorde. Je serais chassée et forcée d'aller mendier mon pain en haillons.

Cette pensée était presque un soulagement. Je voyais là une expiation de ma faute, et surtout un moyen de frustrer Dolly du salaire que lui réservait Satan son patron, c'est-à-dire de l'asile qu'elle avait voulu s'assurer par mon mariage avec Hugues. Ce n'était pas à d'autre fin qu'elle avait écrit la fausse lettre qui devait me séparer de Dick. Une telle infamie redoublait ma vieille haine contre ma sœur ; mon irritation ne connaissait plus de bornes, et il n'y avait point de tortures, point d'ignominies que je n'eusse embrassées avec

joie pour me venger de celle qui avait changé le
riant jardin de ma jeunesse en une solitude désolée.

« Je dirai tout à Hugues aujourd'hui ou demain
au plus tard, » murmurai-je en moi-même, en
tambourinant avec mes doigts sur les vitres, tandis
que la voiture s'arrêtait devant le perron.

Hugues met pied à terre un peu lourdement,
et aide sa mère à descendre. — *Mon garçon* est
un bon fils !

Un instant après, je l'entends monter l'escalier
deux par deux :

— Eh bien, mignonne, pourquoi n'êtes-vous pas
venue à notre rencontre ? J'espérais vous voir
sur la porte du vestibule.

— Je... je ne sais pas, dis-je, me sentant horriblement coupable ; je n'y ai pas songé.

— Ah ! que je suis content de rentrer chez moi !
reprend Hugues en ôtant ses gants de peau de
chien, après s'être jeté sur une petite chaise de
canne. (Avez-vous remarqué, à ce propos, que les
hommes choisissent toujours le siège le plus exigu
qu'ils peuvent trouver pour y déposer leur personne ?) Je souhaite tout le bien du monde à mes
voisins, mais je ne me soucie plus guère d'eux
aujourd'hui.

— Vraiment ? dis-je avec un léger sourire.

— La prochaine fois que quelqu'un m'invitera,
je me propose de lui répondre : « Je suis marié

et je ne peux pas quitter ma femme ; n'est-ce
pas, Nell ? »

Il sera plus à propos de répondre : « J'ai chassé
ma femme de chez moi, » pensai-je avec amertume.

— Ne seriez-vous pas d'avis de descendre, pour
dire quelque chose d'aimable à ma mère ? Les
vieilles gens sont susceptibles, vous savez.

— Oh ! oui, certainement, j'oubliais...

Je descends en effet, et Hugues me suit. Nous
trouvons la douairière dans la bibliothèque, encore revêtue de sa toge de cérémonie et en train
de lire ses lettres.

— J'espère que vous avez fait une agréable
visite ?

— Charmante, ma chère, charmante, répond
lady Lancaster en me baisant au front d'un air
distrait. Ces gens-là composent leurs réunions
avec un goût exquis. Point de mélange ; on ne
risque pas d'y rencontrer ces parvenus qui pullu-
lent partout. La société était des plus choisies.
Lord Darlington, le cher évêque, lord et lady
Brandreth. A propos, lady Brandreth a beaucoup
demandé de vos nouvelles et témoigné le désir de
faire votre connaissance. Nous irons la voir la
semaine prochaine, voulez-vous ?

— Certainement, si cela vous fait plaisir.

(Il n'est pas probable que j'y aille. La semaine
prochaine j'aurai sans doute pris les haillons et le
bâton de mendiante.)

Je ne parlai point à Hugues, ce jour-là, ni le lendemain, ni le surlendemain, ni même le jour suivant. Qui me blâmera de ce retard? Quel est celui qui, ayant à remplir une tâche pénible, n'en a pas différé l'exécution de jour en jour?

Pendant ce temps, le dit et excellent Hugues allait toujours son train accoutumé, remplissant ses devoirs envers Dieu et envers les hommes, suivant son aimable routine. Le dimanche, il assistait aux offices et lisait le *Bell's Life*. Les autres jours il chassait, drainait, cultivait les engrais et le labourage à vapeur.

Quant aux légères bourrasques qui troublaient, de temps à autre, la paix de son sérail, bourrasques inévitables dans une maison habitée par deux femmes si diverses d'âge et d'idées, il ne s'en inquiétait pas plus que le maître de l'Olympe ne prenait souci des querelles survenues entre l'irascible Junon et Minerve aux yeux de bœuf.

Si j'avais les yeux rouges, c'était l'effet du vent d'est ou de la grippe, pensait-il. Si je ne parlais pas, il en concluait philosophiquement que je n'avais rien à dire, du moins sur l'objet qui le préoccupait lui-même pour le moment. Car il est bon de dire que sir Hugues avait, dans son écurie intellectuelle, un dada favori, toujours sellé et bridé, qu'il enfourchait régulièrement, et sur lequel il chevauchait à plaisir. Ce dada était, pour l'ordinaire, quelque mesquine tribulation dont il rabâchait pendant les loisirs que lui laissait la chasse, le drainage ou les engrais.

Pour le moment, la tribulation dominante était motivée par un chemin de fer en projet qui devait traverser une portion lointaine de ses propriétés. Cette voie de communication ne lui causait aucun préjudice, loin de là : elle augmentait la valeur du domaine; mais on eût dit, à l'entendre, qu'il s'agissait de la ruine de la maison de Lancaster.

— C'est intolérable, disait-il un soir en dînant, on ne peut plus se vanter d'avoir un pouce de terre à soi. Il faut s'attendre chaque jour à se voir traversé par ces maudites lignes ferrées dont personne n'a besoin.

— Tout à fait intolérable, répétait la douairière, toujours prête à renchérir sur les dires de sa progéniture. Vous verrez que, quelque jour, ils feront passer un railway dans notre salon.

— Au diable les faiseurs de projets! reprit sir Hugues en broyant une noisette avec autant de rage que si c'eût été la tête d'un directeur général.

La conversation roula toute la soirée sur ce thème intéressant. Il faisait encore cette nuit-là un temps horrible qui durait depuis près d'une semaine; on n'entendait parler que de sinistres sur les côtes.

— Quelle nuit ! dit ma belle-mère pendant que nous montions l'escalier pour regagner nos chambres, et qu'on est heureux de n'avoir aucun des siens en mer par un temps pareil !

Oh! oui, très-heureux en effet! Que leur importe, à eux, que l'*Euryale* fasse voile pour l'Inde avec le 6⁰ dragons à son bord! Ah! Dieu vienne en aide au pauvre navire, dans la tempête qu'il subit peut-être à cette heure, et au malheureux passager qui emporte ma vie avec la sienne!

Le vent se calme par moments pendant une minute, comme pour reprendre ses forces; puis, se levant plus furieux, il ébranle la maison avec des mugissements lugubres... Pauvre Dick! il sera englouti, c'est sûr. Peut-être l'est-il déjà. Peut-être les monstres de la mer dévorent-ils ce cœur qui a battu naguère contre le mien dans l'agonie du suprême adieu.

L'ouragan s'apaise avec le jour. Je m'endors pour rêver de cimetières, de sépulcres et d'hommes noyés. Il me semble que mon père vit, quoique je ne comprenne rien à cette existence posthume, mon rêve ne m'ôtant pas la certitude de sa mort. Je me réveille fort avant dans la matinée et, les paupières rougies, les yeux battus, j'arrive en retard pour le déjeuner, ce qui est un grand crime à Wentworth.

— Il me semble, ma chère fille, que vous pourriez bien descendre pour les prières. Ce serait d'un bon exemple pour les domestiques. Il n'est pas si pénible d'être prête à neuf heures, que je sache. De mon temps, les jeunes femmes ne passaient pas leur matinée au lit.

— Là ! là ! dit Hugues, qui me prend la main avec tendresse, il ne faut pas être trop sévère pour cette chère enfant ; elle est plus délicate que nous. Le vent l'a tenue éveillée cette nuit, la pauvre petite femme. Et, voyez, elle est encore toute endormie.

Pour éviter toute querelle, je me tais, et j'épluche ma correspondance qui est empilée sur un plateau, à côté de mon assiette. Elle n'est du reste ni nombreuse ni intéressante. La première lettre qui me tombe sous la main est encadrée de noir. Il y a dans la largeur de cette bordure une ostentation qui révèle déjà l'auteur de la missive ; l'écriture, d'ailleurs, ne me laisse aucun doute. Je prends et je lis :

« MA CHÈRE NELLY,

« Puisque *vous* et le cher Hugues, envers qui je « n'aurai jamais assez de gratitude, avez bien voulu « m'offrir un asile, me permettrez-vous de vous « arriver la semaine prochaine ? J'espère que ma « présence ne sera pas importune à lady Lancaster, « et, du reste, je tâcherai de ne gêner personne.

« Votre affectionnée sœur,

« DOLLY LESTRANGE. »

Allons ! l'heure de la crise a sonné. Le moment est venu de mettre le feu à la mine qui va faire

sauter la réputation des Lestrange, avec la paix
domestique et l'honneur des Lancaster. . . . .

. . . .

Quelques instants après le déjeuner, je frappais
d'un doigt tremblant à la porte du cabinet de
mon mari.

— Puis-je entrer, Hugues ?

— Certainement, vous le pouvez.

Là-dessus je pénètre dans le sanctuaire.

— Que signifie cette manie de frapper, Nell ?
avez-vous déjà oublié que je vous ai faite maîtresse
et souveraine de toutes mes appartenances ?
Celle-ci n'en est pas exceptée, que je sache.

— J'ai à vous parler, lui dis-je, en m'avançant
vers son bureau, les yeux fixés sur le tapis.

— Fort bien, venez vous asseoir près du feu, au
lieu de rester là debout, comme une solliciteuse.

— J'ai des nouvelles de Dolly.

— Ah ! elle vous annonce son arrivée probablement ?

— Oui, pour la semaine prochaine.

— Pauvre Dolly ! je suis enchanté de la voir.
Vous venez me consulter, j'imagine, sur l'appartement qu'il faut lui donner. Ceci ne me regarde pas, entendez-vous avec ma mère.

— Ce n'est pas cela, reprends-je, non sans
hésiter, tout en jouant avec mon collier de jais
noir. Avec votre permission, je voudrais lui écrire
de ne pas venir.

A ces mots, mon époux ouvre des yeux beaucoup plus grands que Dieu n'a fait ces fenêtres de l'âme.

— Lui dire de ne pas venir ? après l'offre que je lui ai faite ? C'est sans doute une plaisanterie.

— Nullement, dis-je avec feu. Si vous saviez tout, vous verriez que rien n'est plus sérieux. Je ne peux respirer sous le même toit que ma sœur.

Hugues se lève et m'attire auprès de lui sur le sofa.

— Voyons, qu'y a-t-il ? Auriez-vous reçu une ardoise sur la tête ? Il faisait grand vent ce matin..... Vous êtes-vous chamaillées par la poste avec votre sœur ?

— Non, poursuis-je, tandis que mes joues deviennent pourpres ; Hugues, il s'agit de quelque chose de grave... de très grave... seulement je voudrais que ce ne fût pas si pénible à dire.

— Est-ce quelque espièglerie de votre sœur ? quelque racontage ? Vous savez que je n'aime pas beaucoup ces choses-là. Il n'y a pas lieu de crier pour un peu de lait répandu.

— Ce n'est pas de ma sœur uniquement qu'il s'agit, dis-je alors dans une vive agitation ; il s'agit aussi de moi... Hugues, je suis une grande coupable !

Hugues me prend par la taille et me dit en souriant, tandis que je détourne la tête :

— Quel crime avez-vous commis, chère enfant ? Vous aurez peut-être dit *Amen* trop bas à l'église, ou vous aurez grondé trop fort votre femme de chambre pour vous avoir tiré les cheveux en arrangeant votre chignon? Il n'y a pas grand mal à tout cela.

Cette confiance inaltérable, dans sa sérénité, est comme un poignard qui me traverse le cœur. Je murmure d'une voix défaillante :

— Oh! ne riez pas! ne riez pas... si vous saviez!...

Hugues se voit menacé d'une scène, ce qu'il déteste le plus au monde. Voulant l'éviter à tout prix, il me laisse sur le sofa et s'approche de son bureau :

— Moi aussi, j'ai une communication à vous faire, et, comme je la crois plus gaie que la vôtre, nous allons commencer par la mienne, si vous le voulez bien.

En disant ces mots, il ouvre un tiroir d'où il tire un écrin recouvert en maroquin rouge, et revient s'asseoir près de moi.

— Vous avez souvent regretté, Nell, de n'avoir qu'une méchante photographie de votre père, n'est-il pas vrai?

— Oui, eh bien?

— Eh bien! avec cette épreuve, j'ai fait faire ceci. Voulez-vous regarder?

L'écrin renferme un grand médaillon d'or, orné du monogramme A. L. en diamants. Hugues en fait jouer le ressort et..... mes yeux s'humectent

de douces larmes. Je revois mon père bien-aimé,
non comme il était il y a six semaines lorsque la
mort l'a pris : l'artiste a effacé les traces de ses
douleurs ; il m'apparaît heureux et souriant, tel
qu'il devait être autrefois, tel qu'il viendra me recevoir aux portes d'or du paradis.

Vaincue par mon émotion, je me jette dans les
bras de Hugues. C'est la première fois que je l'em-
brasse de mon plein gré.

— Oh ! que vous êtes bon ! lui dis-je, et pourquoi ai-je été si ingrate envers vous ?

Hugues promène sa main sur mes cheveux avec
tendresse.

— Chère petite femme, oublions le passé. Qu'importe que vous ne m'ayez pas aimé jusqu'ici, si
vous m'aimez un peu maintenant ?

Nous nous taisons. Hugues, dont l'embarras est
visible, compte les grains de mon collier, pendant
que l'hésitation entre dans mon âme.

Les paroles de mon mari retentissent à mon
oreille : « Oublions le passé ! » N'est-ce pas le
mieux ? Ne lui ai-je pas fait assez de mal déjà par
mon indifférence ? Dois-je briser ce cœur si noble
et si droit, en lui avouant que sa femme lui a été
infidèle, sinon réellement, du moins par la pensée ?

Non, je n'en ai plus le courage. Que ce secret
demeure entre Dieu et moi. Mais si je renonce à
ma confession, je dois dire adieu à ma vengeance, puisque l'une ne va pas sans l'autre.

— J'ai toujours pensé, reprend Hugues d'un ton
grave, que l'absence du bonheur entre gens mariés
vient de leur exigence mutuelle. Il faut savoir se
contenter de ce qu'on a. Je vous désirerais peut-
être un peu plus aimante, Nell, plus heureuse
quand je suis près de vous ; mais s'il n'en est pas
ainsi, pourquoi me plaindre ? Je n'en remercie
pas moins la Providence de vous avoir donnée à
moi.

— La Providence vous a fait un médiocre présent, lui dis-je avec contrition.

— Pourquoi ? si je m'en contente, répliqua-t-il
en me pinçant l'oreille. Mais j'oublie que je suis
attendu dans les écuries pour voir ces chevaux
qu'on doit m'amener. Je ne puis rester perpétuellement cousu aux jupes d'une petite folle. Adieu,
chère Nell ; écrivez à Dolly qu'elle sera la bienvenue, et entendez-vous avec ma mère pour son ins-
tallation. Quant aux niaiseries qui vous trottent
par la cervelle, je n'en veux plus entendre parler.

XXXVI.

« La vengeance m'appartient, dit le Seigneur ;
c'est à moi de l'exercer. »

Ce texte de la Bible était sans cesse présent à
ma pensée depuis ma dernière conversation avec
Hugues. Après avoir jeté feu et flammes et proféré

contre ma sœur les menaces les plus terribles, je commençais à croire qu'il valait mieux laisser ma vengeance entre les mains de celui qui se l'est réservée. Je ne suis point de la nature de Jahel, et ma main tremblante ne pourrait jamais planter le clou dans la tête de mon ennemi.

Je commençais aussi à voir mes fautes aussi bien que celles des autres. La présence odieuse de Dolly dans ma maison, le bruit de sa robe de soie, la vue de sa calme et triomphante beauté me semblaient devoir être le juste châtiment de ma félonie. Y avait-il une expiation assez dure pour la femme qui avait voulu fuir avec un autre homme de la maison de son mari, et que le Ciel n'avait sauvée de ce naufrage que par l'honnêteté et la noblesse de son amant? Voilà ce que je me disais intérieurement; mais il y a loin quelquefois de la pensée à l'exécution.

—Votre sœur Dorothée avait un charmant modèle de broderie au crochet, la dernière fois qu'elle vint ici, me dit ma belle-mère le lendemain; c'est même une hardie travailleuse, et vous ne lui ressemblez guère sous ce rapport. Par parenthèse, voilà la saison de la chasse qui s'avance et je suis loin d'avoir terminé le gilet de ce pauvre cher Hugues; j'espère que votre sœur m'aidera. Vous marque-t-elle le jour de son arrivée?

— Non.

— Lui avez-vous écrit, ma chère?

— Pas encore.

— Eh bien ! faites-le immédiatement.

— Oh ! rien ne presse ; ce n'est pas l'heure de la poste.

— Ne différez jamais aucun devoir, comme me disait ma mère quand j'avais votre âge. D'ailleurs je désire que vous veniez faire des visites avec moi cette après-midi. Vous avez besoin de mettre un peu d'activité dans votre existence, ma chère Nell ; il y a parfois en vous quelque chose de léthargique.

Je me retirai donc et j'écrivis à ma sœur un billet glacial où je lui disais — de la part de mon mari — qu'elle serait la bienvenue à Wentworth.

Le jour de l'arrivée de Dolly luit enfin, et la voiture part pour aller l'attendre à la station. Hugues avait voulu me suggérer d'aller au-devant d'elle jusque-là, mais j'avais décliné cet honneur. Lady Lancaster est dans sa chambre, où elle écrit des lettres qu'elle efface avec son nez. Moi, je suis ensevelie dans un fauteuil au fond de mon boudoir, où je lis un roman qui m'intéresse beaucoup. C'est l'histoire d'une femme qui a fui le toit conjugal, et qui tombe, par suite, au dernier degré de la misère et du désespoir.

Pendant que j'assiste à une scène très pathétique entre l'héroïne et son amant, un bruit de roues se fait entendre. Je cours à la fenêtre, et j'arrive à temps pour voir, à travers les persiennes, Dolly descendre gracieusement de voiture et tendre ses deux petites mains blanches à Hugues avec effusion.

Dolly offre dans sa personne la plus haute expression du deuil officiel. Ces mots : « *le pauvre cher papa* » sont écrits sur chacun de ses traits, dans chaque détail de sa toilette, et jusque dans sa fine jambe, dont j'ai surpris le bas quand elle est descendue de voiture et qui m'a paru un peu amaigrie.

— Nell ! Nell ! crie mon stentor domestique.

Mais je ne réponds pas. Un moment après, j'entends la voix de mon mari et celle de ma sœur qui s'approchent.

— Je suis sûr qu'elle n'est pas là, dit Hugues, ou elle aurait répondu. Elle sera sortie probablement... Ah ! la voici, dit-il, après avoir ouvert la porte du boudoir... Eh bien ! chère Nell ! vous ne voulez donc pas voir votre sœur ?

Dolly s'avance rapidement pour se jeter à mon cou, mais l'expression de mon visage l'arrête sur place.

— Comment allez-vous ? lui dis-je d'un ton glacé, sans même lui tendre la main.

Hugues paraît fort mal à son aise ; il nous regarde l'une et l'autre d'un œil effaré.

— Je suppose que vous avez mille choses à vous dire ; ainsi je vous laisse.

Là-dessus il s'éloigne et ferme la porte derrière lui.

Après son départ, nous nous regardâmes un instant, ma sœur et moi, comme deux coqs sur le point d'en venir aux griffes. Puis Dolly se laissa tomber sur un fauteuil.

— Puisque vous ne m'invitez pas à m'asseoir, il faut bien que je m'y invite moi-même, dit-elle.

— Mais... j'allais vous en prier.

— Vous recevez vos hôtes à merveille, ma chère, il n'y a rien à dire ; mais je suppose que vous les congédiez encore mieux... Du reste, ajouta-t-elle, voyant que je restais muette, je n'abuserai pas longtemps de votre hospitalité.

— Comptez-vous vous réfugier dans un monde meilleur ? Celui-ci est si peu digne de vous.....

— Non, ma chère ; je vais tout simplement avoir une maison à moi. Permettez-moi de vous annoncer mon mariage avec lord Stockport. Vous le connaissez, je crois. N'a-t-il pas servi de témoin à sir Hugues, le jour de son mariage ?

Je restai confondue. Mon code de moralité recevait encore un nouvel accroc. Quoi ! me disais-je, voilà une créature qui est menteuse et faussaire, qui a perdu la vie de sa sœur par une infernale machination, et le Ciel la punit de ses crimes en lui faisant épouser un lord qui a 80,000 livres sterling de revenu ! En vérité, la justice n'existe plus qu'en poésie ; elle est complètement bannie de la vie réelle.

— Lord Stockport ! m'écriai-je, heureux homme !

Un éclair d'irritation brilla dans les yeux noirs de Dolly.

— Fort heureux, en effet. Je crains néanmoins que sa femme ne lui apporte pas tous les trésors de tendresse et de fidélité que sir Hugues Lancaster a trouvés dans la sienne ; qu'en pensez-vous ?

— Elle lui apportera toujours des talents remarquables dans plus d'un genre.

Miss Lestrange ne parut pas comprendre le sens de cette réplique.

— Après ? fit-elle d'un ton interrogatif.

— Les talents de lady Stockport sont plus nombreux que ceux de Desdemona, dis-je avec amertume : adroite aux ouvrages d'aiguille, musicienne accomplie, et surtout *habile à contrefaire les écritures.*

Ma sœur tressaillit visiblement à ces paroles, mais elle se remit sur-le-champ.

— Que voulez-vous dire ? demanda-t-elle d'un ton calme, tandis que ses doigts se crispaient sur les bras de son fauteuil ; vous devriez au moins illustrer vos discours d'un commentaire.

J'allai droit à mon secrétaire, et j'en tirai une lettre que je lui montrai.

— Connaissez-vous ceci ? lui dis-je ; c'est une surprise que je réserve à lord Stockport. Je suis sûre qu'il appréciera infiniment plus le don de votre main quand il sera instruit de son habileté.

Dolly devint tout à coup d'une pâleur livide. Il

n'y avait plus une goutte de sang sur ses lèvres, naguère illuminées du plus beau carmin.

— Eh bien, êtes-vous aussi sûre maintenant d'être lady Stockport?

— Comment avez-vous eu cette lettre? reprit ma sœur, après un moment de silence. Vous avez donc revu cet homme?

— Que vous importe la manière dont je l'ai eue? l'important, c'est que la voilà.

— Sans doute ; mais je regrette de ne pas savoir les détails de cette charmante histoire.

— Elle sera suffisamment explicite pour lord Stockport, dis-je sèchement.

— Et pour Hugues? demanda Dolly avec un sourire perfide.

— Oh! je n'y mettrai point de partialité; ils sauront tout, l'un et l'autre.

Ma sœur sourit légèrement, et les couleurs revinrent sur ses joues.

— Fort bien: Résurrection de Richard Longues-Jambes, tragédie en deux actes. A quand la représentation?

Si j'avais espéré confondre ma sœur par les preuves de son infamie, je me trouvais étrangement désappointée. De même que le pétrel[1] se réjouit

1. Oiseau maritime qui ne se plaît que dans les mers agitées. Dans son vol rapide, il effleure les vagues et semble courir sur l'eau. C'est à cette dernière particularité qu'il doit, dit-on, son nom de *Pétrel*, en souvenir de saint Pierre qui marcha sur l'eau, comme on sait, en allant au-devant de Jésus-Christ.

dans la tempête. Dolly semblait retrouver toute son énergie dans la lutte des éléments moraux.

— Aujourd'hui, répliquai-je, en élevant la voix, je ne vois aucune raison de la différer.

— Impossible, ma chère, puisque l'un des principaux acteurs est absent. Stockport n'arrive que samedi.

— Eh bien ! à samedi ; nous verrons alors si ce gentleman sera charmé d'apprendre que sa fiancée est une faussaire.

— Appelez les choses comme vous voudrez, cela m'est égal, bien que je pusse justifier mes actes par mes intentions ; mais, pour l'amour du Ciel, trêve de menaces et de bravades ; agissons comme des filles bien nées. Maintenant, ajouta-t-elle, en se dirigeant vers la porte, vous voulez m'accuser de fausse écriture? Soit, faites du scandale pour la satisfaction des petits journaux. Traînez notre vieux nom et celui de votre mari dans la boue ; vous n'en serez pas plus avancée. Quant à moi, je ne suis pas plus amoureuse de Stockport que je ne le suis de l'opinion du monde, et je puis perdre l'un et l'autre sans en mourir de chagrin.

En ce moment on frappa à la porte.

— Peut-on entrer? dit une voix fêlée, tandis qu'un long nez rouge surmonté de lunettes d'or faisait son apparition sans attendre la réponse.

Confuses comme deux écoliers pris en faute, nous descendîmes à l'instant de nos grands chevaux.

— Excusez-moi, dit lady Lancaster, si j'inter-
romps un agréable tête-à-tête ; mais j'ai entendu
votre voix, ma chère Dorothée, et j'ai voulu vous
souhaiter la bienvenue. Vous devez être fatiguée,
chère enfant ; ne songez-vous pas à vous reposer ?
C'est si pénible de courir les chemins de fer, et si
dangereux pour une femme de voyager seule !
Pour moi, il me semble que j'aurais une peur
horrible, depuis l'accident arrivé à cette jeune
dame, vous savez ? etc., etc...

— Vous n'interrompez rien, dit ma sœur, qui
avait recouvré son aplomb pendant le discours de
la douairière. Nous finissions notre causerie, et
nous n'avions rien de plus à nous dire pour le
moment, n'est-ce pas, Nell ?

XXXVII.

Nous sommes au vingtième jour de mars de l'an
du Seigneur 186... Les violettes, comme la colombe de l'arche, mettent le nez à la fenêtre pour
voir quel temps il fait. Elles commencent à quitter
leur quartier d'hiver.

Pauvres violettes, que mon père aimait tant !
Chaque année, il les accueillait avec son plus doux
sourire. Comme il était heureux lorsque je mettais à sa boutonnière le premier bouquet de la
saison ! Hélas ! sir Adrien Lestrange ne les verra
pas fleurir cette année. Il est loin, le pauvre

homme! il est parti pour une terre où il y a de bien plus belles fleurs.

Les chélidoines étendent leur riant tapis sous les ormes et les sycomores de Wentworth. Le printemps se frotte les yeux et, à peine éveillé, il réchauffe déjà la terre de son premier souffle.

Je n'ai pas fait comme lui ; je me suis réveillée tard et n'ai point assisté aux prières, ce qui m'a valu une semonce.

Le déjeuner est fini. Lady Lancaster et moi nous sommes debout sur la porte du vestibule, pour voir monter à cheval mon auguste époux, qui part pour un rendez-vous de chasse. Hugues a bonne mine sur son bucéphale. Quand il est à cheval, on ne s'aperçoit pas que ses jambes sont trop courtes. Au dire des connaisseurs, il a la meilleure assiette de tout le comté.

— Quel beau cavalier que Hugues ! s'exclame la douairière qui ne cesse pas d'admirer son fils, bien que le spectacle ne soit pas nouveau pour elle.

Quand l'habit rouge de mon seigneur et maître a disparu derrière les massifs, je me dirige vers la terrasse, où je me promène lentement de long et de large. Le soleil, qui prend de la force, caresse de ses tièdes rayons ma tête découverte. Je vais et je viens avec nonchalance, m'arrêtant pour regarder les jonquilles et les crocus qui se répandent en flots d'or sur la terre non encore verte. A deux pas de moi, sur la balustrade de pierre, un rouge-gorge exhale ses joies printanières en brillantes variations.

— Je voudrais être aussi heureuse que toi! dis-je en moi-même.

Un léger bruit de pas me fait retourner. C'est Dolly qui s'avance vers moi, vêtue d'une robe noire collante qui dessine merveilleusement les grâces de sa personne, relevée par un col et des poignets d'une blancheur éclatante. Personne ne sait mieux que Dolly accorder le deuil avec l'élégance. Du reste ma sœur est beaucoup mieux ainsi en toilette du matin que lorsqu'elle est habillée — ou plutôt déshabillée, comme c'est la mode aujourd'hui — pour le bal ou l'opéra.

— Délicieuse matinée, n'est-ce pas? dit-elle, en dilatant les narines de son nez grec pour respirer l'air du printemps.

— Oui, délicieuse.

Dolly jette les yeux autour d'elle; elle contemple les jardins en terrasse, les allées droites, les urnes et les statues, ensemble majestueux, mais monotone.

— Quel charmant séjour!

— Vous trouvez, vraiment?

— Ah! si vous connaissiez votre bonheur, Nell, — avec un soupir, — vous seriez une femme bien heureuse!

— Dans tous les cas, vous n'avez pas peu contribué à m'assurer ce bonheur.

— J'ai fait un mal pour arriver à un bien, comme je vous disais hier quand votre momie de belle-mère est venue nous interrompre. (J'espère qu'elle n'a point écouté aux portes.) A propos de cela, j'ai une nouvelle à vous annoncer : Stockport arrive aujourd'hui.

— Eh bien !

— Eh bien ! j'ai voulu vous en informer, afin que vous teniez votre arme prête.

— Merci, dis-je froidement. Là-dessus je m'accoude sur la balustrade, d'où notre conversation a chassé le rouge-gorge, et mon œil se perd dans le paysage, clignotant au soleil du matin, du côté de l'Orient où mon cœur s'en est allé.

J'avais pensé que, sa communication faite, Dolly me laisserait seule ; mais telle ne paraît pas son intention, car elle vient s'accouder auprès de moi sur la pierre.

— Expliquons-nous, dit-elle avec une légère hésitation ; êtes-vous réellement décidée à produire ce malencontreux document, ou bien est-ce un épouvantail dont vous vous servez pour me tenir en haleine ?

— Je croyais vous avoir parlé clairement, répliquai-je d'un ton glacial.

— Fort clairement, il est vrai ; mais avez-vous songé à ce qui peut résulter pour vous de ce coup de théâtre ? Il ne peut qu'éveiller les soupçons d'un homme qui a le droit de vous interroger ; et si Hugues vous demande comment cette lettre est entre vos mains, vous ne pouvez guère lui répondre comme à moi : « Que vous importe, pourvu qu'elle y soit ? »

Ici je me tournai vers ma sœur, et la regardant en face :

— Je ne reculerai pas, quand il s'agirait de ma vie ; oui, de ma vie dont je me soucie fort peu. Grâce à vous, je puis m'écrier avec Agag : « L'amertume de la mort est passée. »

Dolly baisse les yeux et trace des figures de géométrie avec la pointe de son petit pied.

— Je suis sûre que vous ne me croirez pas, et il est bien inutile de vous l'affirmer, j'imagine ; mais je vous donne ma parole que j'ai agi dans une bonne intention. Je croyais que votre amour pour Mac-Gregor n'était qu'un enfantillage, une fantaisie passagère, et que c'était vous rendre service que d'y couper court.

— Vraiment ? vous avez cru cela, sans aucune arrière-pensée pour votre intérêt ? Il aurait été plus humain, alors, de me couper la gorge !

Ma voix tremble en disant ces mots. Je sens les larmes qui me gagnent. Craignant d'éclater devant Dolly, qui me traiterait de pleurnicheuse, je m'enfuis dans ma chambre, pour y pleurer à mon aise. Pendant une heure et plus, je reste immobile, la tête dans mes mains, ensevelie dans mes pensées. Malheur à moi si ma belle-mère me surprenait !

Elle n'a jamais compris que la pensée fût un passe-temps du beau sexe. Je me lève enfin, j'ouvre mon secrétaire et, nantie du « malencontreux document », comme l'appelle son auteur, je redescends l'escalier.

Je trouve Dolly assise devant le feu de la bibliothèque, soutenant sa tête de sa main gauche, où brille un magnifique diamant, présent de lord Stockport. Ah! il serait cruel pour ma sœur de se séparer de ce joyau de prix! Je m'asseois à ses côtés et je lui dis d'un ton solennel :

— Dolly, j'ai longtemps médité ma vengeance; elle m'a tenue éveillée plus d'une nuit; la semaine dernière encore était pour moi le comble des délices. Maintenant, je n'y songe plus, regardez.

En prononçant ces paroles, je jetai la lettre au feu. Nous suivîmes des yeux le « malencontreux document »; nous le vîmes se tordre dans les flammes, devenir rouge, puis noir, puis, réduit en cendres, s'élever et disparaître dans la cheminée.

Dolly se jeta à mon cou.

— Merci de vos tendresses, lui dis-je, gardez-les pour l'époux que vous vous êtes choisie, il les appréciera bien plus que moi.

Ainsi j'ai renoncé à ma vengeance; je n'ai point porté la pierre dans ma poche pendant sept ans, puis, après l'avoir changée de poche, pendant sept ans encore. J'ai remis tous mes griefs entre les mains de celui qui s'est réservé le soin de les redresser. Je ne demande que justice.

Mais, que dis-je? Si c'est là tout ce que je demande, dans ce grand jour où les comptes du monde seront réglés, de quel côté serai-je?

> Que dirai-je, hélas? misérable!
> Quel patron pourrai-je implorer?
> Quand le juste que rien n'accable
> Ose à peine se rassurer[1].

XXXVIII.

— Un bien digne jeune homme,.ma chère, me dit lady Lancaster, en parlant de mon futur beau-frère, un matin que nous travaillions toutes deux dans le petit salon, — je vous annoncerai à ce propos, cher lecteur, que le gilet de Hugues est presque terminé, grâce à la collaboration active de ma sœur, — oui, un bien digne jeune homme, en vérité. On ne peut pas dire qu'il soit bavard, mais c'est peut-être une qualité, aujourd'hui que les jeunes gens ont l'habitude de parler tant et si haut.

— Il est un peu silencieux en effet ; ce qui n'était rien dire de trop, car j'aurais pu compter sur

1. *Quid sum miser tunc dicturus?*
Quem patronem rogaturus?
Quùm vix justus sit securus.

mes doigts les paroles qui étaient sorties de sa bouche depuis qu'il habitait notre maison.

— Je me souviens à merveille de son grand-père, poursuit lady Lancaster. Figurez-vous, Nell, qu'il était bonnetier dans Bond Street. C'était un homme fort poli ; quand on sortait de sa boutique, il ne manquait jamais d'accompagner les gens jusqu'à leur carrosse. Si j'avais pu prévoir que mon fils et son petit-fils épouseraient les deux sœurs, je lui aurais sûrement retiré ma pratique pour une telle impertinence.

Pendant ce temps, le digne jeune homme se promène avec ma sœur sur la terrasse. Dolly semble affecter de se tenir toujours en vue des fenêtres, ce qui me porte à croire que la galanterie du jeune vicomte est peut-être importune dans le tête-à-tête.

Ainsi Dolly va se marier, elle va devenir vicomtesse ; vicomtesse de fraîche date, il est vrai, mais néanmoins une riche et grande dame. A quand cette heureuse union ? Quand verra-t-on flotter sur les tours du vieux manoir les écussons accostés des Lestrange et des Stockport ?

Aux premières ouvertures que fit le jeune lord à ce sujet, ma sœur jeta les hauts cris ; aucune influence humaine ne pouvait l'induire à se marier avant une année révolue depuis la mort du « pauvre papa ».

— Quelle insulte pour sa mémoire ! disait-elle.

Me prend-il pour une fille sans cœur? etc., etc.

Là-dessus, elle avait quitté la chambre, fort blessée, et avec son mouchoir sur les yeux.

Je tiens le fait de Hugues, qui était présent et profondément ému de cette piété filiale.

— Si j'ai jamais des filles, ajoute-t-il (ici je baisse les yeux), je désire qu'elles m'aiment comme vous aimiez toutes deux votre père.

Toutes deux! juste ciel! me mettre en parallèle avec ma sœur!

— Du reste, poursuit Hugues en bâillant, il me tarde qu'il soit marié. Je suis fatigué de voir cette figure blême et muette dans tous les coins de la maison. Je ne connais rien d'excédant comme ce garçon-là ; c'est l'ennui personnifié.

— Ceci est la conséquence de votre générosité, lui dis-je avec malice. Si vous n'ouvriez pas votre maison aux parents de votre femme, vous ne les auriez pas après vos oreilles comme un nid de frelons.

Le temps fait des merveilles, dit-on. Le temps et lord Stockport triomphèrent des scrupules de ma sœur, et cette grande discussion se termina par un heureux compromis. Le jeune homme plaidait pour avril ; Dolly tenait bon pour décembre. On partagea le différend et juin fut désigné pour la célébration de l'hymen.

J'avais supplié que la noce se fît sans apparat. L'idée d'une grande réunion dont j'aurais à faire les honneurs m'était insupportable, à cause de mon deuil. Mais je dus céder sur ce point, comme sur tous les autres, à la volonté de ma belle-mère, qui ne négligea pas cette occasion de me morigéner.

— La vie est trop courte, me dit-elle, pour la consumer en vains regrets. Il y a des devoirs envers les vivants comme envers les morts, et il ne faut pas négliger les uns pour les autres. Cette douleur exagérée a quelque chose de peu chrétien. Vous ignorez, ma chère, qu'il y a une vertu qu'on appelle résignation, et vous devriez la pratiquer un peu plus, etc., etc.

Ainsi avril et mai, ces gracieuses filles de l'année, furent successivement rejoindre leurs sœurs qui n'étaient plus, et il vint un radieux jour de juin, qui fut l'aurore de la vie de ma sœur et vit commencer le déclin de la mienne.

« Heureuse la fiancée sur laquelle le soleil brille, » dit le proverbe. Dans ce cas, que faut-il augurer de ma destinée, moi qui me suis mariée par une brumeuse journée d'hiver?

Hugues, qui ne songeait guère aux présages, me dit ce jour-là en se frottant les mains:

— Ce soir nous serons seuls chez nous, Nell.

— Seuls? répliquai-je avec un air de doute, pas encore assez à mon gré. Je voudrais que quelqu'un se mît dans la tête d'épouser votre mère; quelque vieux gentleman qui éprouverait le besoin d'être mené avec une verge de fer.

Hugues ne put s'empêcher de rire de cette boutade.

XXXIX.

L'église de Wentworth est à un mille du château, tout juste à l'extrémité du parc. C'est un vilain édifice à fenêtres carrées, sans aucun style, sans le plus petit manteau de lierre pour couvrir la nudité de ses murs. Les tenanciers de sir Hugues ont déployé tout leur zèle pour fêter sa belle-sœur. Un arc de verdure s'élève à la première porte de l'enceinte, un autre plus grand à la deuxième, un troisième, plus somptueux encore que les deux autres, à la porte de l'église. Des fleurs partout ; juin est assez prodigue de ces trésors naturels pour avoir pu les semer avec abondance sous les pas de Dolly. La population accourt de tous côtés, et les chevreuils du parc, effarouchés par ce tumulte, se réfugient dans les futaies. Le cimetière est rempli de monde ; les plus curieux montent sur les tombeaux de pierre, pour mieux voir.

Le mariage est célébré par un évêque, revêtu d'une aube de fin linon, et doué de deux jambes d'une maigreur affligeante. Avec l'aide de ses assistants, il lit les prières d'un train de poste et en passe le plus qu'il peut, ce qui abrège singulièrement la cérémonie.

Le grand acte accompli, ma sœur pousse un

long soupir de satisfaction. Je devine qu'elle est
heureuse de tremper enfin ses lèvres dans la
riche coupe d'or qu'elle craignait tant de voir lui
échapper.

Alors la foule des invités remonte en voiture et,
l'heureux couple en tête, gagne les murs hospi-
taliers de Wentworth House.

La compagnie est nombreuse. Ce sont à peu
près les mêmes personnes qui assistaient à la
réunion de l'année dernière : lord et lady Capel,
toute la famille Coxe, la veuve, qui n'a point
encore convolé, mon jeune ami de Laney, et vingt
autres.

Tout ce monde est réuni autour d'une table
somptueuse, chargée de fleurs et d'argenterie,
dont je fais les honneurs, de concert avec ma
belle-mère et mon mari. La conversation pétille
avec les vieux vins de France et d'Espagne ;
l'heureux époux n'y prend naturellement qu'une
faible part ; il s'absorbe dans son bonheur et dans
son assiette. La jeune Violette Coxe déploie toute
sa verve ; ses bons mots font la joie de l'assistance
et l'orgueil de ses parents. J'aime ces braves
Coxe, tout vulgaires qu'ils sont, en souvenir de
mon pauvre Richard.

On venait de servir le dessert, et mes voisins
parlaient de ce fameux bal qui avait eu lieu,
l'année précédente, dans cette même salle à manger, si le lecteur s'en souvient.

— Il y a eu du changement ici, depuis cette époque, me dit lord Capel avec un sourire qui voulait faire allusion à mon mariage.

— C'est vrai, réponds-je avec un léger frisson.

— Et nous voici tous les mêmes, à une exception près.

— Quelle exception? demanda de Laney.

— Ce pauvre Mac-Gregor; vous vous souvenez bien de Mac-Gregor?

— Pourquoi *pauvre?* dis-je en m'efforçant de sourire. Est-ce parce qu'il n'est pas ici?

— Vous ne savez donc pas? Oh! je regrette d'avoir prononcé son nom.

— Mais encore, pour quel motif? repris-je dans une indicible anxiété.

— Mon Dieu! parce qu'un sujet triste n'est point de mise en un jour comme celui-ci. Stockport aurait lieu de m'en vouloir.

— Achevez donc, puisque vous avez commencé, dit de Laney; sans quoi, vous nous feriez supposer quelque chose de pire que la réalité.

— Eh bien! le pauvre garçon n'est plus de ce monde. Je l'ai appris hier d'un officier qui arrive de l'Inde. Il est mort à Lahore, d'une fièvre pernicieuse, un mois après son débarquement.

Tout à coup la mariée quitta sa place et, se penchant vers moi, me dit à voix basse:

— Au nom du ciel, soyez forte; ne vous donnez pas en spectacle.

J'entendis vaguement un murmure dans mon oreille ; puis mes yeux s'obscurcirent et je tombai sans connaissance, comme j'étais tombée, six mois avant, dans ces bras qui n'embrasseront plus d'autre fiancée que la mort.

> Les os du chevalier ne sont plus que poussière
> Et son glaive que rouille : il est là, sous la pierre,
> Mais son âme est au ciel, j'espère !

XL.

6 juin 186...

J'arrive à la dernière de mes esquisses d'une vie qui n'a été que déception, de son aurore à son couchant. Ma pauvre petite histoire, parfois un peu folle, a été bien monotone, hélas ! dans le récit ; mais elle ne le fut point en action, Dieu le sait.

Deux ans et demi se sont écoulés depuis cette nuit d'hiver où je voulus me sacrifier, corps et âme, à mon seul amour, et où il me dit, lui, mais en termes bien plus tendres et plus passionnés :

> Je ne pourrais plus t'aimer, chère !
> Si jamais tu perdais l'honneur.

Depuis j'ai bien pleuré ma faute, et j'ai tâché de l'expier. J'ai été pour Hugues une bonne épouse, il pourrait l'attester. Le labeur a été dur, le coteau pénible à monter et, plus d'une fois, j'ai dû m'arrêter faute de souffle. Mais à présent je suis au bout. Oui, mes amis, vous pouvez me faire vos adieux, car je vais partir pour le grand voyage.

Je me meurs; le grand libérateur, qui brise tous les fers, me délivrera bientôt des miens. Dans les litanies, vous le savez, nous prions pour être préservés d'une mort soudaine. Jamais prière ne fut mieux exaucée; jamais créature humaine ne s'éloigna de ce monde d'un pas plus lent et plus attardé. Je puis suivre moi-même les progrès de ma destruction. Ma beauté et ma force ont disparu. Il leur en coûtait sans doute, car elles s'en sont allées peu à peu.

Jusqu'à l'hiver dernier, j'avais cru que je deviendrais une vieille femme, comme ma belle-mère, osseuse, barbue, acariâtre, avec une collection de maximes pour prêcher la jeunesse. Mais, vers la Noël dernière, je commençai à croire que mes cheveux ne s'argenteraient pas, et que mon front se coucherait dans le tombeau avec tout l'éclat de sa couronne d'or. J'avais pourtant bonne mine. Les amis de Hugues le complimentaient sur la beauté de sa femme. Mes joues, un peu pâles jusqu'alors, étaient devenues roses, et leur rougeur ne venait pas du pot au vermillon, comme chez maintes dames que je pourrais nommer.

Néanmoins je maigrissais à vue d'œil; mes bagues s'échappaient de mes doigts et roulaient dans tous les coins, et mes robes étaient si larges qu'il fallait les rétrécir. Quand je montais l'escalier si doux de Wentworth House, j'étais forcée de m'arrêter et de m'appuyer à la rampe.

Uu jour je parlai de mes appréhensions :

— Ma mère, dis-je (Hugues aimait à m'entendre appeler ainsi lady Lancaster), ne trouvez-vous pas que je deviens comme Jane Stevens qui mourut de consomption l'année dernière ?

— Quelle folie ! répond la vieille dame, comment pouvez-vous songer à de pareilles choses ? La jeunesse délicate souffre quelquefois pendant l'hiver...

En parlant ainsi, la pauvre femme était très émue ; son nez devint encore plus rouge que d'habitude, et deux grosses larmes tombèrent sur son éternel tricot.

Dès ce moment, je compris que mon sort était fixé. J'allais être rayée du nombre des vivants, et compter parmi ceux qui ont livré leur dernier combat, fourni leur dernière course. Dans leurs générations successives

Le doigt de Dieu les touche et ils s'endorment.

Bientôt ce doigt inflexible s'étendrait sur moi et je tomberais dans le sommeil éternel. Je voyais déjà la plaque de marbre noir incrustée dans le mur de l'église de Wentworth, au-dessus du banc des Lancaster, et je lisais l'inscription en lettres d'or : *Ici repose Éléonore*. Ah ! si du moins on m'enterrait à Lestrange !

J'étais déjà résignée; mais, inquiète de ma vie future, je me demandais avec effroi où serait mon âme, pendant que mon corps dormirait dans le tombeau, et je m'écriais au milieu de ces alarmes :

> Roi de terrible majesté
> Dont l'inépuisable clémence
> Donne aux élus leur récompense,
> Sauvez-moi, source de bonté ! [1]

Que cette prière est belle, et qu'elle exprime bien la sainte frayeur d'une âme prête à paraître devant le souverain juge ! Ce devaient être des saints, ces moines qui composèrent les hymnes répétés aujourd'hui par la chrétienté. Nul doute qu'ils aient frémi en touchant le seuil de la redoutable porte. Nul doute qu'ils aient péché, et souffert, et pleuré comme nous. Espérons qu'ils sont avec Dieu dans ce séjour de joie où toutes les larmes sont taries.

Pour moi, je n'étais point rassurée; tout ce que j'avais d'amour et d'aspirations s'était répandu sur un objet terrestre que je n'avais pas le droit d'aimer. Il était trop tard pour m'amender, mais j'étais repentante et contrite.

D'ailleurs, depuis quelque temps, le calme s'était fait en moi, à l'égard de cette passion qui avait dominé ma vie. Je ne pleurais plus en secret, je

[1]
> *Rex tremendæ majestatis*
> *Qui salvandos salvas gratis*
> *Salva me, fons pietatis.*

ne sentais plus, comme autrefois, le regret de l'avoir perdu, le désir immense de me rapprocher de *lui;* il me semblait qu'il était là, tout près, et que j'allais bientôt le revoir.

— Courage, chère enfant, me disait Hugues, en passant sa main brune sur mes cheveux, vous serez mieux au retour du printemps.

— Oui, répondais-je, je l'espère.

Mais cet espoir n'était point celui qu'il croyait. Ne serai-je pas mieux, en effet, quand je serai réunie à mon bien-aimé ?

20 juin.

Je m'en vais vite, bien vite ! Ces lignes sont les dernières que j'écrirai. Je puis à peine tenir la plume ; mais je veux terminer l'histoire de ma vie. Il n'y manquera que le mot *Fin ;* une autre main que la mienne l'écrira.

Il est nuit, et je suis assise dans le vieux fauteuil de mon père, contemplant les étoiles qui brillent au firmament. Mes yeux s'égarent dans les profondeurs éthérées, et j'y cherche, par delà les limites imposées aux yeux mortels, les remparts de la Cité sainte dont aucun habitant ne dit plus : « Je souffre. »

Est-ce là que je vais ? Pourquoi ne puis-je en être sûre ?

« Il y a plusieurs demeures dans la maison de mon père. » Ce texte me console, il fait tout mon espoir. Oh! que je puisse seulement me glisser dans la plus humble de toutes.

Seigneur, recevez-moi. Ouvrez-moi, cette nuit, quand je frapperai d'une main tremblante à la porte du paradis.

FIN.

EN VENTE

A LA LIBRAIRIE DE C. REINWALD

15, rue des Saints-Pères, à Paris.

BRÉMER (F.). — Hertha, ou l'Histoire d'une âme, par Frédérica Brémer. Traduit du suédois, avec l'autorisation de l'auteur et des éditeurs, par M. A. Geffroy. 1 vol. in-12. Prix... 2 fr.

BRET-HARTE. — Scènes de la vie californienne et Esquisse de mœurs transatlantiques, par Bret-Harte, traduites par M. Amédée Pichot et ses collaborateurs de la *Revue britannique*. 1 vol. in-12. Prix................ 2 fr.

Choix de Nouvelles russes, de Lermontoff. de Pouschkine, Von Wiesen, etc. — Traduit du russe par M. J. N. Chopin, auteur d'une *Histoire de Russie*, de l'*Histoire des révolutions des peuples du Nord*, etc. 1 vol. in-12. Prix..... 2 fr.

DELTUF (P.). — Les Tragédies du foyer, par M. Deltuf. 1 vol. in-12. Prix................................. 2 fr.

HEYSE (P.). — La Rabbiata et d'autres Nouvelles, par Paul Heyse, traduites de l'allemand par MM. G. Bayvet et E. Jonveaux. 1 vol. in-12. Prix..................... 2 fr.

MARSH (Mrs.). — Emilia Windham, par l'auteur de « Two old men's tales; Mount Sorel, etc. » (Mrs. Marsh). Traduit librement de l'anglais. — 2 vol. in-12 réunis en un seul. — Prix... 4 fr.

MUELLER (O). — Charlotte Ackermann. Souvenirs de la vie d'une actrice au XVIIIe siècle, par M. Otto Müller, traduction de Jean-Jacques Porchat. 1 vol. in-8°. Prix...... 2 fr.

WITT (Mme de). — La Vie des deux côtés de l'Atlantique, autrefois et aujourd'hui, traduit de l'anglais par Mme de Witt. 1 vol. in-12. Prix..................... 2 fr.

Le **Livre de la Nature** ou Leçons élémentaires de Physique, d'Astronomie, de Chimie, de Minéralogie, de Géologie, de Botanique, de Physiologie et de Zoologie, par le Dᴿ Frédéric Schödler, directeur de l'École industrielle de Mayence. Traduit avec l'autorisation de l'auteur et des éditeurs sur la 18ᵉ édition allemande par A. Scheler, professeur à l'Institut agricole de Gembloux, et Henri Welter. 2 vol. in-8°, 1026 grav. sur bois dans le texte, 2 cartes astronomiques et 2 planches coloriées. Broché.................................. 12 fr.

Relié, toile, tranche jaspée........................ 14 fr.

Relié avec plaque spéciale et tranches dorées....... 16 fr.

On vend séparément :

Le tome II contenant les Éléments de Minéralogie, de Géologie, de Botanique, de Physiologie et de Zoologie. 1 vol., 656 fig. et 2 planches coloriées. Broché.............. 7 fr.

Éléments de Botanique. In-8°, 237 grav. Broché. 2 fr. 50

Éléments de Physiologie et de Zoologie. In-8°. 224 pages. Broché... 4 fr.

PARIS. — TYPOGRAPHIE PAUL SCHMIDT

5, rue Perronet.

PARIS. — TYP. PAUL SCHMIDT

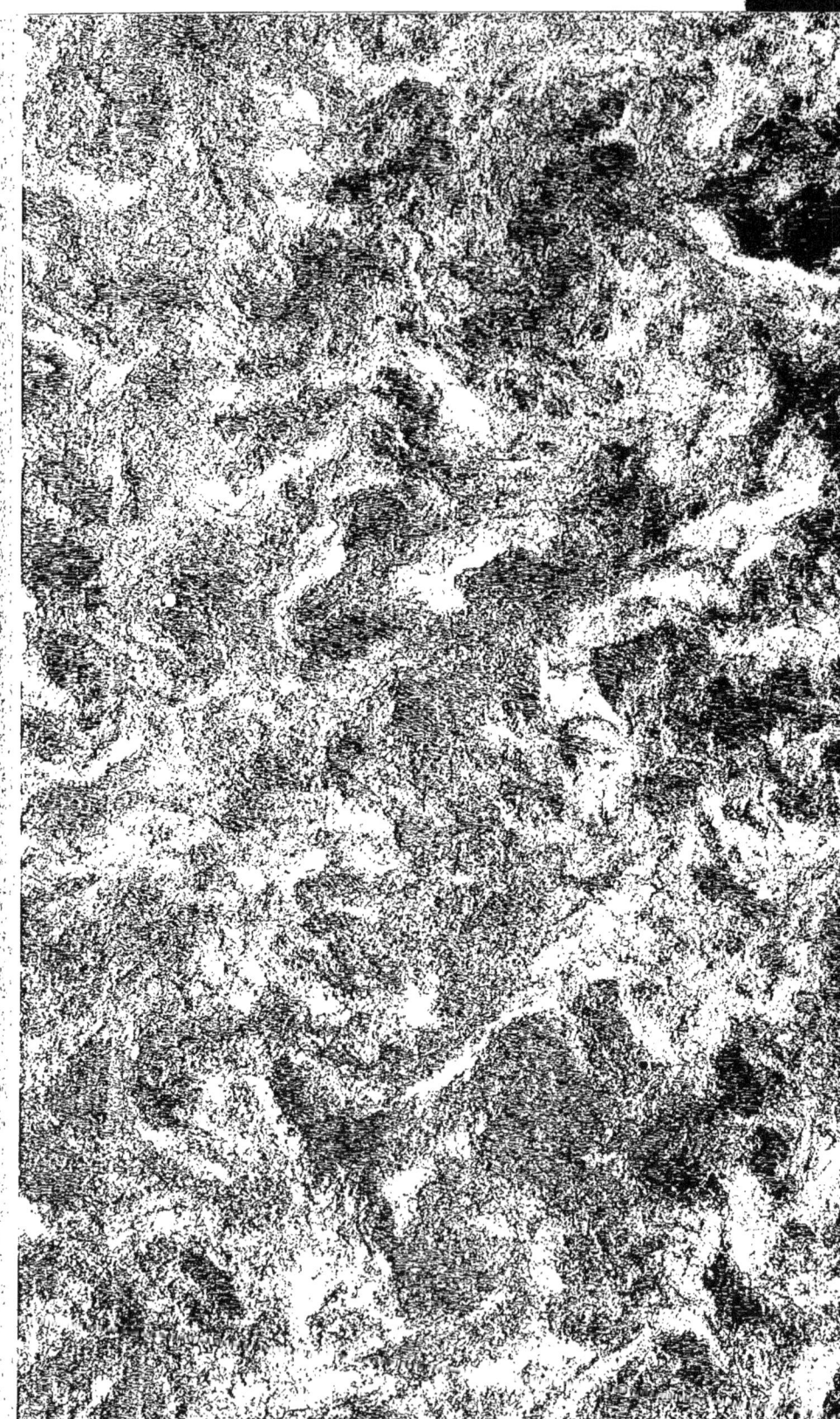

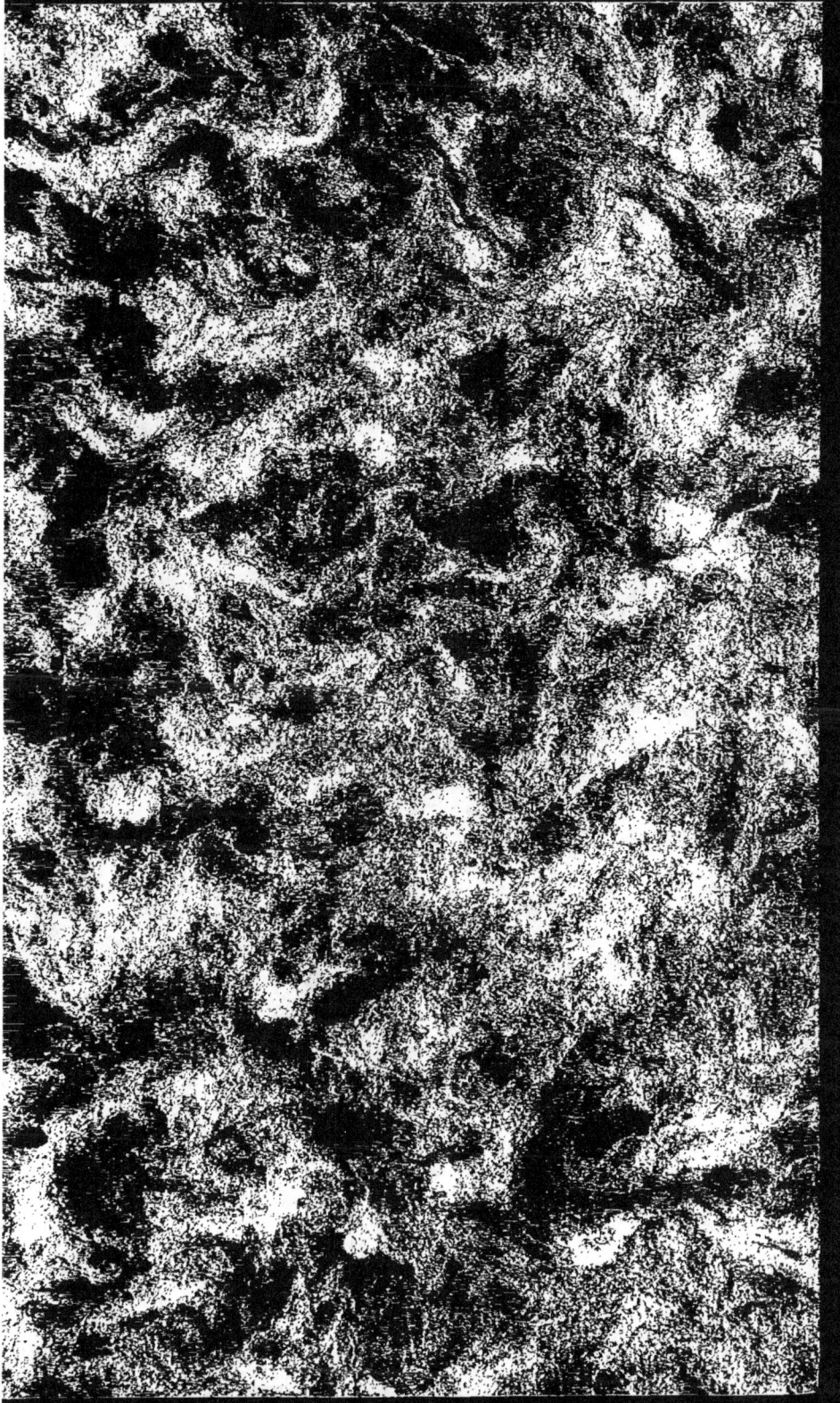